BASTEI
LÜBBE
TASCHENBUCH

Georgina Brown

DIE REITSCHULE

Erotischer Roman

Aus dem Englischen von
Sandra Green

BASTEI
LÜBBE
TASCHENBUCH

BASTEI LÜBBE TASCHENBUCH
Band 16 563

1. Auflage: November 2010

Vollständige Taschenbuchausgabe

Bastei Lübbe Taschenbuch in der Bastei Lübbe GmbH & Co. KG

Deutsche Erstausgabe

Titel der englischen Originalausgabe: »The Stallion«
Published by Arrangement with Virgin Books LTD.,
London, England
Dieses Werk wurde vermittelt durch die
Literarische Agentur Thomas Schlück GmbH, 30827 Garbsen

Titelillustration: © shutterstock/Irkeyn/cajoer
Umschlaggestaltung: Kirstin Osenau
Satz: Urban SatzKonzept, Düsseldorf
Gesetzt aus der Palatino
Druck und Verarbeitung: Norhaven
Printed in Denmark
ISBN 978-3-404-16563-6

Erstes Kapitel

Was Penny von Ariadne hörte, war eine Herausforderung, der sie nicht ausweichen konnte.

»Du erhältst seine Unterstützung«, sagte Ariadne und warf ihre blonde Mähne schwungvoll zurück, während sie ihre Brust umfasste. Von dort strich sie mit der Hand über die schlanke Taille und weiter über die geschwungene Hüfte. Die Hand streichelte, und der Körper bog sich der Hand entgegen, wogend und wallend, als ob die Hand einer anderen Person gehörte. Es war eine verführerische Geste, einladend und selbstbefriedigend zugleich. »Du erhältst seine Unterstützung«, wiederholte Ariadne, »aber nicht ihn.«

Ariadnes Augen schienen ihren Blick zu meiden, und für einen Moment nahm Penny eine Atmosphäre der Unaufrichtigkeit wahr. Das hatte nichts mit Enttäuschung zu tun, aber Ariadne hasste es, zurückgewiesen zu werden.

Penny strich mit ihren Fingern wie mit einem Rechen durch die Haare, die dunkel glänzten und gut zur zarten Cremefarbe ihrer Haut passten. Sie fragte sich, worauf sie sich einließ, wenn sie den Vertrag mit Alistair Beaumont unterschrieb. Die Antwort war leicht: Springreiten kostete Geld. Jeder suchte wohlhabende Sponsoren, und er hatte ihr ein Angebot gemacht, das sie nicht ablehnen konnte. Außerdem sah Beaumont auf klassisch-maskuline Weise, die von Seidenhemden und maßgeschneiderten Anzügen geprägt wurde, wirklich gut aus.

Sie musste natürlich Rücksicht auf Mark nehmen. Sie lebte mit ihm zusammen, und die berauschenden Tage und Wochen der frühen Leidenschaft hatten sie überzeugt, dass sie für immer bei ihm bleiben würde. So trödelte sie im alten Trott, bis sich das Gefühl einschlich, dass sie bei ihm nichts mehr zu erwarten hatte. Ihr Drang, sich zu verändern, wurde unwiderstehlich.

Ariadne hatte geholfen, Alistair Beaumonts Unterstützung zu erhalten, und dafür war sie ihr dankbar.

Penny kannte Ariadne seit der Kindheit. Einmal hatte sie die Freundin überrascht, wie sie bei einem der eigenen Brüder Fellatio probierte, während der andere Bruder seinen unreifen, aber drängenden Penis von hinten in die golden behaarte Spalte stieß.

Sie kannten sich alle recht gut, obwohl Ariadne die Freundin oft genug damit aufzog, dass sie sich selbst überhaupt nicht kannte.

Penny hatte das kaum zur Kenntnis genommen. Sie war schön, bislang auch recht erfolgreich, und nun hatte sie auch noch die Unterstützung von Alistair Beaumont. Ariadnes Wette hatte sie verblüfft. Was hatte Penny schon zu verlieren? Letztendlich würde Ariadnes schwarzer Hengst ihr gehören. Ariadne würde ihr schönstes Tier kaum vermissen. Sie besaß viele Dinge, und es waren noch mehr geworden, seit sie Alistair Beaumonts Ställe verlassen hatte. Auf diese Weise hatte Penny seine Unterstützung erhalten – Ariadne hatte alles für sie arrangiert.

Hohe Brüste, blonde Haare und lange Beine waren Ariadnes Attribute, aber das waren längst nicht alle. Penny wusste, dass Ariadne eine schöne Frau war, aber sie wusste auch, dass sie anspruchsvoll war, einen Hang zu Intrigen hatte und einen ungezügelten Appetit auf Männer. Nicht, dass Penny das hätte verurteilen können – denn sie selbst war auch keine Kostverächterin.

»Also, die Wette gilt«, sagte Ariadne. »Wenn du bei Alistair erfolgreich einsteigst und ihn rumkriegst, hast du Daedalus gewonnen – ein Hengst für den anderen. Sonst gehören deine Pferde mir.«

Penny stimmte zu. Die Vorstellung allein, dass Alistair den Verlockungen von Ariadne widerstanden hatte – und sie hatte eine Menge, womit sie locken konnte –, erstaunte sie. Ihre Freundin hatte ihr erzählt, dass ihr Gönner nur seinen Spaß daran hatte, wenn er Pärchen beobachten konnte. Das allein erfüllte sie mit einer Entschlossenheit, von der sie gar nicht wusste, dass sie sie in sich hatte.

Sponsoren fand man nicht leicht für den Reitsport, und wenn jemand wie Beaumont ein Angebot machte, spitzte jeder Reiter die Ohren. Der Unterhalt der Pferde war teuer, und die Teilnahmegebühren stiegen die ganze Zeit. Keiner der erfolgreichen Springreiter konnte auf die Firma verzichten, die Doppelverglasungen herstellte, oder auf die nationale Baugesellschaft oder auf die multinationale Gesellschaft.

Als sie Beaumont das erste Mal gesehen hatte, war sie von seinem Aussehen sehr angetan. Macht und Reichtum verfehlten ihre Wirkungen nicht und erhöhten die Anziehungskraft eines Mannes. Er bewegte sich wie eine Katze, und seine Augen schossen pfeilschnell und wie nackte Flammen über ihren Körper. Wie eine Motte wurde sie von diesen Flammen angelockt. Sie hatte ihn nur bekleidet gesehen, aber der Körper unter dem leichten Blau eines Armani-Pullovers, den maßgeschneiderten Breeches und den hohen Lederstiefeln wirkte hart und war gut gebaut.

Ariadne war eine Saison bei ihm gewesen. Sie sagte nichts darüber, warum es nur bei einer Saison geblieben war, deshalb nahm Penny an, dass Ariadnes Versagen, Beaumont zu verführen, der Grund für die kurze Zusammenarbeit war. Ein Fehlschlag bei Männern konnte Ariadne kaum ertragen.

»Jeder reitet hart, jeder spielt hart, aber keiner ist wie er«, erklärte Ariadne mit einer Stimme, die sich nach Schmollen anhörte. »Er steht da und schaut einfach zu, was du machst, als könnte er durch deine Kleider schauen.« Sie senkte die Lider – wie immer, wenn sie eingeschnappt war. »Er sieht eben gern zu.« Dabei lachte sie katzig.

Und du hast es genossen, dachte Penny, als sie den heißen Atem von Ariadnes roten Lippen auf ihrem Hals spürte. »Ein Voyeur? Willst du mir das sagen?«

Ariadne warf die Haare zurück über ihre nackte Schulter. Sie nickte. »Dann gilt unsere Wette?«, vergewisserte sich Ariadne wieder. Ihre Augen leuchteten verwegen. »Du hast meinen neuen Hengst gesehen ...«

Penny nickte wieder. »Keiner kann jetzt noch einen Rückzieher machen«, sagte sie und sah die Freundin lange und intensiv an.

Kein Rückzieher, dachte sie. Sie hatte damals keinen Rückzieher gemacht, und heute auch nicht. Ihr Vorstellungsgespräch mit Alistair Beaumont hatte ganz normal begonnen; die Namen der Wettbewerbe, an denen sie teilgenommen hatte, die einzelnen Erfolge bis heute. Dann hatte er sie gefragt, wie wichtig ihr seine Unterstützung wäre und was sie bereit war, dafür zu tun.

»Alles«, hatte sie gesagt.

Er hatte sie beim Wort genommen, und da stand sie nun und trug nichts als Schuhe, schokoladenfarbene Strümpfe sowie einen Strumpfhalter mit Rüschen besetzt – zum Glück alles bedeckt vom weichen Kaschmirmantel. Neben ihr schritt Alistair Beaumont.

»Wie fühlt es sich an?«, fragte er mit einer heiseren, sinnlichen Stimme. Seine stahlgrauen Augen wandten sich nie ab von den Käufern und den Büroangestellten auf dem Weg zu ihrem Mittagessen.

Irgendwie wollte Penny gar nichts sagen. Was sie tat, was ihr geschah, ging nur sie etwas an; es war ein Einzel-Happening. Ihr stockte der Atem. Sie würde gern ihre Ekstase herausstöhnen, aber sie konnte es nicht. Sie befand sich in der Öffentlichkeit, und obwohl es sie erregte, wollte sie ihre Lust für sich behalten, auch wenn ihre Augen funkelten und die Haut prickelte. Ihr Geschlecht wurde gequält. Sie sehnte sich nach einer kühlen Brise, die wenigstens ihre erhitzten Beine und die Stelle dazwischen hätte lindern können.

»Wie meinen Sie das?« Ihre Stimme klang provozierend, aber leise und so weich wie das Mantelfutter, das ihren nackten Körper und ihre Sinne reizte.

»Wie ich es gesagt habe. Beschreibe mir, was du fühlst.« Er hob die Stimme nicht. Er schaute sie immer noch nicht an. »Nun?«

»Ich versuche zu denken«, antwortete sie, entschlossen, sich Zeit zu lassen. Sie genoss, was sie empfand, auch wenn sie das ihm zu verdanken hatte.

Sie atmete tief ein und vergegenwärtigte sich, was sie fühlte – nicht nur wegen der Nacktheit unter dem rauschenden Mantel. Daran konnte sie sich laben wie an einem Stück Kuchen mit dicker Schlagsahne.

Sie hatte nicht mit dieser Entwicklung gerechnet, die sich so völlig anders darstellte als alles, was sie bisher erlebt hatte. Sie konnte nicht verdrängen, dass Alistair neben ihr schritt. Er hatte eine Präsenz, der man nicht entkam, und nach den

Gesichtern seiner Sekretärinnen zu urteilen, die in die Pause schwirrten, wurde er geschätzt und sogar bewundert.

Ariadne hatte ihn auch bewundert. Ariadne hatte ihn gewollt, aber nach dem, was sie Penny gesagt hatte, war nichts daraus geworden. Warum sollte sie erfolgreich sein, wenn Ariadne es nicht geschafft hatte?

»Du hast immer noch nicht geantwortet«, hörte sie ihn sagen.

»Erotisch.« Das war das erste Wort, das ihr in den Sinn kam. Wie konnte sie sonst erklären, was sie tat und was sie dachte? Köstliche Schauer der Erregung und der sinnlichen Lust ließen ihre Nippel wachsen, und sie schmerzten fast, so sehr sehnten sie sich nach Berührung. Nässe sickerte aus den warmen Lippen. »Sehr erotisch. Erregend.«

Unter der Deckung des Mantels schwankten ihre Hüften, als sie versuchte, das letzte Gramm sexueller Lust aus dem kühlen Seidenfutter herauszulocken. Sie zitterte, und alle ihre Hemmungen schienen davonzuschweben. Gefühle und Emotionen, die sie nie gekannt hatte, sprudelten an die Oberfläche. Sie wusste, dass sie sie in der Vergangenheit unterdrückt und ihre heimlichen Wünsche und Phantasien mit etwas übertüncht hatte, was sie als Feminismus bezeichnete. Das war keine ehrliche Bezeichnung, denn was sie jetzt empfand, gehörte ihr allein, und ganz egal, was dieser Mann aus ihrem Erlebnis gewann – sie holte für sich mehr heraus.

»Das ist keine gute Beschreibung«, hörte sie ihn sagen. »Ich sagte, du sollst mir deine Gefühle beschreiben.«

Sie hörte eine Forderung in der Stimme. Sie ahnte, dass es für ihn wichtig war, ihre eigenen Gefühle aus ihr herauszupressen. Aber es war nicht seine Erfahrung, sondern ihre. Die neuen Emotionen sagten ihr das, und die neuen Wünsche würden es ihr zeigen.

Sie warf ihre Haare nach hinten und sah ihn von der Seite an. Die sanfte Dunkelheit der Wimpern bildete einen scharfen Kontrast auf den cremigen Wangen. Die pinkfarbenen Lippen ihres breiten Mundes lächelten.

Unter der undurchdringlichen Barriere ihres Mantels standen die Brustwarzen steil hervor und stießen gegen das Seidenfutter; ihre Pobacken zitterten, als würden sie von den Fingerspitzen eines unsichtbaren Liebhabers gestreichelt. Ihre Nervenenden prickelten, als stünden sie unter Strom. Sie steckte die Hände tief in ihre Taschen und schmiegte ihr Kinn an den Kragen.

»Es ist sehr schwierig, es hier ... zu tun.« Sie leckte sich die Lippen, während der Blick über die Gesichter in der Menge huschte. Wer in ihre Richtung schaute, nahm nur ihr gutes Aussehen wahr, die dunklen Haare und die dunkelblauen Augen, und nicht, wie sie darunter aussah. Sie konnten sich nur ihren flachen Bauch, die seidigen Schenkel sowie das herzförmige Gewirr der dunklen krausen Schamhaare vorstellen.

Sie trug Strümpfe, Schokolade gegen die milchige Creme ihrer Haut. Die Waden waren gespannt, die Knöchel schlank über den schwarzen Riemchen ihrer Stöckelschuhe.

Sie war gut gebaut, sie war sexy, und sie liebte jede Minute dieses Erlebnisses. Wenn sie schritt, konnte sie die Bewegungen des schwarzen Strumpfgürtels mit der gesäumten Spitze spüren und das flüsternde Schaben der hauchdünnen Strümpfe hören, wenn sie gegeneinander rieben. Sie genoss die ansteigende Sensation, die von der größeren Verletzlichkeit ausging. Ihr Geschlecht war nackt, und es gab nichts mehr zwischen ihr und der öffentlichen Entrüstung – außer dem Mantel.

»Niemand kann was sehen«, sagte er plötzlich, als könnte er ihre Gedanken lesen. »Nur du und ich wissen, wie du unter diesem Mantel aussiehst, aber nur du weißt, wie er sich anfühlt. Beschreibe mir das. Ich möchte dieses Gefühl mit dir teilen.«

Sein Seufzen filterte sich in ihre Gedanken. Sie leckte sich die Lippen und sah ihn wieder von der Seite an. Sie betrachtete die krausen dunklen Augenbrauen und den dunklen Haarschopf. Er sah gut aus, das musste sie zugeben. Aber er schien in Gedanken immer ein bisschen weg zu sein. Seine Augen starrten geradeaus in die Ferne.

»Ich will genau wissen, was du fühlst«, sagte er irgendwie ungeduldig.

Ungeduld, dachte sie, war aber auch zu erwarten. Alistair Beaumont war ein Mann von Einfluss, ein Mann mit Geld, der es gewohnt war, Befehle zu erteilen und sicher sein konnte, dass sie befolgt wurden.

Sie wählte ihre Worte sorgsam, als sie zu antworten begann. Vieles hing davon ab. Sie nahm einen tiefen Atemzug. »Hm«, murmelte sie, als die kühle Seide ihre Haut koste, »die Seide ist sehr kühl, wahnsinnig glatt. Sie reibt meine Nippel. Sie sind größer geworden. Sie sind steif und tun auch ein bisschen weh. Kalte Luft zirkuliert zwischen meinen Beinen. Ich kann fühlen, wie sie meine Schamhaare zerwühlt.«

Das hört sich fast poetisch an, dachte sie. Meine Worte klingen poetisch. Sie hatte sich selbst mit ihrer Schilderung erregt. Komisch, dachte sie, ganz egal, wie kühl die Luft ist, meine Spalte bleibt nass und heiß.

Ihre Stimme klang heiser und tief. In ihrem Körper saß die Knospe der Leidenschaft verstohlen zwischen den pinkfarbenen Lippen und erinnerte sie daran, dass sie noch lebte, erinnerte sie aber auch an ihre verwegenen Gedanken. Flüchtig sah sie zu den anderen Leuten, die über den Gehweg hasteten.

»Was würden diese Menschen denken, wenn sie wüssten, was sie sehen könnten?«

Sie warf einen Blick auf den Mann, der sein Geld nutzen konnte, um sie als Reiterin zu unterstützen, und vielleicht konnte er auch ihre sexuellen Erfahrungen erweitern. Oder ihr auch einen der rassigen Vollbluthengste überschreiben. Einer von ihnen hatte schon in diesem Jahr mehr als zwanzig Stuten gedeckt. Sie schickte ein stummes Gebet hinauf, dass er seine Entscheidung heute noch bekräftigte.

Ihr Körper kribbelte vor Spannung. Wieder zog ein Schwall kühler Luft herein, die ihre schlanken Schenkel streichelte, aber nichts gegen die Hitze zwischen ihren Beinen ausrichten konnte.

»Sie sehen nichts, und sie hören nichts«, sagte er wieder. »Erzähle weiter.«

Irgendwie wusste sie, was sie jetzt sagen musste, was er von ihr hören wollte. Die Worte schienen irgendwo in ihr eingraviert zu sein, zusammen mit der neuen Erkenntnis ihrer Lüste. Ihr Körper zitterte, als sie fortfuhr.

»Es erregt mich, als hätte ich irgendeine Macht über sie. Ich tue etwas, was strikt tabu ist, und wenn die Menschen mich sehen könnten, würden sie mich verdammen. Aber ich tue es, ihnen zum Trotz.«

Sie sagte nicht, dass er auch einer von ihnen war. Vielleicht dachte er, das gäbe ihm Macht über sie, als täte sie es nur zu seiner Freude. Aber das stimmte nicht. Dies war für sie allein.

Wird diese kleine Aussage schon reichen, um seinen Körper zu gewinnen? Hatte Ariadne sich geweigert, das zu tun? Und dann hatte sie ihn trotzdem eine Saison lang als Sponsor gehabt. Ariadne hätte diesen Mann nicht abgelehnt. Hinter der Sache musste noch etwas anderes stecken.

Er räusperte sich, drehte sich um und lächelte sie an. »Das

ist sehr gut zu hören, meine Liebe. Ja, sehr gut. Ich glaube, du bist genau die, nach der ich suche.« Er streckte einen Arm aus und legte ihn um ihren Rücken, während er sie durch das Gedränge in der Mittagspause zur Bank führte. Ein gewöhnliches Vorkommnis. Leute gingen täglich zur Bank. Nur nicht so gekleidet wie sie. Nicht mit glänzenden braunen Strümpfen, mit einem Strumpfgürtel aus schwarzer Spitze und mit einem Kaschmirmantel.

»Erzähle weiter, wie du dich fühlst.«

Das Seidenfutter, das nur leicht gegen ihren nackten Rücken und die runden Pobacken geraschelt hatte, nestelte jetzt wegen seines Arms höher. Sie presste die birnenförmigen Backen zusammen, eine gegen die andere. Es fiel ihr schwer, den Impuls zu unterdrücken, den Schoß nach vorn zu rucken. Ihre Beine und die geheimen Lippen teilten sich, als sie ihre Schritte vergrößerte. Es würde nicht lange dauern, bis ihre Säfte zu rinnen begannen.

Er wiederholte seine Aufforderung.

Sie atmete tief durch, bevor sie sagte: »Ich fühle mich heiß, als wäre ich in Not.« Es war eine ehrliche Antwort, die sie herauskeuchte, leise und nur für seine Ohren bestimmt. Für einen kurzen Moment fing sie sein Lächeln ein. Sie erwiderte es und wusste spontan, dass sie seine Gönnerschaft für die kommende Saison – mit allem, was dazugehörte – gewonnen hatte.

Die Augen glänzten, und das Herz schlug aufgeregt, als sie ihn beobachtete, wie er sich in die Schlange auf dem kalten Marmorboden der Bank stellte.

Für sein Alter sah Alistair Beaumont gut aus. Ende vierzig, dunkle Haare mit den ersten grauen Fäden und ein tiefes Grübchen, das sein kantiges Kinn fast spaltete.

Er war gut gebaut, nicht wie die übereifrigen Athleten,

besonders die Gewichtheber, aber doch mit einer glatten Festigkeit, zu der das Zutrauen zum eigenen Körper sehr gut passte. Seine Körpergröße war nur Durchschnitt; seine Stellung konnte aufs Überragen verzichten, denn daran war nichts durchschnittlich. Seine Kleider verrieten schon, was er war. Sein Hemd aus sich kräuselnder Baumwolle, seine Jacke aus Highland-Wolle mit einem schönen karierten Muster, seine Hose in einem absichtlich schwindenden Grün, wie es zur englischen Freizeitkleidung passte, wenn auch von einem führenden italienischen Modehaus hergestellt.

Alistair Beaumont sah wohlhabend aus und war wohlhabend. Er hatte es nicht nötig, sich hier mit der ganzen Herde anzustellen. Er hatte mehr als genug Leute beschäftigt – sie waren ihm für seine Wohltätigkeit dankbar –, um sie zu dem einen oder anderen Botengang zu schicken.

Aber heute hatte Alistair George Beaumont ein ganz besonderes Motiv, selbst zur Bank zu gehen. Heute hatte er sie einem Test unterzogen. Wenn sie ihrer Karriere so sehr verpflichtet war, wie sie behauptet hatte, würde sie es tun. Was würde sie tun, hatte er sie gefragt, um sich seine Unterstützung zu verdienen. Alles, hatte sie geantwortet, absolut alles.

Sie lebte jetzt schon eine Weile mit Mark zusammen. Er war nicht sehr glücklich gewesen, dass sie sich dem Beaumont Hof anschloss, und schließlich hatte es einen heftigen Streit gegeben. Bitterkeiten brachen aus, wo es vorher nur Worte der Lust und Leidenschaft gegeben hatte. Sie würde ihn verlassen. Inzwischen akzeptierte er das.

Ein Moment der Unsicherheit ließ sie ihre Hand heben und das dichte elastische Haar zurückschieben; es war nicht richtig braun und nicht richtig schwarz, aber es hatte die Farbe des kräftigsten Brandys. Ihre Hände fühlten sich kalt an, obwohl sie sie auf dem Weg in die Manteltaschen gesteckt hatte.

Sie sah auf ihre langen Finger; fein, schlank und doch sehr kräftig, wenn sie in einem Reithandschuh steckten. Kräftige Hände, die brauchte man bei einem anstrengenden Drei-Tage-Springturnier.

Ihre blauen Augen glänzten, als sie an das Glied dachte, das diese Hand erst kürzlich losgelassen hatte. Mark würde auf dem Hof ihres eigenen Stalls auf sie warten; darauf warten, ob sie gewonnen hatte, was sie haben wollte. Er würde gereizt sein. Wenn sie erfolgreich war, würde er sie verlieren. Ihre Zeit mit Mark war gut gewesen, aber jetzt war sie im Grunde vorbei. Trotzdem würde sie ihn vermissen, ihn und seinen kräftigen, starken Schwanz, der sich so machtvoll in ihrer Hand erhob, wenn sie seine Bälle drückte oder verspielt mit einem Fingernagel in die feuchte Öffnung rieb. Aber sie musste weiter. Bisher hatte sie in ihrem Leben noch nicht das gefunden, was sie suchte.

»Du bist unverbesserlich«, hatte er ihr gesagt. »Ruhelos. Nichts ist dir je gut genug.«

Stimmte das? Das war nicht die Botschaft, die sie von den vulkanischen Eruptionen erhielt, die sie in ihrem Innern fühlte. Bisher verstand sie sie noch nicht richtig. Sie wusste nur, dass sie nach diesem Tag, an dem sie halbnackt durch ein Einkaufszentrum in einer großen Stadt gelaufen war, nie wieder dieselbe sein würde.

Während sie auf Beaumonts Rückkehr wartete, wechselte sie das Standbein. Feuchtigkeit bildete kleine perlende Tropfen, die sich in den schwarzen Haaren zwischen ihren Schenkeln fingen. Vage nahm sie wahr, dass die Tropfen auf den Innenseiten der Schenkel nach unten rannen. Sie wünschte sich eine heiße Zunge, die sie bis hinauf zur Quelle auflecken könnte. Und wenn sie erst einmal oben war, könnte die Zunge in sie eindringen und das seidige Pink ihrer Vulva schlecken, bevor die Spalte von einem härteren Material gefüllt wurde.

Während sie in diesen Gedanken schwelgte, drehte sie sich leicht auf einem Absatz, und die weiche Weiße der Innenseiten ihrer Schenkel rieb sich behutsam am dichten Busch ihrer kitzligen Scham.

Ein Bankangestellter beäugte sie hinter dem dicken Sicherheitsglas, auf dem GELDWECHSEL in großen grünen Lettern stand. Sie lächelte ihn an. Er errötete und senkte den Kopf.

»Alles erledigt«, sagte Alistair schließlich und schob sein Scheckbuch in die Innentasche seiner gut geschnittenen Tweed-Jacke. Er lächelte sie dabei an, und sie erwiderte das Lächeln. Für die zufälligen Beobachter ein ganz normaler Austausch von Höflichkeiten von zwei gut aussehenden Menschen. Aber für sie und wahrscheinlich auch für ihn, nahm sie an, hatte die Szene eine größere Bedeutung. Instinktiv wusste sie, dass sie den Test bestanden hatte. Er war ihr Sponsor, und ihr Engagement galt nun ihm. Ihre Aufregung über das, was folgen würde, überwältigte sie beide.

Zurück in seinem Büro – nur sie beide in einem Raum mit sehr hohen Fenstern und dicken Teppichen – gab er sich plötzlich in sich gekehrt. Es war, als wollte er sie so schnell wie möglich aus dem Haus haben. Das verstand sie nicht.

Verärgert über sein geschwundenes Interesse an ihr ließ sie sich viel Zeit mit dem Anziehen. Übermütig stellte sie sich vor die hohen Fenster, die sich vom tiefen blauen Teppich zur weiß-goldenen Decke erstreckten. Sie wusste, dass die Sonne auf ihre Brüste und den Bauch scheinen würde.

Aber Alistair hatte schon einen Füllfederhalter in die Hand genommen und schien sich auf die Papiere zu konzentrieren, die er aus einer Briefmappe mitten auf dem Schreibtisch gezogen hatte.

Der Schreibtisch war groß und sah unglaublich überladen und verschnörkelt aus; er war größer als der Esstisch der meisten Leute, und außerdem bildete er eine kaum zu überwindende Barriere zwischen ihm und ihr.

Nur die Dekorationen der Einlegearbeiten in Ahorn und Blattgold bezeugten, dass er doch ein Interesse an den Betätigungen der Menschen seit Urzeiten hatte – an Sex und Liebe.

Satyre mit übergroßen Phalli jagten aufdringliche Nymphen, die stolz ihre Hintern präsentierten, absolut nicht verängstigt, eher auf die Penetration wartend.

Eine Nymphe, die zentral in einem Paneel des Schreibtischs gezeigt wurde, wie sie einen Satyr mit dem Mund bediente, während ein anderer Satyr sie ritt, die Hände wie Astgabeln über ihren Brüsten, die Nippel im harten Griff zwischen Daumen und Zeigefinger. Ein weiterer Satyr kam von hinten heran, sein Phallus schon halb verborgen zwischen ihren Backen.

Penny war verdutzt. Nicht wegen der lüsternen Satyre oder der bereitwilligen Nymphen, sondern wegen Beaumont. Warum hatte er sie nicht längst auf den dicken blauen Teppich geworfen und sich das genommen, was sie ihm nur allzu gern gegeben hätte?

Sie war tief enttäuscht, gab sich aber große Mühe, das nicht zu zeigen. Sie war davon überzeugt gewesen, dass er sie begehrte, und sie war nass und bereit für ihn gewesen.

Ihre Enttäuschung blieb auch, als sie die breite, gewundene Treppe hinunterging und weiter durch das grün-weiße Dekor der riesigen Empfangshalle, die groß genug für ein ganzes Orchester gewesen wäre.

Sein Verhalten hatte sie verwirrt und bei ihr ein Gefühl der Verunsicherung ausgelöst. Mochte er ihren Körper nicht? Das konnte sie nicht glauben. Sie hatte einen guten Körper, vielleicht sogar einen schönen. Das hatten die Männer ihr gesagt – viele Männer. Und welchen Sinn ergab es, sie wie eben durch die Straßen zu schicken? Das musste ihn erregt haben. Sie war sich dessen sogar sicher. Sie hatte seine Lust in seinen Augen gesehen, auch wenn sie kein Anzeichen einer Erektion in der Hose wahrgenommen hatte.

Natürlich könnte sie den ersten Schritt tun, aber irgendwie war sie sicher, dass dieser Schritt bei ihm nicht gut angekommen wäre.

Dann eben nicht, sagte sie sich, als sie aus der breiten Haustür trat und zu den palladianischen Säulen aufblickte, strahlend weiß, und in der abendlichen Herbstsonne mit einem Hauch Pink versehen. Die Zeit ist auf meiner Seite.

Jetzt kam ihr die Wette noch spannender vor als vorher. Es ging nicht nur um Ariadnes Preishengst. Es war auch ein Fall, der ihr verletztes Ego heilen mochte.

Auf der Fahrt nach Hause kurbelte sie das Fenster hinunter. Ihr Gesicht war leicht gerötet und ihr Mund trocken, als sie mit sich kämpfte, um ihre Erregung und die Verwirrung unter Kontrolle zu bringen – beide Gefühle verursacht von ihrer Erfahrung mit Alistair Beaumont.

Sie hätte an den Straßenrand oder auf einen verdeckten Parkplatz fahren, ihr Höschen ausziehen und sich selbst einen Orgasmus verschaffen können, aber das tat sie nicht. Sie brauchte einen Mann, und Mark würde jetzt in den Ställen sein.

Die aufgestaute Erregung, die schmerzende Geilheit, das würde alles noch viel belebender sein, wenn sie Mark mit einbezog. Und außerdem hatte sie was zu feiern.

Zweites Kapitel

»Du hast *was* tun müssen?« Mark konnte es nicht glauben, und auch wenn ihn ihr Geständnis erregt erregt hatte, hatte ihn doch die Eifersucht gepackt.

Sie mied es, ihn anzuschauen. Sie hasste es, wenn er eifersüchtig war, aber egal, was sie zu Beginn ihrer Beziehung an Regeln festgelegt hatten – diese eine Emotion hatte er nicht im Griff.

Mark versuchte, nicht zu besitzergreifend zu wirken, und er wollte auch seine maskulinen Nöte nicht über ihre stellen. Aber er musste zugeben, dass er darin ein Versager war. Deshalb musste sie von Zeit zu Zeit deutlich werden: Sie erinnerte ihn, dass sie nicht sein Besitz war und auch nie sein würde und dass sie in ihrem Leben noch eine Menge ausprobieren wollte.

Bisher hatte sie ihm nichts über die Wette mit Ariadne erzählt. Das würde alles nur noch komplizieren, sagte sie sich. Warum sollte sie ihm den falschen Eindruck geben, dass ihr Eintritt in die exklusive Einrichtung nur den Zweck hatte, einen wertvollen Hengst zu gewinnen?

Sie lächelte vor sich hin, strich mit den Händen durch ihre Haare und bewunderte die lohfarbene Reflexion im mannshohen Schlafzimmerspiegel. Sie hob ihre Arme und türmte ihre langen schwarzen Haare auf. Ihre Nippel richteten sich auf, und ihre Brüste hoben sich an, als wollten sie willige Hände einladen, ihre Sanftheit zu fühlen.

Heute Nacht brauchte sie einen Mann. Durch halb geschlossene Lider schaute sie seitlich über die Schulter und registrierte die Wirkung, die ihr Geständnis auf Mark gehabt hatte. Ihr Blick fiel auf die saftige Reaktion, die im Schoß seiner Jodhpurs auszumachen war. Zuviel Druck, nahm sie an und lächelte zufrieden, als Mark den Reißverschluss aufzog.

»Du hast mich richtig verstanden«, sagte sie in ihrer verlockendsten Stimme. Sie wusste, dass er ihr nicht widerstehen konnte, wenn er diesen Klang hörte. Dann schwoll sein Penis fast schmerzlich gegen den Stahl des Reißverschlusses an. »Ich bin mit ihm zur Bank gegangen und hatte kaum mehr an als den Kaschmirmantel. Es war geil«, sagte sie und senkte die Stimme, bis sie kaum mehr als ein weiches Schnurren war, so glatt und so dunkel wie ihre Haare.

Die Lippen geöffnet und ein ungläubiger Blick in den Augen, so stand Mark von seinem Platz auf dem Pinienbett auf, das sie schon oft geteilt hatten. Er zog seine Hose aus. Er stand nackt da, hart, die Haut bronzefarben und unbehaart, jeder Muskel angespannt.

Mit ungezügelter Lust nagten seine heißen Lippen an der konkaven Bucht zwischen Hals und Schulter. Seine blonden Haare hatte er meistens mit einem Streifen aus schwarzem Leder zusammengebunden, aber diesmal fielen sie nach vorn und über ihre Brüste. »Ich habe gehört, was du gesagt hast«, gab er zu.

Die Süße des Shampoos mit Apfelduft vermischte sich mit frischem Schweiß in seinen Haaren. Der Geruch drang in seine Nase ein.

Die Augen geschlossen, der Mund offen, begannen die Hüften sich in einem langsamen Rhythmus zu bewegen; sie schwangen vor und zurück und von Seite zu Seite. Ihre

Backen glitten gegen die ansteigende Härte, die sich immer mehr ausbreitete.

Sein Brustkorb lag warm und fest an ihren Schulterblättern. Seine rauen Hände kosten ihre Haut, als sie über den Körper strichen und sich um ihre Brüste legten. Seine Lippen saugten an ihrer Schulter.

Im Spiegel konnte sie seine Augen sehen, die ihren Körper abtasteten. Er konnte ihr nicht widerstehen, nicht wie Alistair Beaumont.

Als sie an Beaumont erinnert wurde, wollte sie die Stirn in Falten legen, aber sie kontrollierte diesen Drang. Sie hatte bei ihm versagt, deshalb waren diese Erinnerungen nicht willkommen. Wie Ariadne konnte auch Penny eine Niederlage nicht ausstehen. Sie verfolgte sie noch in den Träumen und bedrohte ihre Selbstsicherheit.

Heute Abend, beschloss sie, würde sie toben vor Wut, sie würde Mark verschlingen wie noch nie, und er konnte sie in jeder erdenklichen Stellung nehmen.

Sie schnurrte vor Lust, und auch ihre Blicke zogen über den eigenen Körper. Sie genoss den Anblick, liebte den Gleichklang zwischen Körper und seinen Sinnen. Die Hüften begannen in sanften Wellen zu schwingen. Sie spreizte die Beine ein wenig, ihre Nippel erhoben sich und nahmen eine dunklere Farbe an, verursacht von der Hitze ihrer tief sitzenden ungestillten Lust.

Ich sehe gut aus, sagte sie sich, und ihr Lächeln galt mehr ihrem Spiegelbild als ihm. Ich sehe wirklich gut aus, wiederholte sie in Gedanken. Ihre Augen sahen, was Männer sahen; schlanke Taille, runde feste Brüste, fein gerundete schmale Hüften. Ein Nest voller Haare, dunkel wie Mitternacht, sah in dem Delta wie ein Keil aus sanftem Moos aus, das man anfassen will.

Seine Hände glitten von ihren Brüsten zum Bauch und stießen wie ein Pfeil in das tiefe ›V‹. Sie seufzte vor Lust, als seine Finger sich in der seidigen Weichheit ihrer Schamhaare aufhielten und dann behutsam in den ansteigenden Teich ihrer Flüssigkeiten eintauchten.

Langsam zeigte sich ein samtenes Pink, das sich unter dem Büschel der Haare allmählich ausbreitete. Sie ächzte und stöhnte und öffnete die Beine noch ein bisschen weiter, dabei neigte sie die Hüfte, damit sie beide ihre Klitoris sehen konnten, die anschwoll wie der Kopf einer kleinen Blume.

»Ich will dich«, murmelte er. Seine Worte wurden von seinem eigenen Atem fast verschluckt.

»Ich will, dass du mich willst«, hechelte sie zurück. »Ich will dich so sehr, ich will dich streicheln, ich will dich lutschen, ich will dich in mir spüren.«

»Du bist schön«, brachte er heraus, ein wenig unbeholfen, aber glücklich, als er hörte, was sie alles mit ihm anstellen wollte. Sein Penis schwoll noch stärker an.

»Findest du nicht, dass meine kleine Knospe schön ist?«, fragte sie ihn und spielte mit seinem dicker werdenden Schwanz, der seinen eigenen Beat gegen ihre Backen gefunden hatte. Sie neigte die eine Hüfte noch mehr und stellte dann einen Fuß auf den rosa gepolsterten Hocker, damit er alles sehen konnte.

»Sehr, sehr hübsch«, murmelte er. »Unglaublich schön.«

Als wollte das scheue Wesen, das so heimlich blühte, einfangen, strich er mit einem Finger durch die schwarzen Haare und berührte dann die aufragende Spitze in Pink. Sie reagierte sofort und begann zu zittern. Er zog den Finger zurück, aber nur für einen Moment, dann landete er wieder auf dem saftigen Hügel, leicht wie ein Schmetterling.

Sie keuchte vor Lust, als ein Finger an dem Schlitz entlang wanderte, während die anderen Finger das heiße Fleisch der Lippen zu den Seiten zogen. Jedes Blütenblatt ihres Geschlechts war zu sehen, aber nur kurz, denn die Nässe sammelte sich rasch und ertränkte den Versuch, noch mehr von der Vulva in Augenschein zu nehmen. Er schob den Finger weiter hinein in die Furche.

Ihre Muskeln umklammerten den Finger und zogen ihn tiefer hinein.

Sie hörte sein schweres Atmen, als ihre Pobacken gegen ihn pressten. Mit schamloser Entschlossenheit rieb sie die Backen gegen seine Waffe, die heiß pulsierend in ihre Kerbe drängte, zunächst bis zum Anus, dann aber auch weiter, vor und zurück.

Sie konnte ihr Entzücken und ihre Hitze nicht länger ertragen, deshalb drehte sie sich um und sah ihm ins Gesicht. Ihr Venusberg begann einen langsamen Rhythmus gegen die samtene Härte seines Schafts zu schlagen, während seine Hüften unaufhörlich zuckten.

»War es so geil?«, fragte er zwischen zwei keuchenden Atemzügen. »Dass du über eine belebte Straße gegangen bist, sodass deine Brüste sich an deinem Mantel rieben, und dann ohne Höschen?«

»Und die Brise in meinen Haaren«, fügte sie hinzu und sah schelmisch auf zu ihm. »Ich spreche von den Schamhaaren.«

Wie aufs Stichwort krabbelten seine Finger durch die kurzen krausen Härchen.

Obwohl seine weißen Zähne in einem Lächeln aufleuchteten, wusste sie, dass er noch etwas fragen wollte.

Sie stillte seine Neugier nicht. Ihm bestimmte Informationen vorzuenthalten, gab ihr ein Gefühl der Macht. Er hielt sie umschlungen, presste seinen Körper gegen seinen und wollte doch nur Einzelheiten über ihre Begegnung mit Beaumont hören.

Allmählich ließ sie sich nach unten sinken und streichelte mit den Händen über seine Schultern und die Brust.

Dann befand sich ihr Gesicht auf einer Höhe mit seinem Männerstolz. Wie stark er aussah, wie samtweich die purpurne Spitze, wie pulsierend und voller Lebenskraft. Der Stamm des Lebens, dachte sie, der Spender aller guten Dinge.

Er pulsierte mit der Präzision eines Metronoms. Die Spitze berührte leicht ihre Wange, ihre Nase und ihre Lippen.

»So weich«, gurrte sie. »So kräftig und doch so sanft.«

Als ob es eine Antwort auf ihre Lobpreisung sein sollte, drückte sich ein erster perlender Tropfen durch die Öffnung in der Eichel. Zögernd schnellte die Zunge heraus, einmal, zweimal, dann war der Tropfen verschwunden und lag salzig und süß auf ihrer Zunge. Sein Penis streckte sich nach jedem Lecken.

Mit beiden Händen strich sie über die perfekt geformten festen Oberschenkel, gestählt von den harten Muskeln, die ein Mann erwirbt, wenn er Berufsreiter ist.

Sie konnte die Wärme dort riechen. Ihr Atem wehte gegen die krausen Härchen seiner Scham; sie umkreisten die Wurzel seines Schafts, während der Hodensack von weichen Daunen umgeben war. Sie kitzelten ihr Kinn, die Nase und den Mund, wenn ihre Zunge quälend langsam über seinen Schwanz leckte. Sie hörte Mark stöhnen.

Während eine Hand die köstliche Frucht streichelte, die reif zwischen seinen Beinen baumelte, packte die andere Hand den prallen Stamm. Er reckte sich voller Entzücken, als ihre Finger ihn umschlossen. Wie heiß er war, wie weich, wie stark!

Einen Moment lang labte sie sich an den Konturen seiner Venen und der Röhre unter der stärker werdenden Röte des Schafts. Ihr Mund küsste die Spitze, ihre Zunge bohrte sich in die Öffnung hinein und holte weitere salzige Perlen heraus. Dann teilten sich die Lippen und saugten den ersten Saft aus seiner Erektion.

Auf und ab bewegte sich der Kopf in konstantem Rhythmus; ihre Lippen glitten nach unten, zogen sich zurück, öffneten sich etwas mehr und kehrten zur Wurzel zurück. Wie der Kopf sich bewegte, so bewegten sich auch ihre Hände. Eine kurvte um den kräftigen Muskel, wobei eine Fingerspitze unter dem Schaft auf der Röhre lag, durch die seine Erleichterung herausschießen würde. Die andere Hand streichelte die hängenden Hoden, hob sie von außen an und sondierte die innere Härte.

Wie sie den Stamm saugte und küsste, konnte man fast den Eindruck haben, sie wollte ihn verzehren. Gleichzeitig stiegen auch ihre eigenen Nöte an; ihre Nässe bildete sich um das bebende Zentrum ihres Geschlechts.

Mark spielte mit den Fingern in ihren Haaren und bewegte ihren Kopf auf seinem Schaft auf und ab. Als er sie losließ, küsste sie die zuckende Eichel noch mal, dann erhob sie sich und folgte ihm zur blau-weiß gestreiften Chaiselongue.

Er legte sich darauf, die Beine hingen zu beiden Seiten hinab. Seine Schultern nahmen die ganze Breite ein. Am schmalsten Punkt seines Körpers ragte der Penis hoch, stark, stolz und zur Aktion bereit. Er nahm ihn kurz in die Hand und rieb ihn einige Male.

Als sie seine Erektion betrachtete, blieben ihre Hände auch nicht faul. Eine Hand glitt zwischen ihre Schenkel und rieb kräftig über die fordernde Klitoris. Mit der anderen Hand massierte sie die Brüste; zuerst manipulierte sie die eine Warze, dann die andere zwischen Daumen und Zeigefinger. Es war ein schönes Gefühl, aber es war nicht genug. Sie wusste, was sie wollte, und aus alter Vertrautheit wusste er es auch.

Noch bevor die Worte ausgesprochen waren, ahnte sie schon, was er sagen würde.

»Ich bin bereit«, sagte er. »Reite mich.«

Sie lächelte, die Augen groß und strahlend, als sie die Schönheit ihres Reittiers in sich aufnahm. Sein Schaft war steif und stand aufrecht da.

Als ob sie ein Pferd besteigen wollte, schwang sie ein Bein über ihn. Einen Moment verharrte sie über ihm und sah, wie der pochende Schwanz sie so gerade erreichte. Die Spitze berührte ihr feuchtwarmes Portal.

Mit einer Hand langte sie unter sich. Ihre Finger streichelten über die Krone des Schafts. Wie stark er war, wie voller Kraft, und wie er sich so stolz aus dem Wald der Schamhaare erhob. Er war heiß, hart und voller Blut, und bei jeder Berührung zuckte er. Aus ihrer Kehle drangen schnurrende Geräusche, als sie den Penis zwischen ihre Labien rieb. Sie waren nass und glitschig von ihren Säften, die sein Glied wie eine Silberscheide überziehen würden.

Die Reibung bei seiner Reise von der Klitoris zur Vulva ließ sie schwerer atmen. Sie schloss die Augen und genoss die Erfahrung, über diesem Mann zu sein und seinen Körper zu benutzen, um ihr Verlangen zu befriedigen.

Während ihr Atem sich beschleunigte, zwickte sie eine Brust. Ihr Kopf fiel nach vorn, und ihre Hand umfasste die Brust höher. Mit der Zunge leckte sie über das weiche Fleisch. Sie liebte dieses Gefühl, die seidige eigene Haut zu kosen. Sie stöhnte in eigensüchtiger Verzückung und rutschte ihm langsam entgegen, um sich von ihm pfählen zu lassen. Ihre Vulva saugte den Mann in ihr heißes Innere.

Zuerst waren ihre Bewegungen langsam, denn ihre inneren Lippen mussten sich erst an den Eindringling gewöhnen. Sie presste ihre Pobacken zusammen und spannte ihre Bauchmuskulatur an, wohl wissend, dass er auch das Ziehen ihrer Muskeln spüren würde. Sie hörte ihn stöhnen, der Atem kam immer schwerer, und sie ritt ihn immer schneller. Ihre Brüste hüpften, fast aus eigenem Antrieb, und Penny keuchte vor Lust.

Plötzlich, als sie ihrem Pferd gerade die Fersen in die Seiten stieß, um es anzutreiben, erhöhte sie die Geschwindigkeit, hüpfte auf und ab auf ihm, als befände sie sich im heißen Galopp. Sie blieb auf ihm gepfählt, und ihre Pussy gab saugende Geräusche von sich, weil ihre Säfte zur Flut wurden.

Sie hatte den Kopf in den Nacken geworfen, hielt die Augen geschlossen und riss den Mund weit auf, um mehr Luft zu schnappen. Sie stellte sich vor, wie sie ausritt und der Wind in ihr Gesicht klatschte. Und die ganze Zeit blieb sie gepfählt und eins mit ihrem Reitpferd.

Sie erhöhte das Tempo und fiel nach vorn, die Hände um seinen Hals gewunden. Sie presste ihre Lippen auf seine.

Ihre Brüste schwangen vor und zurück, und seine Hände hielten sie umschlungen, wiegten und streichelten sie. Seine Daumen stießen gegen die harten Nippel.

Sie fühlte, wie seine Hüften sie anhoben, dann fühlte sie die ersten Wogen eines bevorstehenden Orgasmus. Es war, als würde ein elektrischer Strom sich auf eine Stelle konzentrieren. Die Spannung sammelte sich da und wurde zur Hochspannung, und sie konnte nur darauf warten, in einem gewaltigen Energieschub zu explodieren.

Sein Gesicht nahm sie nur verschwommen wahr, sie hatte

sogar seine Existenz vergessen. Er war jetzt nur ihr Reittier, das ihr zu ihrer Erleichterung verhelfen sollte. Sie musste ihre eigenen Gelüste befriedigen.

Als ihre Erleichterung einsetzte, explodierte die Stimme vor Lust. Sie schrie ihren Orgasmus an die Decke, kurze schrille Schreie der Ekstase. Er stieß ein letztes Mal tief in sie hinein, und sie spürte ihn zittern; zuerst konnte er das gar nicht kontrollieren, aber dann nahm das Beben ab, bis er sich verausgabt hatte. Sie fielen übereinander.

Ein leichter Schweißfilm klebte auf ihnen fest. Sie lagen fast reglos nebeneinander. Seine Finger streichelten über ihr Rückgrat. Sie lächelte still vor sich hin und wartete auf die Frage, die er noch nicht gestellt hatte,

»Bist du mit ihm ins Bett gegangen?« Er hastete mit den einzelnen Worten, und sie entdeckte Eifersucht.

»Mit wem?« Sie lächelte, als sie nachfragte. Ihr Mund und die Augen waren hinter einer Haartolle verborgen. Es machte ihr Spaß, ihn hinzuhalten. Ihrer Meinung nach hatte er kein Recht, diese Frage zu stellen. Sie gehörte ihm nicht. Sie gehörte nur sich selbst. Sie ahnte seine Irritation.

»Mit ihm. Alistair Dingsbums.«

Der Anflug eines Seufzers kam aus ihrem Mundwinkel. Es fiel ihr schwer, ihre Enttäuschung zuzugeben, auch Mark gegenüber.

»Wir haben kaum etwas gemacht.«

Es folgte eine kurze Pause. Wieder wusste sie, was er dachte und was er danach fragen würde.

»Hast du ihn gelutscht? Oder ihm einen runtergeholt?«

Sie hob den Kopf, und ihre Blicke trafen sich. Er hatte blaue Augen wie sie auch, aber seine Wimpern waren nicht so lang und so dunkel wie bei ihr.

Seine Mund zuckte ein wenig in den Winkeln. Falten bildeten sich auf seiner Stirn. Plötzlich tat er ihr leid. Sie würde ihn verlassen. Er wollte nicht, dass sie ging, aber sie musste. Sie würden Freunde bleiben, aber wenn sie ihre Karriere verfolgen wollte, musste sie gehen.

Sanft küsste sie seine Nasenspitze. Die Nasenflügel blähten sich auf – er konnte sich selbst riechen – sein Geruch auf ihren Lippen.

Sie lächelte. »Nichts, absolut nichts. Nicht mal ein Kuss. Alles lief sehr höflich ab, sehr geschäftsmäßig.«

Seine Unterlippe sackte hinab. Er war so überrascht, wie sie gewesen war.

Aber das sagte sie ihm nicht, denn es war nicht wichtig. Ihr Weg war vorgezeichnet. Sie hatte einen Vertrag unterschrieben. Sie brauchten beide neue Weiden.

Sie legte sich auf den Rücken, starrte eine Weile an die Decke und bereitete sich auf Marks nächste Frage vor, die bestimmt kommen würde.

»Glaubst du, dass er schwul ist?«

»Typisch!«

Ihrer Erfahrung nach war das die erste Mutmaßung eines heterosexuellen Mannes. Mark, wusste sie, würde nie eine Chance verstreichen lassen, mit ihr oder einer anderen Frau zu schlafen. Deshalb fiel es ihm schwer zu glauben, dass andere Männer nicht auch so reagierten.

Trotzdem dachte sie einen Moment darüber nach, bevor sie antwortete. Im Nachhinein erinnerte sie sich an Alistair Beaumonts Augen, als sie ihre Kleider ausgezogen hatte. Die stahlgrauen Augen waren größer und heller geworden, als sie ein Kleidungsstück nach dem anderen ablegte.

»Nein«, sagte sie leise, fast geheim. »Ich glaube nicht.«

Drittes Kapitel

Sie empfand keine Schuldgefühle, dass sie Mark verlassen würde und auch die Wohnung, in der sie ein Jahr lang zusammengelebt hatten. Die Liebe war zur Gewohnheit geworden, und der Sex, obwohl immer noch ein Vergnügen, näherte sich dem Zustand, in dem ihre Vertrautheit die heißblütige Leidenschaft ersetzte.

Die Anspannung höhlte ihre Konzentration aus, als Gorgeous Sir Galahad, der braune Wallach, und Flamboyant Flame, ihre Apfelschimmel-Stute, in die Box geschoben wurden. Bald würden alle drei, sie und ihre zwei Pferde, im neuen Zuhause sein.

Seit dem frühen Morgen hatte die Aufregung ihre Vorbereitungen bestimmt. Egal, wie Mark über ihren Abschied denken würde, sie konnte ihren Enthusiasmus darüber nicht verhehlen, dass sie nun zum angesehenen Team von Beaumont Place gehörte. Die Einrichtungen dort waren besser als irgendwo sonst, wenn man sich auf das verlassen konnte, was Ariadne ihr erzählt hatte.

Steife Glieder zeugten von einer stürmischen und anstrengenden Nacht und erinnerten sie daran, dass sie Marks harten Körper auf ihrem vermissen würde. Aber, sagte sie sich, unersetzbar war er nicht.

Immer noch nagte es an ihrem Selbstbewusstsein, dass Beaumont sexuell nichts von ihr wissen wollte. War sie ihm nicht gut genug?

Aber er hatte auch Ariadne nicht angefasst. Wer konnte ihren reifen Apfelbrüsten und der bereitwilligen Pussy schon widerstehen? Aber jetzt lief die Wette, und außerdem war ihre Neugier geweckt. Jetzt lag es an ihr, die Herausforderung anzunehmen. Was für ein Mann musste das sein, der anderen Paaren beim Sex zuschaute, ohne selbst aktiv zu werden? Nun, wenn es wirklich so war, dann musste sie sich eben was Neues einfallen lassen.

Vielleicht, dachte sie, war sein Geschmack fade geworden, überflutet von zu viel Sinnlichkeiten, durchaus möglich bei einem Mann, der sich alles erlauben konnte.

Beaumont besaß ein Geschäftsimperium, das sich von London nach Boston und New York erstreckte, und außerdem gab es Filialen in Australien, Südafrika und Südamerika. Er gehörte zu den Männern, deren Leben von ihren geschäftlichen Interessen dominiert wurde. Und doch fand er noch Zeit, einen Reitstall zu gründen und auszubauen, und sich in der Welt des Springreitens zu etablieren.

Ein letztes Mal sah sie sich auf ihrem Hof um. Mäuse hatten an den Holzgattern genagt, und gelbes Unkraut schoss durch die Ritze des betonierten Bodens.

Auf Wiedersehen zu all dem, sagte sie sich und schaute ein letztes Mal zum Holunderbaum, der den Hof schon fast übernommen hatte. Alles ein bisschen seltsam, dachte sie und erinnerte sich gern daran, wie sie und Mark sich das erste Mal vor dem Baum geliebt hatten. An der Rinde waren zwei oder drei Fingernägel abgebrochen, und ihren nackten Po hatte sie sich wund gerieben.

Egal. Mark und all das lag hinter ihr, aber sie hatte trotzdem ein Lächeln für den Mann übrig, der sie glücklich gemacht hatte und das vielleicht auch später noch mehrmals tun würde. Wie jeder andere zurückgewiesene Mann zeigte auch Mark ein tapferes Gesicht, aber sie konnte nicht sagen, ob er traurig war oder nur ungeduldig darauf wartete, dass sie verschwand, damit er mit der Suche nach einem Ersatz beginnen konnte.

Sie wandte sich ab. Ihre Erinnerungen bewahrte sie auf wie kostbare Steine. Ihr Leben würde einen ganz neuen Kurs nehmen, obwohl sie bereute, seinen harten Körper und den befriedigenden Penis im Stich zu lassen.

Die Ladeklappe war endlich geschlossen. Die Pferde wieherten leise und schnauften, als sie Heu aus den Netzen zogen. In ihren Ohren hörte es sich so an, als wollten die Tiere sie antreiben und ihr sagen, dass sie sich auf frische Weiden freuten, und ihre zarten Gaumen auch.

Sie wandte sich an Mark. Es war eine kurze Verabschiedung, aber sie meinte, Eifersucht bei ihm zu entdecken.

»Mach dir nichts draus«, flüsterte sie ihm zu, als er ein letztes Mal an ihrem Ohrläppchen nagte. »Jackie wird sich um dich kümmern.«

Über ihrer Schulter schauten grüne Augen unter einer blonden Mähne der Szene zu. Jackie hatte volle Brüste, die gegen schwarzes Jersey drückten. Sie würde für sie einspringen und war schon seit einem Monat auf dem Hof. Penny nahm an, dass Jackie sich auf zukünftige heiße Nächte mit Mark freute, nun, da die Rivalin nicht mehr da war.

Mark gab ihr einen Klaps auf den Po – mit einer Leidenschaft, die er auch seinem Preishengst entgegengebracht hätte. Penny schwenkte den Po verführerisch und genoss die Berührung ein letztes Mal. Dann half er ihr in den klapprigen Pferdetransporter. Seine Hand hielt eine Backe fest, über die sich dunkelblaue Breeches spannten. Von dort rutschte die Hand in die Kerbe, und mit einem kräftigen Schwung landete Penny im Führerhaus.

»Ich hoffe, die alte Karre bringt uns hin«, sagte sie, als sie den Schlüssel drehte.

»Es ist das letzte Mal, dass du sie brauchst«, sagte Mark sarkastisch. »Mr. Beaumont hat bestimmt einen nagelneuen Pferdetransporter für dich angeschafft, und auf der Seite prangt sein Name. Und du brauchst dafür nur dein Bestes geben.« Er grinste hämisch. Plötzlich wusste Penny, dass sie hart daran arbeiten musste, ihn nicht zu vermissen. Am besten, dass sie bald einen Ersatz für ihn fand.

Als der Motor stotternd ansprang, atmete sie tief durch und setzte ein ernstes, tapferes Gesicht auf. Sie lächelte ihm zu.

»Ja, das werde ich auch«, sagte sie und musste an Ariadne denken und an alles, was sie ihr erzählt hatte. Sie konnte das Lächeln nicht kontrollieren, das sich über ihr ganzes Gesicht zog. Ihre Wangen nahmen die Farbe von rosa Äpfeln an. »Darauf kannst du dich verlassen.«

Sie trat das Gaspedal durch und zog davon, die Augen geradeaus. Diesmal konnte sie nicht zurückschauen.

Die Verführung von Alistair Beaumont wurde zur wichtigen Aufgabe. Als wollte sie eine neue Trophäe erringen, und dazu gab es auch noch ein Preisgeld. Ein neues Leben und neue Erfahrungen winkten. Sie war bereit.

»Alistair Beaumont, ich komme zu dir«, murmelte sie vor sich hin, als die alte Karre durchs Tor fuhr.

In einem warmen, roten Ziegelstein im späten neunzehnten Jahrhundert erbaut, fuhr man durch einen geschwungenen Bogengang auf den Hof vor den Ställen, umgeben von den tief hängenden Ästen einer purpurn blühenden Wistaria.

Der Kies knirschte unter den Rädern, als Penny den Transporter mitten auf dem Hof abstellte. Sie schaute sich um, besah sich ihre neue Umgebung, stellte den Motor ab und zog die Bremse an. Blinde Fenster starrten zurück. Hinter der verstaubten Fassade, nahm sie an, befanden sich Büroräume und vielleicht auch Vorratslager. Die übrigen drei Seiten des Gebäudes enthielten Pferdeboxen, einen Sattelraum und einen Heuschober. Dazu gab es mehrere Gebäude, die alle ihre Bedeutung hatten in der heftig konkurrierenden Welt des Reitsports. Am Ende der Anlage erkannte Penny eine große Scheune, und daneben lag ein Bau, der wie eine Reitschule aussah.

Was für ein Unterschied zu ihrem eigenen Hof, dachte sie neidisch, während sie die üppige Szenerie betrachtete. Nirgendwo eine Spur von Vernachlässigung, und auch nirgendwo ein Zeichen knapp werdender Finanzen. Hier war das Geld.

Und hier war auch, rief sie sich in Erinnerung, Alistair Beaumont, auf den sich zu warten lohnte. An dem Tag, an dem sie zur Mittagszeit mit ihm durch die überfüllte Straße zur Bank gegangen war, hatte sie sein klassisches Patrizierprofil wahrgenommen. Er strahlte Verantwortungsgefühl, Selbstsicherheit und Genialität aus. Sie brauchte nur an ihn zu denken, und schon wurde ihr weißer Baumwollslip feucht. Er war ein gut aussehender Mann, nicht nur ein mächtiger.

In der Hofmitte befand sich ein Springbrunnen, vielleicht älter als das Haus selbst. Um den Brunnen herum war ein kreisrunder Trog angebracht, in den ein pausbäckiger Cherub aus einem Kupferrohr pinkelte. Das Wasser plätscherte wie helles Lachen, und aus dem Trog stiegen perlende Diamanten hoch.

»Hübscher kleiner Kerl«, murmelte Penny und meinte damit sowohl den Cherub wie auch das Rohr, aus dem er so üppig pinkelte. Der Penis war größer als das, was man meistens an klassischen Statuen sah, und wies etwa die Länge auf, die man normalerweise einem erregten Erwachsenen zuschrieb.

Sie war so sehr damit beschäftigt, den Hof und die Außengebäude zu betrachten, dass sie Alistair zunächst gar nicht bemerkte, als der hinüber zu der Stelle schlenderte, wo sie geparkt hatte. Ihr Herz pochte. Sie strich mit den Händen über ihre schlanken Hüften. Ein Feuer entzündete sich und brachte sie zwischen den Beinen zum Sieden.

Er sah so gut aus wie an dem Tag, als sie neben ihm über die Straße zur Bank gegangen war. Mit dem Unterschied, dass damals ihr Körper vom seidenen Mantelfutter gereizt worden war. Sein Hemd sah jetzt auch nach Seide aus, sein Pullover schien aus Schafwolle zu sein, und seine Breeches und die hohen braunen Lederstiefel waren bestimmt maßgeschneidert, ganz allein für seinen muskulösen Körper gemacht.

Aber heute war er nicht allein. Ein paar Schritte hinter ihm schritt ein anderer Mann. Er schien zu ihm zu gehören, aber doch ein wenig getrennt von ihm, und obwohl Alistair ihren Blick noch dominierte, konnte Penny es nicht vermeiden, dass sie kurz zu der anderen Präsenz schweifte. Er war ein sehr großer Mann mit hellblonden Haaren, die sich um seinen nackten Hals kräuselten. Ihr stockte der Atem, und eine Starre löschte die Flammen, die Alistair entzündet hatte.

Der andere Mann war schön auf eine Art und Weise, auf die auch eine Frau schön ist, oder ein Engel, oder Michelangelos *David.* Seine Gesichtszüge sahen wie gemeißelt aus. Engelsgleich war die beste Beschreibung, fand sie. Hohe Wangenknochen, hohe Stirn unter dem weißblonden Pony; breiter Mund und ein profiliertes Kinn – alle diese Einzelheiten gaben ihm ein ätherisches Aussehen. Seine Augen waren braun und schienen schnurstracks geradeaus zu blicken, als sähen sie etwas hinter Penny; etwas Bedeutenderes als die rote Ziegelsteinmauer, die verzweigte Wistaria oder den gelben Kies auf dem Hof.

Es war seltsam, aber obwohl sie noch im Führerhaus des klapprigen Pferdetransporters saß, verspürte sie den eigenwilligen Drang, ihre Brüste zu bedecken und ihre Hände vor die niederen Regionen zu halten, als ob sie nackt wäre, als könnte er ihr entblößtes Fleisch sehen. Es war unanständig von ihm, dahin zu starren. Es war fast so, als wären sie in einer Kirche, und er wäre ein Wesen, das aus einem Fenster hinab sah, komplett mit weißen Flügeln und einem goldenen Heiligenschein.

Das Gefühl schwand. Sie schluckte ihre Atemlosigkeit hinunter und richtete ihre Aufmerksamkeit wieder auf Alistair. Wenn er ihr Interesse für den anderen Mann bemerkt hatte, so sagte er nichts. Er stellte ihn nicht vor.

Die warme Brise des Abends wehte sein Aftershave ihr entgegen, das sich verlockend mit seiner ganzen Männlichkeit verband. Männlichkeit war ein Geruch, den sie immer sofort wahrnahm, nicht nur Aftershave, sondern auch Schweiß, Holzgeruch, feuchtes Gras und natürlich Tabak. Männern hafteten diese Gerüche an, völlig anders als die süße, salzige Mischung, die den Frauen eigen war; Blumendüfte mit weiblicher Transpiration. Ja, Männer rochen anders als Frauen, und dieser Unterschied erregte sie.

Sein Händedruck war warm und schickte kleine Erschütterungen ihr Rückgrat rauf und runter. Sein Lächeln wurde noch wärmer.

»Miss Bennet. Ich freue mich, Sie zu sehen.«

Sie nahm die angebotene Hand, als sie aus dem Transporter stieg. Die Handfläche warm, die Finger fest – für den Moment war der »Engel« vergessen.

»Ich bin froh, hier zu sein«, antwortete sie artig, atemlos vor Freude. Vor lauter Aufregung verknotete sich ihr Bauch, und in ihrem Kopf schwirrten die Geschichten, die sie über dieses Haus gehört hatte. Sie wartete darauf, dass ihr der andere Mann vorgestellt wurde, dessen marineblaue Strickjacke aus Jersey am Hals offen stand. Seine Haut war gebräunt und sah aus wie flüssiger Honig. Seine Blicke streiften sie flüchtig, dann starrte er sie beinahe schuldbewusst an, und obwohl sie ihn anlächelte, erwiderte er das Lächeln nicht.

Der »Engel« warf den Kopf zurück, und die Haare flogen ihm aus der Stirn. Der Schwall seiner Haare fiel in sanften Wellen in seinen Nacken.

Plötzlich wurde ihr ganz heiß, und ihre Lippen waren trocken. Dieser Mann war etwas, was sie nicht vorausgesehen hatte. Sie konnte das Blut spüren, das in ihren Wangen pochte; sie wusste, dass sie jetzt rosa wurden wie Mandelblüten. Lust sickerte wie Honig in ihr Liebesnest. Sie fühlte sich sehr lüstern.

Alistair redete. Es kostete sie Mühe, sich auf das zu konzentrieren, was er sagte. Schließlich war er der Mann, wegen dem sie gekommen war, der Mann, der ihre Rechnungen bezahlen und auf ihren Charme reagieren sollte, falls sie die Karten richtig ausspielte.

Alistair zeigte auf die einzelnen Gebäude, aber er traf immer noch keine Anstalten, den großen blonden Mann in ihre Unterhaltung einzubeziehen. Schweigend ging der Mann hinter ihnen her – drei Schritte, wie eine orientalische Ehefrau oder wie ein Eunuch im Harem. Es war, dachte sie mit wachsender Neugier, als wäre er gar keine Person, sondern irgendein Gegenstand, etwas, für das Alistair auch bezahlte. Er war schön anzusehen, und wenn er sich bewegte, stellte sie sich vor, wie er nackt aussehen würde.

Sie hörte aufmerksam zu, als Alistair erzählte. Sein Aussehen und auch seine Stimme verlangten ihre volle Beachtung. Der Klang seiner Stimme und der Geruch, den er und die teure Kleidung von sich gaben, bekräftigten ihre Absicht: Dieser Mann war einer, den man festhalten musste. Trotzdem hätte sie auch gern den Namen des blonden Adonis gewusst, der immer noch drei Schritte hinter ihnen ging. Würde Alistair ihn bald vorstellen und verraten, welchem Job er hier nachging?

»Wenn Sie die Tiere jetzt ausladen wollen«, sagte Alistair mit seinem warmen Timbre. »Gregory wird Ihnen Ihre Ställe zeigen. Danach«, fügte er hinzu und bedachte Gregory mit einem seltsamen Blick der Selbstzufriedenheit und des stillen Vergnügens. »Er wird Ihnen Ihre Unterkunft zeigen und Ihnen auch helfen zu entspannen. Das kann er sehr gut. Ich bin sicher, Sie werden keine Mühe haben, sich schon bald wie zu Hause zu fühlen.«

Für einen kurzen Moment folgte ein gepeinigter Ausdruck auf Alistairs Gesicht, aber dann war er auch schon verschwunden. Penny hatte keine Ahnung, was beide Blicke zu bedeuten hatten, deshalb dachte sie auch nicht länger darüber nach. Stattdessen sah sie Gregory an und lächelte schwach.

Als sie sich wieder an Alistair wenden wollte, hatte er ihr schon halb den Rücken zugewendet. Wie ein Schulmädchen fühlte sie sich als entlassen.

»Wir sehen uns beim Abendessen, Miss Bennet«, rief Alistair ihr über die Schulter zu.

»Ja, ja natürlich. Ich wünschte, Sie würden Penny zu mir sagen.«

Er drehte sich nicht um und gab auch nicht zu erkennen, dass er sie gehört hatte.

»Miss Bennet!« Gregorys Stimme ließ sie aufschrecken. Seine Stimme klang melodiös, eine Mischung aus Kirchenorgel und Jazz-Klarinette.

»Wenn Sie mir bitte folgen«, sagte er, als er ihr Gepäck ausgeladen hatte und zur Ostseite des Hofs ging. »Die Stalljungen werden sich um Ihre Pferde kümmern.«

Als sie seine Stimme hörten, traten zwei junge Männer, kaum zwanzig, aus dem breiten Tor des Hauptstallgebäudes. Dort waren auf einer Seite die Ställe für Pennys Pferde untergebracht.

Sie lächelte die Stalljungen an, und sie lächelten zurück.

Sie folgte Gregory und nahm die Gelegenheit wahr, seine breite Rückseite und den festen Hintern ausgiebig zu betrachten. Sie begann bei den glänzenden blonden Haaren, die seinen Kopf bedeckten wie bei einem Pagen in einem Renaissance-Gemälde. Ihre Betrachtungen gingen weiter zum kräftigen Nacken und den maskulinen Schultern, deren Muskeln sich unter dem Jersey abzeichneten, denn schließlich hatte er ihr Gepäck zu tragen. Sein Schreiten war lang genug für seine langen Beine, während seine Oberschenkel und die Wadenmuskeln sich gegen die steife Baumwolle der verwaschenen Jeans zu wehren schienen. Es sah aus, als wollten sie fliehen.

Ihr Zimmer befand sich im dritten Stockwerk eines hohen Turms an der Ostseite des Hauses. Der Turm schien älter als der Rest des Hauses.

Die Treppenstufen waren aus Stein und führten an kalten Wänden vorbei. Für einen Augenblick dachte sie an den Komfort, den sie bei einer solchen Unterkunft erwarten konnte – oder auch nicht. Steinerne Wände, klamm und kalt wie eine billige Dichterklause in der Mansarde?

Ihre Sorgen waren nicht berechtigt, stellte sie fest, als eine schwere Holztür wie aus einer mittelalterlichen Liebesromanze aufschwang und den Blick auf ein Zimmer zuließ, in das sie sich sofort verliebte.

Das Zimmer war kreisrund, die Decke hoch. Balken liefen zur Mitte der Decke, deshalb hatte man das Gefühl, sich in einem Zelt zu befinden.

Das Bett war breit und alt; an der Kopf- und Fußseite wurde es von schweren Holzpfeilern mit geflochtenem Gerstenzucker gestützt. Es gab einen offenen Kamin, in dem ein Feuer brannte. Dicke Gobelins hingen an den Wänden, und alte, kostbare Läufer lagen auf dem polierten Holzfußboden.

Es gab einen riesigen Spiegel in einem dunklen Holzrahmen, der sich vom Boden bis fast zur Decke erstreckte.

Viele Schränke luden zum Verstauen ihrer Habseligkeiten ein. Dazu gab es einen Fernseher und nebenan das Badezimmer. Einige Hotels, in denen sie gewohnt hatte, waren nicht so üppig ausgestattet gewesen wie dieses Zimmer, dachte sie.

»Es ist wunderbar«, rief sie ehrlich, als ihre Taschen krachend auf den Boden gestellt wurden. »Sind alle Zimmer so schön ausgestattet?« Sie beobachtete ihn, während sie auf seine Antwort wartete. Ihr Atem hatte sich beschleunigt. War das eine Nachwirkung der vielen Treppenstufen oder hatte ihre Musterung seiner Rückseite damit zu tun? Er gab ihr keine Antwort und beschäftigte sich damit, ihre Sachen wegzustellen. Sie sah ihm zu, wie er wie ein wild gewordenes Zimmermädchen herumraste, und das ärgerte sie.

Bisher hatte sie nicht viel aus Gregory herausholen können. Aber sie würde es wieder probieren, denn sie hörte seine Mahagonistimme gern.

»Sprichst du überhaupt mit jemandem?«, stichelte sie.

Er stand mit dem Rücken zu ihr, aber sie war sicher, dass er sie gehört und verstanden hatte.

»He, verdammt noch mal«, rief sie, als er drei große Schritte machte und im Badezimmer verschwand.

Penny hörte Wasser rauschen, und man brauchte nicht Sherlock Holmes zu sein, um zu schätzen, dass er Wasser für ein Bad einlaufen ließ.

»Ich habe dir nicht gesagt, dass du das tun sollst«, rief sie. Entweder kam der Strahl zu laut aus dem Hahnen oder er war taub oder ignorant. Sie hatte immer noch keine Reaktion von ihm erhalten.

»Ach, was soll's«, fuhr sie fort, dann seufzte sie: »Ich nehme das Angebot an. Ich nehme ein Bad.«

Sie würde ein Bad genießen am Ende dieses Tages, dachte sie. Am Morgen war sie früh aufgestanden und sie hatte eine lange Fahrt hinter sich. Ja, eine Stunde in der Wanne liegen war die Wonne – was spielte es da für eine Rolle, wer die Hähne aufdrehte?

»Danke«, rief sie so laut sie konnte. »Das ist genau das, was ich jetzt brauche.«

Penny näherte sich der Tür zum Bad, dann lehnte sie sich dagegen und sah sich um.

»Dies ist also«, sagte sie fröhlich und suchte sein Gesicht nach einer Reaktion ab, »das Badezimmer.«

Er stand über die Wanne gebeugt und schüttete aus einer langen Plastikflasche mit einem eigenwilligen Hals etwas ins Wasser, das sich daraufhin in rosa Wirbeln drehte, bevor sie kleine Hügel aus weißen Blasen bildeten.

Da er nicht antwortete, sah sie sich gründlicher im Badezimmer um. Die Ausstattung war ganz in Weiß gehalten, nur die Armaturen waren golden. Die Wand, die der Wanne gegenüber lag, war von oben bis unten mit Spiegeln versehen, die jetzt aber von den Dämpfen des heißen Wasser schon blind wurden.

Ohne darüber nachzudenken, öffnete sie die oberen beiden Knöpfe ihrer Bluse, als sie zurück ins Zimmer ging. Die nackten Brüste reagierten empfindlich auf die warme Luft im Bad. Auf der Suche nach frischer Wäsche zog sie den Reißverschluss einer Tasche auf. Eine Hand griff ihre und hielt sie fest.

»Ich erledige das«, sagte er schneidig. »Nehmen Sie Ihr Bad.«

Da war sie wieder, die Stimme, die ihre Brüste kribbeln ließ und ihren Schoß mit dem Saft der Erwartung füllte. Seine Hand lag kühl auf ihrem Arm.

Offenen Mundes schaute sie ihm in die Augen, die sie mit seltsamer Intensität anstarrten. Aus dieser Nähe war sein Gesicht noch schöner, noch atemberaubender. Seine Augenbrauen waren gewölbt und etwas dunkler als seine Haare. Seine Lippen waren sinnlich und zeigten ein helles Pink, als könnten sie an ihrer Seele saugen.

Seine Finger ließen sie los, aber sie bedauerte den Verlust der Berührung. Da sie bisher keine Antworten von ihm erhalten hatte, seufzte sie und ließ sich aufs Bett sinken. Sie war müde nach dem frühen Start und der Reise selbst. Warum sollte sie sich nicht von diesem Mann mit dem Gesicht eines Engels und dem Körper eines Olympioniken bedienen lassen?

Sie stieß die Spitze eines Stiefels gegen die Ferse des anderen und begann damit, den Stiefel langsam vom Fuß zu treten.

Ohne gefragt zu werden, grätschte er über ihre Beine. Plötzlich verlor sie sich in ihrer eigenen Phantasie, in ihren eigenen Gelüsten. Sie sah den Hintern, ihrem Gesicht zugewandt. Runde Backen, festes Fleisch, wahrscheinlich mehr Muskeln als Fett.

Er zog kräftig am ersten Stiefel, der sich trotz seiner starken Arme noch ein bisschen wehrte.

Sie ließ den Kopf zurückfallen, und weil das schwarze Samtband sich gelöst hatte, breiteten sich die Haare auf der Tagesdecke aus. Dies war Luxus. Warum sollte sie ihn das nicht tun lassen? Vor ihr spannten sich seine Backen, aber auch die Rückseiten der Oberschenkel, die gebeugten Knie und die wohlgeformten Waden.

Plötzlich fühlte sie den Impuls, mit einer Hand zwischen seinen Beinen zu streicheln, sie wollte sein Skrotum drücken, das so versteckt da lag und gleichzeitig so entblößt in dieser Position. Sie hob den Kopf und betrachtete wieder seinen Körper. Durfte sie es wagen, ihn anzufassen? Seine privatesten Stellen zu berühren, auch wenn er kaum mit ihr sprach und wenn er so schön war, dass er ein Kunstwerk hätte sein können?

Aber der Augenblick ging vorbei.

Als ein Stiefel geschafft war, der jetzt mitten auf dem rotblauen Teppich lag, begab Gregory sich mit neuer entschiedener Kraft an den zweiten.

»Ich lasse sie säubern«, sagte er und stellte sie draußen vor die Tür. Dann schloss er die Tür ab und kam wieder herein. Damit hatte sie nicht gerechnet, aber sie sprach nicht dagegen.

Penny rieb ihre Zehen gegeneinander. Nun gut, dachte sie, wenn es so sein soll ...

Mit flotten Fingern öffnete sie ihre Knöpfe. Sie hatte den Drang in sich, ihm ihren entblößten Körper zu zeigen, damit er etwas sagen musste. Dann konnte er bleiben und sie nehmen.

»Ich mache das«, hörte sie ihn sagen.

Ihre eigenen Hände hielten inne, und ihr Mund öffnete

sich weit vor Staunen. Auch damit hatte sie nicht gerechnet.

Jetzt knöpften die kühlen, langen Finger, die sie auf ihrem Arm gespürt hatte, ihre Kleider auf.

»Ja, gern«, rief sie aus. Es geriet zu einem atemlosen Schnurren. Ihre Brüste hoben und senkten sich in dem Bemühen, diese kühlen Finger auf ihrer seidigen Haut zu spüren.

Ihre Sinne schwirrten herum. Was würde er jetzt tun? Aber spielte es eine Rolle? Was immer er wollte – sie würde mitmachen. Ihre Augen sahen nur ihn, der Mann sah neben ihr wie ein Turm aus, und neben seinen kühlen Fingern hatte er eine Stimme, so warm wie ein vorgewärmter Brandy. Sie begehrte ihn auf jede erdenkliche Weise.

Ihre Bluse offen und ihre Brüste entblößt, schaute sie ihm ins Gesicht. Es gab keine Veränderung in seinem Ausdruck, nichts in dem Blick sagte, dass sie schön wäre, und sie erkannte auch kein Zeichen, dass er heiß auf sie war.

Irgendwie fühlte sie sich zurückgewiesen. Als wollte sie sich ihre Selbstachtung wieder holen, schaute sie an sich hinab auf die süßen Hügel ihrer festen Brüste, die sich einladend seinen Händen und seinem Gesicht näherten. Sie wölbte den Rücken, aber auch das half nicht.

Er zog ihr die Bluse aus. Sie war nackt bis zur Taille. Ihre Arme blieben an ihren Seiten.

»Stehen Sie auf«, verlangte Gregory. Sie sah keine Emotion in seinem Gesicht, und es schien ihn überhaupt nicht zu bewegen, dass ihre Brüste jetzt nur eine Handbreit von seinem Brustkorb entfernt waren, oder dass sie fast sehnsüchtig zu ihm hoch schaute. Sie wollte, dass er die krönenden Spitzen mit den Fingern drückte und mit der Wärme seiner Lippen umfing.

Sie fühlte sich betrogen, im Stich gelassen. Was war nicht

in Ordnung mit ihr, dass dieser Mann diese deutliche Einladung ignorierte? Zog er Blondinen vor?

Sie musste an Ariadne denken, die große blonde Frau, die vor ihr hier war. Plötzlich wurde sie eifersüchtig …

»Legen Sie Ihre Hände auf den Kopf. Ich helfe Ihnen, die Hose auszuziehen.«

»Das kann ich selbst«, sagte Penny, aber dann schalt sie sich stumm eine Närrin.

»Legen Sie Ihre Hände auf den Kopf«, wiederholte Gregory, ohne sie anzuschauen.

Penny zitterte leicht, aber sie tat, was er verlangte. Die Musik seiner Stimme war unwiderstehlich. Ihr Körper wollte aus den verstaubten, verschwitzten Kleidern heraus. Ihr Körper war warm. Sie fragte sich, ob seiner auch warm war, oder so kühl wie seine Hände.

Ihr Seufzen ging in lustvolles Stöhnen über. Penny sah hinüber zum Bad. Heißer Dampf stieg auf und waberte aus der Tür. Vielleicht, dachte sie mit wachsender Lust, würde er sich zu ihr in die Wanne setzen. Was für eine Aussicht – diese bezaubernde Gestalt bei ihr, neben ihr, auf ihr in der Enge des warmen Wassers und mit den aromatischen Düften …

Sein Gesicht war nur wenige Zentimeter von ihrem entfernt; seine Hände fummelten an ihrem Hosenbund. Ihre Blicke trafen sich, aber sein Blick blieb seltsam leer, wenn auch immer noch die Intensität in den Augen brannte, die Schmetterlinge in ihrem Bauch tanzen ließ.

»Ziehen Sie sich auch aus?«, fragte sie, die Hoffnung in ihrer Stimme und in den Augen mehr als deutlich. Bisher hatte sie von ihm keine Antworten erhalten, deshalb überraschte es sie, dass sie nun eine erhielt.

»Nein.«

Die Reaktion kam abrupt. Er sah sie kurz an, dann senkte er den Blick, knöpfte den Hosenbund auf und öffnete den Reißverschluss.

Er schien nicht zu bemerken, dass sie ihn anstarrte, den breiten Brustkorb musterte, die schmale Taille und schließlich auf den Reißverschluss seiner ausgeblichenen Jeans schaute.

Sie war beinahe überrascht, als sie da eine Beule entdeckte. Bisher war es ihm gelungen, ihren Blick zu meiden und nur ganz knappe Antworten zu geben, und doch war er erregt, auch wenn er nicht bereit schien, etwas dagegen zu unternehmen. Sie fragte sich warum, aber sie sagte und tat nichts.

Sie war enttäuscht wie vorher bei Alistair, aber jetzt war sie entschlossen, sich diesem besonderen Mann in all ihrer nackten Pracht zu zeigen, ohne Scham und ohne sich zu bemitleiden.

Es hatte was Tröstliches an sich, seine geschickten Finger zu spüren, die ihre Hose öffneten und langsam nach unten schoben. Den Slip nahm er gleich mit. Sie geriet in Verzückung, als sie diese Finger zwischen ihren Beinen spürte, um das Höschen aus der verschwitzten Spalte zu lösen. Einen Moment lang hoffte sie, das zu bekommen, was sie sich so sehr wünschte – und er offenbar auch.

Das Verlangen breitete sich in ihrem Körper aus, noch viel stärker, seit ihr cremiger Schlitz, der in einer Mischung aus Gesundheit und Schweiß strahlte, entblößt war. Ihre Kleider lagen auf dem Boden verstreut.

Sie sah zu, wie er sich bückte, um sie aufzuheben und auf einen Stuhl nahe der Tür zu legen; er faltete jedes Kleidungsstück, als wäre es frisch und sauber und nicht schmutzig mit dem Geruch von Schweiß und Pferd.

Es ärgerte sie, dass er ihren Kleidern mehr Beachtung schenkte als ihr. Die Verärgerung drohte überzukochen.

Noch bevor sie das erste Wort gesprochen hatte, wusste sie, dass er es in ihrer Stimme hören konnte. Aber sie hatte genug. Es musste heraus.

»So, jetzt bade ich.« Sie klang herrisch, und so wollte sie auch klingen.

Sie warf den Kopf zurück und hielt sich so stolz, wie sie konnte, als sie nackt ins Bad ging. Vielleicht würde der Mann jetzt irgendwas unternehmen, entweder würde er gehen oder es mit ihr treiben.

Gregory folgte ihr ins Bad.

Penny blieb stehen, drehte sich um und starrte ihn an. Wieder wandte er den Blick ab.

»Danke. Ich schaffe das jetzt allein«, sagte sie, nahm ihre Brüste in die Hände und zwickte in die Nippel, was ihr gefiel und auch ihm gefallen sollte. Sie war sich der vielen anderen nackten Pennys in den beschlagenen Spiegeln bewusst, und auf jedem Bild drückte sie die aufragenden Nippel.

»Steigen Sie in die Wanne. Bleiben Sie stehen, dann reibe ich Sie mit dem Schwamm ab.« Seine Stimme kam im Befehlston, aber sie war so angetan, dass sie gehorchte.

Sie zögerte nur einen kurzen Moment. Ihre Gedanken fuhren Achterbahn zwischen Verlangen und Stolz. Wer war dieser Mann, dass er ihr sagen konnte, was sie zu tun hatte? Und warum fiel er nicht einfach über sie her, knetete ihre Brüste mit seinen kräftigen Händen, legte sie flach und stieß seinen harten Schwanz in ihre bereitwillige Pussy?

Darauf hatte sie keine Antworten. Also stieg sie in die Wanne und hoffte auf das Beste. Und sie wusste ganz genau, was das Beste für sie sein würde.

Vor Lust begann sie zu stöhnen. Ihre Haut glitzerte von den Seifenblasen des Cremebads. Gregory drückte den Schwamm über ihre runden festen Brüste. Die Wassertropfen und der weiße Schaum plätscherten wie ein Bergfluss nach unten.

Ihre Sinne berauschten sich an der wunderbaren Erfahrung. Sie und Mark hatten zusammen gebadet, aber dies hier hatte nichts mit dem gemeinsamen Bad zu Hause zu tun. Wie eine Prinzessin fühlte sie sich, und er stand wie ein Sklave in seiner engelhaften Schönheit und der maskulinen Kraft neben ihr; der Schwamm in der rechten Hand folgte den forschenden Fingern der linken Hand.

Mit zunehmender Hitze und weit aufgerissenen Augen sah sie zu, wie er sein Hemd auszog! Jetzt aber!, rief sie sich stumm zu. Jetzt!

Aber nichts geschah. Mehr zog er nicht aus. Er bückte sich und holte den Schwamm aus dem Wasser, dann setzte er seine Arbeit fort wie bisher.

Ihr Atem kam schneller, als seine Hände ihren Körper erforschten und einschäumten. Die Lust nahm sie gefangen, sie schnurrte und stöhnte, während ihr Körper in Zuckungen verfiel. Ganz egal, was er wollte, sie würde es ihm gewähren. Alles. Sie verspürte einen überwältigenden Drang, seine gebräunte, unbehaarte Haut zu berühren, die sich über den harten, biegsamen Körper spannte.

»Legen Sie Ihre Hände auf den Kopf«, sagte er. Dann trat er zurück, als hätte er geahnt, dass sie ihn berühren wollte.

»Was...?«, brachte sie heraus, den Rest verschluckte ihr rasender Atem.

»Tun Sie, was man Ihnen sagt. Legen Sie die Hände auf den Kopf. Es ist nicht erlaubt, dass Sie mich berühren.«

Mit einem Stöhnen des Bedauerns ließ sie die Blicke wieder über seinen schönen, jungenhaften Leib schweifen. Sie verfluchte den anhaltenden Schmerz, der wie Blei zwischen ihren Schenkeln hing. Was sollte sie jetzt tun?

Sie wäre gern ungehorsam gewesen und hätte die Finger über seine köstliche Gestalt massiert. Seine Haut hatte von Hitze und Schweiß eine rosa Farbe angenommen.

Dann seufzte sie und beschloss, die Rolle zu spielen, die man ihr zugedacht hatte. Und wenn er die Rolle des Badehaussklaven spielen wollte, sollte es ihr recht sein.

Die Spannung vertrieben und die Unruhe verbannt, legte sie die Hände auf den Kopf. Er kam wieder näher, lächelte nicht und zeigte eine ernste Miene. Sie konnte ihn jetzt riechen, scharf, männlich, saftig. Begehrenswert.

Zitternde Sensationen prickelten durch ihren Körper, als der Schwamm über ihren Bauch strich und dann zwischen ihre Beine huschte.

»Öffnen Sie Ihre Beine weiter.«

Sie hatte nicht die Absicht, eine solche goldene Gelegenheit zu verpassen, und so tat sie wie geheißen. Der warme Schwamm und die Emsigkeit seiner Hände spreizten ihre Labien, bis sie von Seifenblasen bedeckt waren, gründlich gereinigt.

Es fühlte sich sehr angenehm, sogar lüstern an. Noch ein bisschen mehr, und er hätte sie befriedigen können, aber weil er sich zu schnell die nächste Stelle vornahm, kam es nicht dazu. Das rosa Fleisch, das in der vergangenen Nacht ziemlich malträtiert worden war, fühlte sich erfrischt an und war gespannt auf neues Leben.

Sie schloss die Augen. So konnte sie sich besser auf das Prickeln konzentrieren, das zwar über die ganze Haut lief, aber die Klitoris und die blühenden Nippel zum Glühen brachte.

Die Hand, die den Schwamm nicht führte, strich über ihre Hüfte. Die Finger waren weich und quälend. Die Hand hielt sich an der Hüfte fest. Er langte um sie herum und knetete das Fleisch einer Pobacke.

»Wenn Sie auf alle viere runtergehen«, sagte er unvermittelt, »kann ich Ihnen den Rücken waschen.«

Dem Vorschlag konnte sie nicht widerstehen. Sie ließ sich auf alle viere nieder. Das warme Wasser schwappte ihr entgegen, und sie spürte, wie sich ihre Spannung löste, vertrieben von einer sexuellen Flut, die sie an eine warme Welle an einem tropischen Strand erinnerte.

Das Wasser berührte ihre Ellenbogen. Die pelzige Mischung aus Schwamm und Seife löste ihre Rücken- und Schultermuskeln. Sie schlug die Augen auf, schloss sie wieder und schnurrte wie ein Kätzchen. Die Hände wanderten über den Rücken und weiter zu den pinkfarbenen Backen.

Es kam ihr in den Sinn, dass Gregory diese Aufgabe bei allen Mädchen erfüllte, die neu auf den Hof kamen. Wahrscheinlich hatte er auch Ariadne so behandelt. Diese Vorstellung weckte ihre Eifersucht. Nun beruhige dich, redete sie sich zu. Dies war offenbar Routine, die dazu dienen sollte, die jungen Leute zu entspannen und Vertrauen aufzubauen. Was konnte dazu besser sein als ein gemeinsames Bad? War das nicht auch Brauch bei den Japanern?

Der Schaum kreiste um ihren Hals und tropfte schwerfällig von ihren Brüsten. Sie murmelte voller Entzücken, als die Weichheit des Schwammes zwischen ihre Backen gepresst wurde. Die Seife rann in die tiefe Kerbe und weiter durch den Kanal, der ihre Schenkel teilte.

Wärme, Seifenschaum und Weichheit drangen in die nassen Falten ihres Fleisches ein. Ihre Beine öffneten sich ein wenig mehr. Ihr Kopf fühlte sich benommen an, und ihre Augen schlossen sich, als sie sich an der süßen Dekadenz des Nichtstuns labte. Sie brauchte nichts zu tun und überließ sich ganz jemandem, der zuständig war, ihren willigen Körper zu reinigen und zu verwöhnen.

Sie fühlte seine langen Finger, delikat wie die Finger eines Künstlers, als sie ihre Backen teilten, ihren Anus entblößten und den Schwamm in die Öffnung schoben und behutsam hin und her wischten.

Für Penny gab es kein Halten mehr, sie stöhnte in ihrer Ekstase auf, schloss wieder die Augen, schlug Diskretion in den Wind und presste ihre Backen gegen den Schwamm und seine Hand.

»Ich glaube, wir brauchen mehr Seife«, hörte sie Gregory sagen.

»Wie du meinst«, ächzte sie.

Er strich mit den Händen über ihren Rücken. Seine Finger teilten ihre Backen wieder. Etwas Weiches, gleichzeitig aber auch Hartes wurde in ihren Anus geschoben. Sie hielt keuchend die Luft an und begriff, dass der Eindringling nur die Seife sein konnte, lang und eher wie Rasierseife geformt. Die Wirkung war unglaublich. Ihre Muskeln packten die Seife, die sanft rein und raus geschoben wurde. Sie stöhnte immer noch und wollte voll auskosten, was ihr geschah, deshalb krümmte sie den Rücken und presste sich dagegen. Dies war das beste Bad ihres Lebens.

»Mehr«, stöhnte sie und wünschte, dass die Seife doppelt so groß wäre oder dass es etwas Kräftigeres gäbe, um in ihre pulsierende Vulva zu stoßen, die nach Beachtung schrie. Auch die Klitoris verlangte Respekt und betrat die Szene wie ein Star, dem die Bühne gehörte.

Die Falten ihres Fleischs, die das Zentrum ihres Geschlechts umfingen, öffneten sich wie die Blütenblätter einer Seerose, und Tropfen der taufrischen Essenz mischten sich mit dem Schaum, als sich ihre Labien erwartungsvoll öffneten.

»Fertig«, hörte sie ihn sagen, als das Seifenstück aus ihr

gezogen wurde. Jetzt wechselte ihr Stöhnen zu einem Grunzen.

»Nicht aufhören«, rief sie, und drehte sich um, weil sie ihn wütend anstarren wollte. Sie hätte ihn noch länger anbetteln wollen, aber etwas in seinem Gesicht sagte ihr, dass ihr Betteln nicht willkommen war.

»Geduld«, sagte er. »Ich bin noch nicht ganz fertig. Aber ich habe meine Anweisungen.«

Sie wollte ihn nach seinen Anweisungen fragen. Aber ihr Verlangen nach seinen Manipulationen war größer als ihre Neugier.

Enttäuschung machte sich in ihr breit. Sie brauchte eine Erleichterung, und wenn Gregory nicht da gewesen wäre und sie sich von ihm versprach, dass er sie weiter verwöhnte, hätte sie mit einer Hand zwischen die Beine gegriffen und ihre kleine Knospe gestreichelt, bis es ihr gekommen wäre.

Verdutzt schaute sie über den Schaum auf ihrer Schulter und sah, dass er etwas von der Wand nahm.

Dann hielt sie den Atem an, als kaltes Wasser aus einer Handdusche spritzte und den Schaum vom Körper abwusch. Auf ihren Armen bildete sich eine Gänsehaut, und seine Hände lenkten das Wasser über ihren Rücken. Kalte Rinnsale rannen hinunter in die Kerbe, und auf der Vorderseite tropfte es eisig nieselnd von den steifen Nippeln. Sie keuchte noch einige Male, bis er das Wasser abstellte.

»Kaltes Wasser hilft der Spannkraft der Muskeln.« Gregorys Erklärung hörte sich überzeugend an, aber Penny glaubte ihm trotzdem nicht ganz. Oder besser: Sie wollte ihm nicht glauben. Sie wollte ihm glauben, dass er seine Arbeit genoss und dass der Anblick ihrer nackten Form und ihres nackten Geschlechts ihn verlockte.

Wenn da nicht die Beule in seiner Hose gewesen wäre,

hätte sie sein Geschlecht angezweifelt. Aber jetzt wusste sie instinktiv, dass er ein Mann war. Seine Körperform war schön und zweifellos männlich. Und sein Geruch war männlich. Ja, er war ein Mann.

Sie dachte über seinen Hinweis über die Spannkraft der Muskeln nach. Die Trennung zwischen Gesundheit und Sex war ihr immer wieder verschwommen vorgekommen. Als sie in der Badewanne gestanden oder gekniet hatte, waren ihre Gedanken mit Sex beschäftigt, nicht mit Gesundheit.

»Die Seife ist alle«, sagte er und stellte das kalte Wasser ab.

Sie hielt den Atem an, stieg aus der mit Schaum bedeckten Wanne und ließ sich von Gregory in das weiche dicke Badetuch hüllen und in seine sehnigen Arme nehmen.

»Köstlich«, sagte sie, schloss die Augen und kuschelte sich in das Tuch. Sie erfreute sich an der Wärme, an der Weichheit und an der Nähe seines Körpers.

Sie leckte sich mit ihrer trägen Zunge über die Lippen, streckte sich und berührte seine glitzernde Schulter. Er trat zurück. Sie konnte den Blick in seinen Augen unmöglich lesen. Sie sah Trotz, aber auch etwas, was Schmerz oder Furcht bedeuten konnte.

»Es tut mir leid«, sagte sie mit leiser Stimme. Verdutzt und enttäuscht klammerte sie ihre Finger in seine Hand, und als sie sich zurückzog, rutschte das Badetuch, das sie so warm umschlungen hatte, zu Boden.

»Das ist nicht erlaubt«, sagte er und trat aus ihrer Reichweite zurück. »Jedenfalls noch nicht.«

Sie starrte ihn an, aber sie biss sich auf die Zunge. Sie war neu hier, das durfte sie nicht vergessen.

Ihr Körper war jetzt trocken, und ihre Haut leuchtete pink vom langen Bad. Ihre Brüste wölbten sich stolz nach vorn, als wollten sie seine Finger einladen. Sehr unauffällig öffnete sie die Beine und spürte sofort den süßen Mix aus Moschus und der stark parfümierten Seife.

»Willst du mich nicht?«, fragte sie ihn direkt und strich mit den Händen über ihre Brüste, über den flachen Bauch und den Wald der weichen dunklen Haare zwischen ihren Schenkeln.

Ohne es zu wollen, bildeten sich Falten auf ihrer Stirn. Sein Ausdruck veränderte sich nicht, jedenfalls nicht in seinen Augen. Für einen Moment klappte sein Kinn hinunter, aber dann gab er eine Antwort.

»Doch«, sagte er plötzlich in einer Fröhlichkeit, die die Härte seines Kinns nahm. »Ich will, dass du dich aufs Bett legst.« So lässig hatte er bisher noch nicht mit ihr geredet.

Aber sie hatte nichts dagegen. Wenn er sie auf dem Bett haben wollte, war sie bereit. Er konnte sie überall haben, ganz egal wo. Sie hob das zerknautschte Badetuch auf und begab sich ins Schlafzimmer.

Der dicke rot-grüne Gobelinbezug fühlte sich rau auf ihrem Rücken an, aber er linderte die sexuelle Hitze nicht, die ihren Körper erfasst hatte.

Sie legte den Kopf auf das weiße Linnen des Kissenbezugs. Sie bewegte die Hüften leicht hin und her und rieb ein Bein gegen das andere, Zeichen ihrer erregten Erwartung.

Sie schloss die Augen, als der Duft des Lavendels vom Kissen aufstieg und ihre Sinne angriff. Die Sinnlichkeit spielte verrückt mit ihren Nerven.

Ihre Ekstase ließ sie schnurren. Sie hob ein Knie, dann das andere, sodass sie besser ihre schmerzende Klitoris reiben konnte.

Durch verengte Augen sah sie ihn eintreten. Sie keuchte vor schierer Lust, als sie sah, dass er jetzt nur sehr spärlich bekleidet war – er trug nur einen Beutel, in dem er seinen Penis versteckt hatte.

»Warum ziehst du das Ding nicht auch noch aus?«, fragte sie atemlos.

Abrupt und ohne Antwort drehte er ihr den Rücken zu und fummelte mit etwas herum, was auf dem Frisiertisch gelegen hatte.

Sie schaute zu, leckte sich über die Lippen, rieb ihre Brüste und war fasziniert vom Anblick seiner wohlgeformten Backen. Sie gewahrte die Kraft seiner Oberschenkel und die unglaublich deutlich ausgeprägten Muskeln in den Waden.

Er war völlig unbehaart. Seine Haut leuchtete im gedämpften Licht wie weiches Gold.

Als er sich ihr wieder zuwandte, rieb er sich die Hände. Sie atmete seinen Duft ein, Sandelholz, Moschus und Wildblumen, und streckte die Arme nach ihm aus. Dies war der Moment, der ihnen gehörte.

Sie ließ die Arme wieder fallen, denn er kam zwar auf sie zu, schaute sie aber nicht an. Sein Blick schien über ihren Kopf und das Bett hinweg zu gleiten. Was war los mit diesem Mann? Hielt er sie für so hässlich?

»Leg dich auf den Bauch, Gesicht nach unten«, sagte er, und ihre Hoffnung stieg wieder.

»Okay«, raunte sie. »Wenn du es so haben willst.«

Sie lag ausgestreckt auf dem Bett, und ihr Blick ging zum Spiegel im geschnitzten Rahmen, der eine ganze Wand einnahm. Aber irgendwie war das Spiegelglas nicht klar. Auch die Spiegel im Badezimmer waren so unklar gewesen. Dann lächelte sie geheimnisvoll. Das mussten Einwegspiegel sein. Plötzlich fiel ihr ein, dass Alistair gern zuschaute. Sie kam sich wie ein Star im Londoner Palladium vor. Nun, wenn sie sich vorführen sollte, dann würde sie das tun.

Mit wachsender Erregung wartete sie auf das lindernde Streicheln seiner forschenden Finger. Dies, sagte sie sich, wurde viel besser, als sie erwartet hatte. Natürlich gab es da immer noch das Prickeln um ihren Liebestempel herum, das noch besänftigt werden musste. Aber jetzt wusste sie instinktiv, dass der blonde Seraphim ihr die volle Befriedigung bringen würde.

Er faltete das Badetuch und schob es ihr unter die Hüften. Daraus entstand eine überraschend angenehme Position. Ihre Brüste wurden nicht gequetscht. Kurz blickte sie über die Schulter zu ihrem Po. Er war in die Luft gereckt, rund und pink, und vom ausgiebigen Massieren mit dem Schwamm glänzte das Fleisch. Wie sanft gerundete Hügel, dachte sie, bevor sie wieder die Augen schloss.

Die feinen Finger und die mit Öl eingeriebenen Handflächen spornten sie mit neuer Vitalität an. Sie spürte die festen Muskeln in Hals und Nacken und unter den Schulterblättern. Er wusste genau, wo und wie er massieren musste; seine erfahrenen Berührungen schmeichelten sich in die Muskulatur ein und sorgten für Entspannung.

Die Verzückung über die Gefühle, die er bei ihr auslöste, war so groß, dass sie durch geschlossene Lippen im Einklang zu seinen streichelnden Händen zu summen begann.

Lange feste Bahnen zogen seine Hände über ihren leicht wallenden Körper. Sie pressten ins Fleisch. Ihre Backen kniffen zusammen, dann entspannten sie sich wieder, als seine kühlen Hände die Backen kneteten wie einen Brotteig. Die Finger drückten behutsam gegen jede Verknotung, die sie ertasten konnten.

Der Duft von Blumen und Sandelholz durchdrang die Luft im Zimmer, je mehr Öl er einsetzte. Ihre Hüften bewegten sich gegen das feste Badetuch, was angenehm gegen das sanfte Kissen ihrer Pussy presste. Ein wenig härter, ein bisschen mehr Druck, und die Dicke des Badetuchs hätte gereicht, ihr einen Höhepunkt zu verschaffen.

Aber dies war auch schon gut, dachte sie. Die meisten Massagen, die sie bis heute hatte genießen dürfen, hatte Ariadne ihr verabreicht, die sich darauf verstand. Sie hatte sich natürlich bei ihr revanchiert, aber wenn sie ihrer blonden und frechen Freundin glauben sollte, war sie ein hoffnungsloser Fall.

Ihr ganzer Körper zitterte vor Lust, als sie gestreichelt, gedrückt und verwöhnt wurde. Die festen Muskeln ihrer Schenkel brannten vor lauter Kraft, während die Massage an den Waden fortgesetzt wurde. Enttäuscht bemerkte sie, dass er seine Hände von ihrer Haut nahm. Ohne auf seine Anordnung zu warten, drehte sie sich um, und ihre glänzenden blauen Augen, jetzt noch leuchtender durch die Erregung, betrachteten die starre Gestalt. Das Gesicht veränderte sich nicht, und Augen und Mund lächelten nie.

Er rieb sich wieder Öl in die erfahrenen Handflächen.

Sie ließ den Blick durchs Zimmer wandern, über die dunklen Grün- und die matten Goldfarben der Wandteppiche, über das dunkle Holz der Möbel, bis sie sich auf den Spiegel konzentrierte, hoch und breit und mit einem kraftvollen Rahmen mit geschnitzten dicken Trauben und noch dickeren Schenkeln von Wassernymphen. Gut bestückte Satyrn machten Jagd auf die fliehenden Nymphen, was sie schon auf Alistairs Schreibtisch gesehen hatte. Zum ersten Mal bemerkte sie den Umfang der Geschlechtsteile der Satyrn; sie waren so groß, dass man sie nur mit beiden Händen umfassen konnte.

Glückliche Najaden, dachte Penny und lächelte zum Spiegel. Befand sich jetzt jemand hinter dem Glas? Sie nahm es an und dachte an den rasenden Atem, an die pulsierenden Adern und die steigende Leidenschaft des heimlichen Beobachters.

Sie streckte sich unter Gregorys Händen, öffnete ihre Beine ein wenig und lächelte dabei wieder zum Spiegel. Wie mochten sich ihre klaffende Spalte und das Bouquet ihrer Schamhaare diesen heimlichen Augen darbieten? Und wie dachte Gregory darüber?

Würde er sie jetzt nehmen? Seltsam genug, aber sie kannte die Antwort. Sie würde mit diesem Mann Lust erleben und einen erschütternden Orgasmus. Aber sie konnte von ihm mehr erwarten als nur ein Gewühl zwischen Bettdecken. Sie nahm an, dass er genaue Instruktionen erhalten hatte, und wer sie gegeben hatte, stand sicher hinter dem breiten Spiegel.

Ihr Blick kehrte zurück zum dichten Busch ihrer Schamhaare, die so trotzig aus dem plumpen Venushügel wuchsen wie zierliche Bäume auf einem fernen Berg. Dann wanderte der Blick zu ihren eifrigen Brustwarzen, die angesichts der bald zugreifenden Hände erröteten wie gepflückte Rosen. Penny miaute wie ein Kätzchen, als seine Finger zogen, trommelten und zwickten. Alles, was er tat, war ihr willkommen. Wieder schloss sie die Augen, als die Anspannung von der Ekstase ersetzt wurde.

Die Daumen pressten sanft gegen ihre Kehle, Finger und Handflächen legten sich um den Hals. Sie stöhnte schamlos, als die Hände nach unten zogen.

Nichts konnte die Feuchtigkeit anhalten, die sich zwischen den Beinen ansammelte, als gäbe es dort einen verborgenen Brunnen, und nichts konnte die Klitoris daran hindern, den Kopf zu heben und sich durch die Matte der dunklen Schamhaare zu schieben.

Mit köstlicher Lust leckte ihre Zunge langsam über ihre bebenden Lippen. Die forschenden Finger massierten ihre Brüste, zogen an den Zitzen des Verlangens, das sich so schnell von den Spitzen des rosa Fleisches ausbreitete.

Mit seinen vom Öl glitschigen Händen nahm er sich jede Brust vor. Die Finger zwickten die Nippel, was ekstatisches Stöhnen aus Pennys Mund lockte. Sie hob die Hüften, als wären die süßen rosa Stöpsel die Fernbedienung für den Rest ihres Körpers. Als Antwort darauf strichen die Hände über den flachen Bauch und zogen die Linien ihrer gespannten Bauchmuskeln nach.

Als die harten Daumen gegen den Hügel ihres Geschlechts zu drücken begannen, wackelte sie mit den Hüften, wobei ihr bewusst war, dass die sickernden Säfte zwischen die Kerbe ihrer Backen rannen und sich dort mit den Resten des Öls vermischten.

Penny fühlte eine ganze Ladung von Emotionen hereinbrechen, als die Hände zärtlich ihre Beine spreizten und die Innenseiten zu massieren begannen. Die Finger pressten gegen die Muskeln, um die letzte Spannung zu nehmen.

Nichts hätte sie auf den Schwall der Ekstase vorbereiten können, der vom pochenden Geschlecht nach oben schoss. Die Hände, die ihre Schenkel massiert hatten, legten sich nun auf ihre Schamhaare, während die Daumen mit der sich streckenden Klitoris spielten.

Neue Spannung erfasste sie, eine Spannung, die sich nur durch einen gewaltigen Orgasmus lösen konnte. Ihr Atem beschleunigte sich, und ihre Hände verkrampften sich unter ihrem Kopf. Sie wollte die Augen öffnen, sie wollte sie schließen. Sie wollte diesen Mann in Aktion sehen, und sie wollte diese geschickten Hände erleben, wie sie sie zur sexuellen

Erfüllung brachten. Aber sie hielt die Augen geschlossen, sodass sie nichts sehen und nur die exquisiten Gefühle empfinden konnte.

Als eine rollende Kaskade des reinen Genusses ihren Körper erschütterte, krümmte sie den Rücken und schrie auf. Mit zitternden Muskeln wollte sie von diesen kundigen Händen das letzte Beben ihres Orgasmus herbeirufen.

Ihre Entzückensschreie verloren sich in ihren Haaren und in den süßen Düften ihres Kissenbezugs. Ihre Hüften ruckten hin und her. Das letzte Pochen wurde schwächer, und schließlich erstarb die Welle der Lust.

Sie öffnete die Augen, murmelte ihren Dank und ließ den Blick wieder zum Spiegel wandern. Sie lächelte.

Ich wüsste gern, ob Alistair dem widerstehen konnte, oder ob seine Hände ihre eigenen Ziele hatten, als Gregory sie zu diesen Höhen geführt hatte. Sie hoffte es.

Nachdenklich rieb sie eine Hand über ihren Leib. Ihre Pussy zuckte, das letzte Kribbeln vom Orgasmus. Sie war gesättigt und brauchte – vorübergehend – keine weitere Erleichterung.

Gregory drang in ihre Gedanken ein.

»Ich reibe dich ab.«

Eine abrupte Bemerkung, und eine Antwort wurde nicht erwartet. Die Hände, die sie zum Orgasmus gebracht hatten, rieben sie mit dem Badetuch ab, das er unter den Hüften hervorzog. Er rieb leicht über die Haut, bis sie perfekt glänzte und vor gesunder Vitalität glühte.

»Bleib liegen und ruhe dich aus«, wies er sie an. »Ich packe deine Sachen aus.«

Liebevoll, als wäre sie selbst ein Preispferd, wurde eine Decke aus kühlender Baumwolle über sie gelegt. Zu ihrer Überraschung ruhte sie sich tatsächlich aus. Ihre Augen schlossen sich, dann öffneten sie sich wieder, bevor sie sich unter die frisch duftende Baumwolle kuschelte.

Grandios war das beste Wort, um zu beschreiben, wie sie sich fühlte. Sie fühlte sich wiederhergestellt, belebt, gestärkt – aber auch mit sich im Reinen, sodass sie in einen friedlichen Schlaf fiel.

Viertes Kapitel

Das Weiß ihres Kleids betonte den honigbraunen Ton ihrer Haut, und der Hauch von Gold um den Hals fügte dem schlichten Schnitt und Stil des Kleids eine besondere Ergänzung zu. Ihre Beine waren nackt, fest und bronzefarben, und es war faszinierend, dem Spiel ihrer Wadenmuskeln zuzusehen.

Die Schlichtheit setzte sich auch in der Frisur fort; ihre Haare fielen in glänzenden Wellen hinab, eine turbulente Perfektion. Ein üppiges Licht schien durch die *Art-nouveau*-Wand und fing sich in ihren Haaren, wann immer sie den Kopf bewegte. Das Licht verlieh ihr einen zusätzlichen Glanz und eine außergewöhnliche Farbe, die an alten Port und glattes Ebenholz erinnerte.

Lebenshunger und die Vorfreuden auf neue Erfahrungen leuchteten wie weiß glühende Diamanten in ihren blauen Augen. Sie überprüfte den Effekt im Spiegel. Ihre Brüste saßen hoch und fest. Die leichte Kurve ihrer Taille wurde vom Schnitt des Kleids überbetont. Über die Hüften fiel es lässig hinunter; es schmiegte sich nicht an. Sie empfand es als kühl an ihrem Körper. Unterwäsche trug sie nicht. Zwischen dem Stoff und ihrer Haut gab es eine pure Intimität.

Sie schätzte sich selbst und ganz besonders ihren eigenen Körper, und sie hatte das Gefühl, dass es nichts gab, was sie nicht erreichen konnte. Sie würde alles ausprobieren.

»Bereit zum Erobern«, murmelte sie lächelnd.

Ihre Zähne sahen wie Perlen gegen das kräftige Pink ihrer Lippen aus. Mit Vergnügen und Befriedigung lächelte sie in den Spiegel und zu wem auch immer dahinter. »Ich hoffe, es gefällt dir, wie ich aussehe. Mir jedenfalls gefällt es«, schnurrte sie. Dann krümmte sie die Schultern, wiegte sich aus der Taille heraus, spreizte die Hände und strich damit über ihren Körper. Sie führte hier einen unheimlichen Exhibitionismus auf, der viel eher zu Ariadne passte als zu ihr.

Sie schaute abwägend in den Spiegel. Wer, fragte sie sich, mochte auf der anderen Seite stehen? Ihr kam ein Gedanke, der rasch zur Blüte reifte. Aus ihrem Lächeln wurde fast ein Lachen. Sie glaubte, das Gesicht, das ihr aus dem leicht vernebelten Spiegelglas entgegensah, war nicht nur attraktiv und strahlend vor Verlangen, es war auch sehr schön.

Vorsichtig, damit sie ihr Lieblingskleid nicht zerknitterte, öffnete sie den obersten Knopf, dann ließ sie die breiten Träger langsam von den Schultern rutschen. Ihr Mund, so vollkommen wie die Zähne, blitzte auf und strahlte in den Spiegel.

»Das kann eine Nummer wie im Kabarett werden«, gurrte sie in den Spiegel und zog einen Schmollmund, als wollte sie den Geliebten ansprechen. »Ein Vorgeschmack auf Dinge, die noch kommen.«

Während das Kleid stückchenweise weiter rutschte, nahm sie eine Brust in die Hand, zog sie aus dem Kleid und ließ sie dort verharren, über dem Mieder, wie eine reife Pampelmuse. Sie spielte mit der Aureole, die den Nippel dunkel umgab, und nahm sich dann die andere Warze vor. Sie warf die Haare zurück und besah sich ihre Handarbeit im Spiegel.

»Sehen sie nicht gut aus?«, fragte sie den Spiegel in ihrer sexy Stimme. »Siehst du, wie fest sie sind, wie weich . . .?« Sie strich mit den Fingern über ihre kühle, seidige Haut, dann beugte sie den Kopf, hob eine Brust an ihre Lippen und leckte sie. Wieder schaute sie in den Spiegel. »Und sie schmecken so gut und sind so weich wie ein schmelzendes Sorbet. Willst du nicht auch mal probieren?«

Das Glas antwortete nicht. Das war auch nicht nötig. Sie sah die Wirkung selbst.

Ihre Brüste standen stolz da, höher als sonst und runder, gefangen wie zwei kleine Tauben. Die Nippel reckten sich gegen das reflektierende Glas des Spiegels.

Sie sahen gut aus. Sie gratulierte sich selbst und strich zärtlich mit den Fingern über die plüschigen rosa Knöpfe, die inzwischen dunkelrot geworden waren, denn das Blut schoss durch ihren Körper.

Wie eine Platte mit Obst, dachte sie. Wie das Angebot an eine Göttin. Sie hielt die Brüste noch eine Idee höher. Die Wirkung gefiel ihr sehr. Welcher Mann konnte ihr jetzt noch widerstehen?, fragte sie sich und richtete die Nippel wie geladene Pistolen auf den Spiegel.

Aber was geschah, wenn nicht Alistair auf der anderen Seite des Spiegels stand?

Es spielte keine Rolle. Sie konnte sich einreden, dass er da war, er und sein eigenes körperliches Verlangen, das durch seinen Leib getrieben wurde.

Jede Frau kennt die Sehnsucht, diejenige zu sein, die einen Mann dazu bringen kann, seine Gewohnheiten zu durchbrechen, sein Leben zu ändern. Und in jeder Frau steckt auch ein in sich selbst verliebter Narzisst, und Penny war keine Ausnahme. Sie betrachtete ihren Körper gern, und sie sah auch gern zu, wenn sie neue Dinge mit ihm ausprobierte.

Neckend rieb sie die Zeigefinger über ihre willfährigen Nippel.

Das fühlte sich gut an, es sah auch gut aus, und eine Nässe begann sich in ihrer Pussy zu bilden. Sie nahm eine Hand von der Brust und hob den Rock an. Im Spiegel wurde ihr Geschlecht reflektiert wie ein dunkler Wald mitten im weißen Gelände. Sie öffnete die Schenkel und tauchte einen forschenden Finger in ihren feuchten Brunnen. Sie warf den Kopf in den Nacken und stöhnte, aber ihr Blick blieb auf dem Spiegel haften.

Als sie die Hüften auf besondere Weise geneigt hatte – die Erfahrung hatte sie das gelehrt –, konnte sie ihren Hafen sehen und die rosa Falten ihrer seidigen Nässe. In den Härchen der Scham klebten winzige Perlen.

Ihr Atem beschleunigte sich, dann schnappte sie schwer nach Luft, und ihre eingesperrten Brüste bebten und hoben und senkten sich.

Sollte sie sich jetzt fertig machen, oder sollte sie hinunter zum Essen gehen und es für später aufheben? Das würde natürlich hart sein, aber man konnte nie wissen, welche Begegnungen sich am Esstisch ergaben, nicht wahr?

Mit einem leichten Bedauern wünschte sie, es bei Gregory entschiedener versucht zu haben. Wenn es ihr gelungen wäre, ihn dazu zu bewegen, sich neben sie zu legen – vielleicht auch auf sie – hätte sie es bestimmt geschafft, sich seine Rute einzuverleiben. Die Gedanken an ihn ließen sie den Spiegel vergessen. Sie zog die Hand zurück, und der Rock fiel nach unten. Sie würde sich die Erregung für die späten Stunden des Tages aufheben, denn man konnte nie wissen, was der Abend noch brachte.

Als wären sie goldene Bögen für nur gelegentliches Betrachten, nahm sie die Brüste wieder in die Hände und schob sie ins Kleid zurück. Ihr erster Gedanke war, den obersten Knopf zu schließen, aber dann hob sie die Augenbrauen und fragte ihr Spiegelbild: »Na und?« Sie öffnete den Knopf wieder, zog das Mieder weiter nach unten und zeigte Gott und der Welt einen schönen, tiefen Ausschnitt.

Nadine Beaumont und Alistair, ihr Bruder, standen auf der anderen Seite des Spiegels. Nadines wolkengraue Augen schauten genau zu, und ihr Lächeln war so breit wie ihr Mund.

»Was für eine schöne Pussy«, sagte sie mit leiser, heiserer Stimme. »Da hast du was Gutes aufgetan.«

»Sie ist ideal.«

Nadine drehte sich um und sah hinunter auf ihren Bruder. Obwohl er ein kräftiger Mann von durchschnittlicher Größe war, überragte Nadine ihn.

Ihre vollen Lippen zuckten ein wenig in ihrem nicht sehr femininen Gesicht, obwohl sie durchaus gut aussah. Was sie wirklich dachte, sah man ihr nicht an. In solchen Momenten wünschte sie, alles für ihren Bruder tun zu können, statt seine Sexualität zu kontrollieren.

»Du findest sie attraktiv?«, fragte sie mit einem Anflug von Grausamkeit in der Stimme.

Er zögerte, bevor er nickte.

Nadine lachte kurz auf. Sie genoss sein Unbehagen. Es machte ihr Spaß, Kontrolle über ihn auszuüben. Sie tätschelte ihn, dann griff sie in seinen Schoß, als wollte sie sich vergewissern, dass er die enge Gummihose trug, die nur sie ihm ausziehen konnte, und wenn er sich erleichtern musste, ging sie mit ihm.

»Dann müssen wir mal sehen, was?«

Sie sah, wie er schluckte, und sie wusste instinktiv, dass die Erektion gewachsen war. Nur sie war in der Lage, ihm die

Gummihose auszuziehen, damit er den Schaft so einsetzte, wie er wollte.

»Ariadne hat recht gehabt. Sie sagte, Penny wäre für unsere Zwecke ideal.«

»Ja, richtig«, antwortete Nadine. Zur gleichen Zeit überprüfte sie die Enge des Hosenbunds und strich mit der Hand darüber, um zu überprüfen, dass seine Finger nicht eindringen und das pochende Gerät nicht berühren konnten, um sein Leiden einzuschränken.

»Wie lange muss ich warten?«

Nadine strich mit der Hand über sein Gesicht. Die langen dünnen Finger berührten seine Wange.

»Bis ich es dir erlaube, mein Darling. Bis ich es dir sage.« Sie seufzte auf eine mütterliche Weise und wischte ein paar Haarsträhnen hinter sein Ohr. »Du weißt doch, dass es dir so am liebsten ist, mein süßer Bruder.«

Sie versuchte, sein Ohr zu küssen, aber er wich zurück. Sie verzog das Gesicht und tröstete sich mit dem Gedanken, dass die späteren Qualen noch viel köstlicher sein würden. Aber wieder würde er nur Zuschauer sein in dem Kabarett, das sie für ihn ausgewählt und organisiert hatte. Sie würde die Fäden in der Hand behalten.

Auch Penny wusste noch nicht, dass sie eine Darbietung abliefern würde, und von dem, was Nadine gesehen hatte, konnte sie sich nicht vorstellen, dass ihre neueste Reiterin etwas dagegen einwenden würde.

Ariadne hatte es gewusst. Sie war üppig entlohnt worden, dass sie Penny auf den Hof gebracht und den Mund gehalten hatte. Ariadne war immer schon eine kleine willige Hexe gewesen, bereit für alles, was Nadine sich ausgedacht hatte. Wie all die anderen auch. Ein Jahr, dann mussten neue Mädchen her. Niemand der Reiterinnen, die ihres Bruders Leidenschaft entfachen sollten, konnte länger als ein Jahr bleiben.

Nadine sah mit schwesterlicher Zuneigung zu ihrem Bruder. »Sie mag es nicht, wenn sie nicht das bekommt, was sie will«, sagte sie. »Das hat Ari uns schon gesagt. Weißt du, so eine Art Barbie-Puppe, von der du schon einige gehabt hast. Trotzdem, ich finde sie gut, Bruderherz. Sehr gut. Sie ist willig, sexuell sehr aufgeschlossen und zu allem bereit, glaube ich.«

Der Adamsapfel in Alistairs Kehle hüpfte, als wollte er fliehen. Sein Blick blieb auf den Spiegel gerichtet, aber das Zimmer war jetzt leer. Penny war gegangen, und seine Gedanken füllten die Lücke, als er sich vorstellte, was noch passieren würde.

Nadine betrachtete ihn und sah die Einschnürung in seiner Kehle. Genau wie sein Penis, dachte sie mit perversem Vergnügen. Wie prall gefüllt er sein muss, geschwollen vor Verlangen und doch nicht in der Lage, seinem Gummigefängnis zu entkommen – bis der richtige Zeitpunkt da war.

Nadine lächelte vor sich hin. Woher sollte Penny wissen, dass Ariadne Sex mit Alistair gehabt hatte? Und woher sollte sie wissen, dass er zwar ein mächtiger Mann war, immer Befehle gab – aber seinen Trieb kontrollieren wollte – und zwar von seiner Schwester?

Er hatte Sex, wenn sie es wollte. Den Rest der Zeit trug er die Gummihose, und er durfte nur zusehen.

»Wir müssen zum Essen gehen, Bruderherz«, sagte Nadine und streckte sich träge. Sie hob die Arme über den Kopf, sodass die Fingerspitzen nicht weit von der Decke entfernt waren.

Plötzlich griff Alistair nach einem Arm seiner Schwester, was sie verdutzte. Sie sahen sich in die Augen, und Nadines

Kinn spannte sich, als er sprach. »Du weißt, dass sie alles tun wird, was in ihrer Macht steht, um mich auf Touren zu bringen, nicht wahr? Sie weiß schon, dass die Spiegel ihr eigenes kleines Geheimnis haben, sonst hätte sie nicht so eine exhibitionistische Schau aufgelegt.«

Nadine lächelte gefühllos. Sie strich mit einem schwarz lackierten Fingernagel über seine Wange.

»Ja, Bruder. Ariadne wusste, dass ihr das nicht lange verborgen bleiben würde. Sie wusste auch, dass Penny der Wette nicht widerstehen konnte. Wenn sie dich bekommt, bekommt sie auch den Hengst. Süß und köstlich ironisch, findest du nicht auch? Zwei Hengste auf einen Schlag.«

Kronleuchter hingen im Esszimmer von der hohen Decke, die Kristalle glitzerten wie Sterne. Die Decke war hauptsächlich mit Wedgwood Blue ausgelegt, aber es gab auch ornamentalen Stuck in Blattgold und in eisigem Weiß.

Die Fenster erinnerten Penny an Alistairs Büro: Georgianische Scheiben in hohen Schieberahmen, die kaum Platz ließen zwischen der hohen Decke und dem plüschigen Teppich in Blau-Gold. Die Vorhänge waren aus goldenem Damast, die von schweren geflochtenen Kordeln zurückgehalten wurden, und die wiederum waren an den übertriebenen Bronzephalli der fliegenden Cherubs befestigt.

Die restlichen Wände waren in Weiß gehalten; die großen Flächen aus arktischem Weiß wurden nur von einer Wandverkleidung aus blauen und goldenen Streifen unterbrochen. Große Gemälde belebten auch die weißen Wände. Die Rahmen waren vergoldet, und die dargestellten Themen hatten mit nackten Gestalten zu tun, die häufig mit mehr als einer Person beschäftigt waren. Es waren meist schlanke Frauen und gut gebaute, gut bestückte Männer, die ungehemmt ihre Lust suchten.

Gold, blau und weiß wurden in zahllosen Schattierungen von den Kronleuchtern reflektiert, und außerdem spiegelten sich die Farben in den Weingläsern aus Kristall. Einige der Gläser enthielten Rotwein, dunkel wie warmes Blut, andere waren mit Weißwein gefüllt, der golden leuchtete.

Vier Personen saßen am Tisch. Alistair natürlich, dann ein weiterer Mann, der als Auberon Harding vorgestellt wurde, ein junger, gut aussehender Reiterkollege. Der dritte Mann am Tisch hieß Sir Reginald Chrysling und war älteren Jahrgangs, aber er hatte sich gut gehalten und verfügte über einen altehrwürdigen Charme.

»Reggie«, verbesserte er den Hausherrn gleich nach der Vorstellung. Seine Zunge leckte sich über die dünnen Lippen in einem kraftvollen Gesicht. »Meine Freunde nennen mich Reggie.«

»Ich freue mich, Sie kennenzulernen«, sagte Penny und lächelte süß, als er sich in einer höflichen Geste aus dem Sessel erhob, während sie gerade Platz nahm.

Sir Reggie, die Haare schlohweiß, war ein gut gebauter Mann, der offenkundig auf seinen Körper achtete. In seiner Jugend musste er wild und verwegen ausgesehen haben; selbst jetzt stellte er noch etwas dar. Seine Nase war leicht gekrümmt, und die Augenbrauen waren dunkel und passten zur Augenfarbe. Sinnlich sahen die Lippen aus, wenn er lächelte. Ich möchte mal gern wissen, wie viele Lippenpaare er in seinem Leben geküsst hat, dachte Penny. Oder an wie vielen Brüsten er gesaugt hat.

Penny strahlte sie alle an, denn egal, wer sie anschaute und was sie sagten, sie konnte aus den Gesichtern lesen, dass sie wenigstens an diesem Abend eine Schönheit war. Zungen bestätigten, was Augen schon gesagt hatten. Sie strahlte Schönheit und Gesundheit aus, und damit auch Sexualität.

Die andere Person am Tisch war eine Frau, die Alistair als seine Schwester Nadine vorstellte. Vage konnte sich Penny daran erinnern, sie bei Meisterschaften an Alistairs Seite in den VIP-Lounges gesehen zu haben.

Die beiden Frauen begrüßten sich.

Penny war sofort hypnotisiert und unbehaglich berührt von dieser Frau. Etwas in Nadines Verhalten passte zu ihrem kühlen Blick, der Unfreundlichkeit fließen ließ. Was auch immer die Natur dieser seltsamen Strömung sein mochte – Penny spürte, dass ihre Knie schwach wurden und ihr Geschlecht zu zucken begann.

Mit weltmüden Augen sah Nadine sie an. Der Ausdruck war geheimnisvoll, und ein Halblächeln umspielte einen Mundwinkel. »Ich freue mich sehr, Sie kennenzulernen«, sagte sie langsam, die Ellenbogen auf dem Tisch, das Kinn auf die rechte Hand gestützt. »Ich bin wirklich sehr erfreut.« Ihre Stimme hatte einen trägen Klang und erinnerte Penny an das Dröhnen von Bienen an einem Sommernachmittag.

Es war aber nicht Nadines Stimme, die ungewöhnlich war. Ihre ganze Erscheinung war dramatisch, um nicht zu sagen exzentrisch. Sie hatte graue Augen, ein starkes Kinn und prominente Wangenknochen. Ihre Haare waren sehr weiß und sehr kurz – Stacheln auf dem Schädel. Ihre Haut passte sich den Haaren an. Die Augen waren schwarz eingefasst, während der Lidschatten dunkelgrau schimmerte.

Vielleicht war es der Schatten, der auf ihr Gesicht fiel, aber Penny hatte den entschiedenen Eindruck, dass sie mit alarmierender Vertraulichkeit von jemandem ausgezogen wurde, den sie nie zuvor kennengelernt hatte, während die Frau sie und ihren Körper zu kennen schien.

»Er ist auch nur ein kleiner Springer«, hörte sie Nadine sagen. »Nun, ich werde dafür sorgen, dass Sie ihn durch alle Gangarten treiben, darauf können Sie sich verlassen.« Der Hauch von Sarkasmus wurde von einem Schluck Wein ertränkt. Das Glas hielt sie in Fingern, deren Nägel schwarz lackiert waren. Dann spitzten sich ihre dicken Lippen über ein schwarzes Zigarillo. Es gab einen kurzen Blickwechsel zwischen Bruder und Schwester. Penny glaubte, in Alistairs Blick einen Vorwurf gesehen zu haben.

»Trotzdem soll er ganz gut sein, habe ich gehört«, fuhr Nadine fort. »Sie haben einen guten Körper, meine Liebe. Fit. Ideal für das, was hier von Ihnen erwartet wird.« Jetzt wirkte ihr Lächeln breit und warm. Ein weiterer Nachschub an Wein, und die Stimme wurde tief und klang scharf wie verbranntes Toffee.

»Ich versuche, mich auf allen Gebieten zu verbessern«, gab Penny zurück. Sie konnte ihr Unbehagen kaum verbergen, das dieser wandernde eisige Blick in ihr auslöste. Nadine hatte sie auch durch einen der Spiegel gesehen. Sie wusste es sofort, instinktiv. Aber sie weigerte sich zu erröten.

Als sie Alistairs Schwester zulächelte, atmete Penny tief ein. Ihre Brüste kämpften sich gegen das halb geöffnete Mieder. Es war eine provozierende Bewegung, die den Anwesenden sagen sollte, dass sie sich auskannte und auch für vieles zu haben war.

Ihre Blicke sammelte die individuellen Reaktionen ein. Auberon errötete nur. Seine Lider flatterten wie furchtsame Schmetterlinge. Reggie leckte sich über die Lippen und unternahm keinen Versuch, seine Blicke von ihrem Ausschnitt fernzuhalten.

Alistair, fand sie, schien sich auch unbehaglich zu fühlen. Es war, als wollte er auf das starren, was sich seinen Augen anbot, aber er traute sich nicht wirklich. Penny sah einen seltsamen Blick in seinen Augen, eine Mischung aus Verlangen und Qualen.

Nur Nadines Blick blieb unverändert. Ihre Lippen lächelten. Sie schaute kühn und seltsam zufrieden in die Runde. Ihre Augen verengten sich, als wollte sie besser durch die blaue Rauchwolke sehen können.

Zufrieden, dass sie von den Männern Bewunderung erfahren hatte, entfaltete Penny ihre frisch gestärkte Serviette, die nach Zitronen duftete.

Nadine saß ihr direkt gegenüber. Es war leicht, die Gesichtszüge und die Körperhaltung von jemandem zu beobachten, der einem gegenüber sitzt. Und es war schwierig, Alistairs Schwester nicht anzustarren. Penny versuchte, nicht hinzuschauen, sich auf das Essen zu konzentrieren und den Wein nicht so langsam zu trinken.

Nadine erwischte sie beim Starren und hob die blonden Augenbrauen. Unter dem Licht wirkte das Haar wie Silber. Aus einiger Entfernung, mutmaßte Penny, könnte man die kurzen glänzenden Spikes übersehen und glauben, dass ihr Schädel nackt war. Schwarze Ohrringe klimperten sanft, wenn sie lachte, wie jetzt gerade.

Sir Reggie hatte einen Witz erzählt. Penny hatte ihn nicht gehört, weil sie immer noch damit beschäftigt war, die einzelnen Gäste am Tisch einzuordnen und abzuschätzen, wie sie sich in das große Ganze fügten.

Bisher hatte sie seit ihrer Ankunft wenig über den Hof erfahren, und außer Gregory hatte sie auch noch keinen anderen Kollegen gesehen. Aber Gregory redete nicht viel. Nun, das war ein geringes Problem, dachte sie, wenn sie sich an seine magnetisierende Art erinnerte.

»Ich hoffe, ich habe Sie nicht beleidigt«, sagte Sir Reggie

plötzlich und riss sie aus ihren sexuellen Gedanken, als er seine Hand auf ihre legte. »Ich wollte mich nicht lustig über Sie machen, das müssen Sie mir glauben.«

»Kein Problem«, sagte sie, lächelte heiter und fragte sich, ob der Wein ihr Gehör negativ beeinflusste. »Ich kann mir einen guten Witz immer anhören.«

Ihre Aufmerksamkeit wurde auf Nadine gelenkt, die ihre Hand über den Tisch streckte. Die Handfläche rüttelte hin und her, und die Gläser und das Silberbesteck klirrten auf dem unschuldigen Weiß des Tischtuchs.

»So ist es genau richtig, Penny, mein Darling. Nehmen Sie keine Notiz von ihm. Ich bin sicher, dass Sie eine Bereicherung für uns sind. Mein Bruder bewundert Perfektion – auf allen Gebieten.«

»Ich werde mich an Ihren Rat halten«, sagte Penny und nippte wieder am Wein.

Ihre Blicke begegneten sich, als Nadine sich aufrichtete. Zum ersten Mal konnte Penny abschätzen, wie groß Nadine wirklich war; mindestens ein Meter fünfundachtzig, und von oben bis unten war sie in Schwarz gekleidet. Die Monotonie wurde unterbrochen von metallenen Armreifen und einem Kragen, der aus einem matten Schmuckstein, in Leder gefasst, hergestellt zu sein schien, fast fünf Zentimeter dick, eher für eine Bulldogge bestimmt als für eine Frau.

»Das ist immer richtig«, rief Sir Reggie quietschvergnügt. Alistair hatte erzählt, dass Sir Reginald ein Geschäftspartner seines Vaters gewesen war, der vor dem Zweiten Weltkrieg mehrere Unternehmungen gegründet hatte. »Perfektion wird immer bewundert, meine Lieben ... ihr Lämmer«, fügte er hinzu, während seine breite Hand auf Pennys Rücken kreiste. Sie beugte sich vor, weg vom Stuhlrücken, der wie eine Harfe geformt war. Seine Finger spreizten sich tiefer und glitten über die Rundung ihrer Pobacke. »Alles Perfektion«, sagte er und gluckste leise.

Er roch nach einem teuren Rasierwasser. Sein Körper wurde vom schwarzen Smoking, den er trug, betont. In seinem reifen Alter und geboren mit dem Privileg seiner Herkunft, war er der Einzige am Tisch, der angemessen zum Essen gekleidet war.

Alistair war nicht lässig gekleidet, aber auch nicht formgerecht. Sein Hemd aus grauer Seide passte zu seinen Augen. Seine Krawatte musste so viel gekostet haben, wie manche Menschen für Kleid oder Anzug zahlen. Er sah gut aus, gut angezogen und teuer, wie man an den Manschettenknöpfen aus Gold und Diamanten erkannte. Er war selbstsicher, fand Penny, und doch fiel ihr sein Unbehagen auf. Je öfter er sie anschaute, desto unbehaglicher schien es ihm zu gehen.

Nicht, dass er der Einzige war, der sie betrachtete. An den Ausdrücken konnte man erkennen, welche Phantasien sie im Kopf genossen.

Alle Augen labten sich an ihren festen Nippeln, die sich deutlich durch den dünnen Kleiderstoff abhoben. Die Blicke wanderten hinunter zu ihrer Taille und über den flachen Bauch. Nur Reggie konnte noch etwas weiter sehen. Sein Blick hielt sich an ihrem Schoß fest. Er atmete schnell und heiß, und seine Hand lag leicht verschwitzt auf ihrem Schenkel, aber es war ihr angenehm.

Mit einer Kühnheit, die sie dem Wein zuschrieb, der ihr zu Kopf gestiegen war, öffnete sie die Beine ein wenig mehr, und mit einer Hand zog sie den Rock etwas höher. Sie hörte, wie Reggie den Atem festhielt, als ihr eigener Schwarzwald in sein Blickfeld geriet, auch wenn man nicht mehr als ein Nest dunkler Haare zwischen dem cremigen Fleisch ihrer Schenkel sehen konnte.

Mit einem Seitenblick lächelte sie ihm zu. Sie sah ergebene Dankbarkeit in seinen Augen und wurde von der Mühe seiner Finger belohnt, die sich verstohlen über den weichen Satin ihrer Innenseiten schoben, bevor sie sich durch die verborgenen Härchen wühlten.

Seine Lippen waren jetzt nass. Er leckte sie trocken und lächelte Penny an. Alistair unterhielt sich im Hintergrund mit Auberon, und Nadine gab Bemerkungen ab.

Aber das Reden war kaum mehr als ein Schatten, eine Mimik, die sie sich auferlegten, um Penny zu beruhigen. Sie wollten sie gewähren lassen, sie sollte sich amüsieren und sich erregen. Bald würde mehr kommen.

»Ich trinke auf Ihr Wohl«, sagte Reggie mit der Höflichkeit des Gentlemans, während die Finger seiner rechten Hand die geschwollenen Lippen teilten und leicht die pochende Klitoris berührten. »Ich halte Sie für eine charmante junge Frau, ein großartiger Aktivposten für die Einrichtung des Hauses und die Vereinigung.«

»Vereinigung?«, fragte sie. Die Frage sollte in erster Linie den Stöhnlaut verdecken, der ihrer Kehle entwischt war. Sie war nass und erregt und konnte es nicht verhindern, dass sich die Beine weiter öffneten.

Er nutzte die Gelegenheit aus. Er hatte die Klitoris jetzt in die Zange seiner Finger genommen, die ihre Labien rieben und oben den Kitzler drückten.

Er grinste auf jungenhafte Art, die seinen Patrizierzügen gut zu Gesicht standen. Ein goldener Armreif rutschte das Handgelenk hinunter, als er das Glas wieder hob.

»Auf Sie, junge Lady, und auf Ihre Verbindung mit jedem Einzelnen hier.«

Die beiden Finger glitten zu ihrem geheimen Portal, tauchten tief hinein, kehrten zurück und tauchten erneut.

Sie war sich des eigenen raschen Atems bewusst, und ihre Brüste hoben und senkten sich gegen das Mieder; durch die Ärmelausschnitte konnte man die Seiten der Brüste wie zwei Mondsicheln sehen. Ihr war auch bewusst, dass die Konversation eingeschlafen war und sie der Anlass für das Schweigen war. Alle Augen waren auf sie gerichtet, aber es störte sie nicht. Sie war zu weit weg, um noch etwas ändern zu können, zu weit auf dem Weg zu einem Mark erschütternden Orgasmus, nach dem sie schon lange gelechzt hatte.

Sir Reggie leerte sein Glas, und sie leerte ihres. Sie mochte diesen Mann. Wie Alistair war es auch bei ihm die Macht, die er besaß. Durch sie fühlte sie sich gut und in Sicherheit. Sie hob ihr Glas und hielt es gegen das Licht. Der Rest Wein verfärbte sich pink im Licht der Kristalle des Kronleuchters. Als sie das Glas in ihrer Hand drehte, schossen die Farben des Regenbogens durch die Prismen und spiegelten sich auf ihrem Gesicht.

Wie Menschen, dachte sie, oder wenigstens wie die hier anwesenden Menschen: Nach außen hin weiß, aber aus vielen Farben, vielen Facetten bestehend.

»Ist sie sehr nass, Reggie, mein Darling?«, fragte Nadine plötzlich.

Penny hielt geräuschvoll die Luft an und warf einen scharfen Blick auf Alistairs Schwester, dann wieder zurück. Sie sah Reggie fast bettelnd an.

»Sehr nass, Nadine, Liebling. Wirklich sehr nass. Nur noch ein bisschen mehr Mühe, dann wird diese Pussy kommen.«

Penny war sprachlos, nicht nur wegen des bevorstehenden Orgasmus, sondern wegen der plötzlichen Erkenntnis, dass alle am Tisch wussten, was hier ablief. Und sie hatten es offenbar von Anfang an bemerkt.

»Dann mach sie fertig, Darling. Jetzt sofort.«

Wie die Lichtprismen, die so großartig vom Glas reflektiert wurden, so wirbelten auch die Gesichter rund um Penny in einem Wirrwarr von Farben herum, während zwei Finger von Reggies rechter Hand tiefer in sie eindrangen. Es störte sie nicht, dass alle zuschauten; das war vorbei. In einem Versuch, die volle Wirkung seiner Finger zu spüren, glitt sie ein wenig auf dem Stuhl nach vorn, damit seine Invasion komplett wurde.

Die ganze Zeit tauchten seine Finger hinein, und der Daumen tanzte in kurzen, heftigen Rucken über die Klitoris. Jetzt benutzte er die andere Hand, um die fleischigen Lippen und die glatten feuchten Schamhaare zurückzuhalten. Und dann kam es und überflutete sie in Strömen. Ihr war, als hätte sie einen elektrischen Kurzschluss erlebt. Ihre Hüften hoben sich gegen seine Hände. Schreiend warf sie den Kopf zurück, schloss die Augen und erlebte den Orgasmus, der mit jedem Atemzug pulsierte.

Reggie nahm die Hände zurück und wusch sie in der Schüssel mit Wasser, die neben seiner Gabel stand. Die Schüssel war dunkelblau. Eine Zitronenscheibe trieb auf der Oberfläche. Es war eine entspannte Aktion, die zeigen sollte, dass man Reinlichkeit und Sinnlichkeit zugleich ausleben konnte.

Penny warf die Haare auf die andere Seite des Kopfs. Immer noch außer Atem, sah sie sich am Tisch um.

»Großartig, Darling!«, rief Nadine, das Zigarillo zwischen den Zähnen. Sie klatschte in die Hände. »Wirklich, ein blendender Moment. Wenn du deine Pferde so reitest, wirst du von mir keine Klagen hören.«

Auberon lächelte nur, und Reggie zwinkerte ihr zu, schenkte sich Wein nach und prostete ihr damit zu, bevor er das Glas an die Lippen setzte.

Alistair starrte sie an, der Mund grimmig verzogen, die Augen glitzernd. Penny sah, dass er die ganze Zeit immer wieder schluckte, und sie bemerkte, wie trocken seine Lippen waren. Er schien nichts sagen zu können. Hatte er noch nicht genug gesehen? Oder vielleicht hatte er zu viel gesehen.

Endlich räusperte er sich, dann sagte er: »Hervorragend!«

Pennys Lider flatterten, als sie die Lobpreisung tief in sich aufnahm. Er schien genau das ausgesprochen zu haben, was er dachte. Es war nur ein Wort, aber sie hatte etwas anderes in der Art entdeckt, wie er das Wort ausgesprochen hatte, und dadurch intensivierte sich die Bedeutung. In diesem Moment wusste sie, dass er sie begehrte und dass sie ihre Wette gewinnen würde.

Wie flüssiges Feuer erwiderte sie seinen Blick. Wann, fragte sie mit den Augen. Wann?

Alistair wandte den Blick fast schuldbewusst ab. Von der Mitte des Tischs nahm er eine nur noch halb gefüllte Flasche – es war eine von dreien – und schenkte sich ein.

Aber andere Augen beobachteten. Andere Augen stellten Mutmaßungen an und schmiedeten Pläne für diese beiden Menschen.

Nadine hielt immer noch den Schlüssel zu den Qualen ihres Bruders. Nachdenklich spielte sie mit dem schwarzen Kreuz, das von ihrem Ohr hing. Es klingelte verspielt, als sie es berührte. Mit jedem Klingeln, bemerkte Penny, dass Alistairs Kinn sich spannte, und eine Ader unter seinem Auge zuckte.

Nadine bemerkte den Blick, aber sie antwortete nicht auf die Frage in Pennys Augen. Nadine gewann Lust aus dem gespannten Kinn des Bruders und der zuckenden Ader. Sie wusste, was er gerade durchmachte, und wie viel ihm der Schlüssel, der hinter dem Ohrring hing, bedeutete.

Nur der Schatten eines Lächelns spielte um ihren Mund, als sie das kalte Metall des kleinen Schlüssels in die Hand nahm. Zeit und Ort wurden von ihr bestimmt. Nichts hatte sich geändert, und nichts würde sich ändern. Alles zu seiner Zeit. Ihr Bruder würde erhalten, was er wollte, und Penny würde mehr herangenommen, als sie ahnte.

»Mehr Wein, Penny?«

Die Gedanken schmolzen und verrannen, und als Penny aufschaute, sah sie in das weiche, jungenhafte Gesicht von Auberon Harding, auch ein Reiter, der das Glück hatte, auf Beaumonts Hof zu sein, auch wenn ihn das eine große Stange Geld kostete.

»Ja, gern«, antwortete sie. Aus irgendeinem Grund setzte sie ihre verführerischste Stimme ein. Vielleicht war es dem Brennen geschuldet, das sie tief in sich fühlte, die Notwendigkeit, einen richtigen Stab in sich aufzunehmen, statt nur bespielt zu werden, damit andere Leute sich daran ergötzen konnten.

Sie lächelte Auberon Harding ihren Dank zu, dem ehrenwerten Auberon Harding, um genau zu sein. Seine Familie hatte was mit der Fleischindustrie zu tun, und das schon seit Generationen. Vielleicht war es ursprünglich eine ganz normale Metzgerei auf der High Street gewesen, die irgendwann ihre Schweinewürste an Königin Victoria liefern durfte. Jetzt war er ein Honourable, und er sah auch so aus.

Ja, man sah ihm seine Klasse an. Ein Gesicht, wie man es bei einem Schülersprecher erwartete, offen, mit ausgeprägten Lippen und einer Frisur, die in der Mitte zwischen Mode und Konformität lag und doch ab und zu in seine Stirn flog. Seine Kleidung balancierte auch zwischen diesen Polen; nicht zu förmlich, nicht zu modisch; weißes Hemd, gut gebundene Krawatte, ordentliches Jackett, ordentliche Hose mit messerscharfen Bügelfalten, glänzende schwarze Schuhe. Internat, schätzte sie. Sie hatte schon andere wie ihn kennengelernt; Männer, für die es unmöglich war, die Überreste eines starren Regimes abzuschütteln, das sie in eine Form gegossen hatte. Sie hatten als Wackelpudding begonnen und waren nun aus Bronze geformt.

Aber er sah nett aus, auch wenn er ihre dunklen Haare ausgiebig musterte, ihren offenen Ausdruck und den tiefen Ausschnitt. Sie war ein wenig enttäuscht, dass sein Blick nicht auf ihrem Busen verweilte.

Einige Gesprächsfetzen konnte Penny sich merken, als sie noch mehr Wein trank, der mild auf der Zunge lag und schummrig im Kopf. Die neuen Eindrücke, die Aufregung und die Erfahrung ihres Orgasmus bei Tisch hatten sie aufgeheitert. Zum Lernen bereit und neuen Erfahrungen aufgeschlossen, sah sie sich weiter am Tisch um.

Sir Reginald streichelte ihr übers Knie, wann immer er mit ihr redete. Sein Streicheln hatte etwas seltsam Beschützendes an sich, als bemühte er sich, sie zu beruhigen, damit sie sich ganz wie zu Hause fühlte. Das war schon jetzt der Fall, denn die enge Gruppe, die sie beim Abendessen kennengelernt hatte, faszinierte sie, und sie war freundlich aufgenommen worden.

Für den Moment war ihre Massage mit dem blonden Engel vergessen, aber wenn sich heute Abend nichts Neues ergab, würde sie auf ihn zurückkommen müssen. Notfalls wäre sie auch mit seinen geschickten Fingern zufrieden, aber natürlich würde sie seinen stolzen Rammbock bevorzugen.

Aber Gregory war nicht da. Alistair war da. Einige Male erwischte sie ihn beim Starren. Jedes Mal war es ein schuldbewusster Blick, als wäre er ein kleiner Junge, der mit dem

Händchen in der Bonbondose erwischt worden war. Bisher, dachte Penny, war sie von Alistair enttäuscht.

Mit einem Ausdruck der Gleichgültigkeit, um die Enttäuschung über Alistair zu verbergen, sah sie in die Gesichter der anderen Tischgäste.

Sir Reggie war süß, liebenswürdig und äußerst attraktiv. Sie stellte sich vor, dass Sex mit ihm eine sehr professionelle Erfahrung sein würde. Er hatte in seinem Leben bestimmt viele Frauen gekannt, Frauen in jedem Alter, Frauen mit unterschiedlichen Hautfarben. Sir Reggie war in der Armee gewesen, und er hatte viele Reisen hinter sich.

Auberon schien ein sehr höflicher Mann zu sein. Zwischen ihnen war eine Wärme wie zwischen zwei Schulkameraden, wann immer er sie in die Unterhaltung einbezog. In seinen Blicken lag nicht dieses Schuldbewusstsein wie bei Alistair, und wenn er errötete, dann aus Schüchternheit und nicht aus Schuld. Aber immer noch hatte Penny keine Ahnung, warum Alistair sich schuldig fühlen sollte.

Nadine war eine intensive Betrachterin. Jedes Mal, wenn Penny in ihre Richtung sah, traf sie auf Nadines starrenden Blick, den sie manchmal hinter dem Weinglas verbarg. Alistair dominierte das Gespräch mit Überlegungen zu Fusionen und Erweiterungen, aber auch mit Themen aus der Welt des Reitsports, doch irgendwie hatte Penny den Verdacht, dass seine Schwester mehr Einfluss haben könnte als er.

Das Beobachten und Mutmaßen über ihre Tischnachbarn entzündete neues Feuer in Pennys Lenden. Die Aktionen und Szenen, in denen sie sich mit diesen Menschen sah, fanden nur in ihrem Kopf statt, aber sie wusste, was man phantasierte, konnte man auch verwirklichen.

Während sie am Wein nippte, überlegte sie sich, wie sich der einzelne Körper auf ihrem anfühlen würde.

Ihre Blicke nahmen sich einen nach dem anderen vor, ehe Penny sich wieder auf Alistair konzentrierte. Er hatte etwas an sich, das verlockend und zugleich heimlichtuerisch war. Sie fühlte sich zu ihm hingezogen, und alles, was Ariadne gesagt hatte, trug nur noch mehr zu Pennys Neugier bei.

Wie sie sich bemühen musste, sich mit einem neuen Pferd zu verständigen, war auch Alistair eine Herausforderung, eine Kreatur, die gebrochen und geritten werden konnte. Vage wurde ihr bewusst, dass sie ihn haben würde, ganz egal, was sie alles dafür tun musste.

Ariadne hatte ihr gesagt, dass er ein Voyeur war, ein Zuschauer, ein Spanner. Daraufhin hatte sie beschlossen, ihm viel zum Sehen anzubieten. Jede sexuelle Begegnung würde sie dort vollziehen, wo er die Gelegenheit hatte, heimlich dabei zu sein. Sie leerte ihr Glas. Mit einem Lächeln schenkte Auberon wieder ein.

Essen, Wein und spritzige Unterhaltung bestimmten das Geschehen. Während der Wein durch ihre Kehle rann, fragte sich Penny, was an diesem Abend angeboten wurde, und wo Alistair sein würde, wenn sie eine Chance erhielt, ihrer Lust zu frönen.

»Wunderbares Essen, meine Liebe, finden Sie nicht auch?« Die Hand des Ritters drückte ihren Schenkel, und seine Finger berührten das Delta.

Sie lächelte ihn an, dann blickte sie hinüber zu Alistair. Er sah sie an, beinahe so, als wüsste er schon, was als Nächstes geschehen würde.

Sie wandte sich an Sir Reginald und schaute in sein Gesicht, als wäre er der Geliebte, auf den sie gewartet hätte, und öffnete ihre Beine ein bisschen weiter. Sie sah, wie seine Lippen feuchter wurden und wie die Unterlippe nach unten hing. Absichtlich schloss sie die Beine.

Sir Reggies Hand zog sich zurück, und seine Augen flackerten. Einen Moment lang sah er verletzt aus, aber wirklich nur einen Moment lang. Sein Lächeln kam zurück, dann wandte er sich ab und begann ein Gespräch mit Alistair.

Eine sanfte Berührung am Ellenbogen ließ sie zu Auberon schauen. Seine Fingerspitzen fühlen sich leicht an, eine Verspieltheit, die aber auch die Kraft verriet, die man in ihrem gemeinsamen Sport benötigte. Zügel waren bei einem nach vorn stürzenden Tier schwer zu halten, das fast eine halbe Tonne wog; das wusste niemand besser als sie selbst.

»Es ist schön, dich bei uns zu haben, das ist wirklich schrecklich schön.«

Sie lächelte ihn an. Er hörte sich sogar wie ein braver Klassensprecher an, einer, der von einem obskuren, uralten Internat übrig geblieben war.

Und doch sah sie eine Ernsthaftigkeit in seinen Augen und auf den Lippen. Sie gewahrte plötzlich eine neue Stille. Die Gespräche, die bisher fast unentwegt geflossen waren, abgesehen von den wenigen Minuten, in denen Penny ihre Aufmerksamkeit auf sich gezogen hatte, waren zu einem Stillstand gekommen. Plötzlich fühlte sie, als wäre sie erneut im Mittelpunkt des Interesses.

Kurz schaute sie zu Alistair. Ihre Blicke trafen sich, bevor er sich über den Tisch lehnte und mit Sir Reginald redete. Sie konnte nicht verstehen, was gesagt wurde. Sie sah von dem älteren Mann zum jüngeren, dann fing sie den Blick von Alistairs Schwester auf. Ihre Augen waren wie blasse graue Tümpel, umgeben von einer dicken schwarzen Schminkschicht. Und plötzlich sah man – wie bei allen anderen – Lust in ihrem Blick.

Sie hielt Nadines Blick und spannte ihren Rücken. Penny presste ihre Backen zusammen, um das vertraute Ziehen zwischen ihren Schenkeln zu kontrollieren. Hier boten sich ihr Gelegenheiten, dachte sie, und obwohl ihre Sehkraft verwischt war und es in ihrem Kopf eher beschwingt zuging, hatte sie nicht die Absicht, sich irgendwas entgehen zu lassen.

»Glaubst du, dass es dir hier gefallen wird?«, fragte Auberon.

Alle schienen die Luft anzuhalten, während sie auf ihre Antwort warteten. Sie nahm an, dass die übrigen Tischgäste wissen wollten, wie das Erlebnis mit Sir Reginald ihre Meinung beeinflusst haben könnte.

»Es ist schön, hier zu sein. Ja, wirklich«, sagte sie heiter. »Gehe ich recht in der Annahme, dass du das Zimmer unter meinem bewohnst?« Sie legte eine Hand auf Auberons Schenkel und fühlte die eisenharten Muskeln, die sich unter der Berührung spannten.

Um den Tisch herum war ein lautes Aufatmen zu hören, als hätte es manchen Zweifel an ihrer Entscheidung gegeben, den man jetzt ablegen konnte.

Penny gewahrte nur zur Hälfte, was um sie herum geschah. Sie machte kein Geheimnis daraus, was sie am Tisch abzog und lächelte breit, während ihre Finger sanft über das erwachende Fleisch in Auberons Hose strichen. Da war eine Blume, die nur darauf wartete, gepflückt zu werden, und sie hatte genau die richtige Vase dafür, dachte sie schelmisch.

Er errötete und nickte, und sein Blick schoss rasch um den Tisch herum. Einige Münder lächelten, manche Augenpaare glänzten, als ob sie das erlebten, was Auberon gerade erlebte. Nervös leckte seine Zunge über die Lippen. Sein Bein bewegte sich, und der Schaft zuckte in der Hose.

Und doch war da eine Verletzlichkeit um ihn herum, eine Unschuld, eigentlich unvereinbar mit dem zähen, erfahrenen Sportsmann, der er war. Sie zog ihre Hand zurück und lächelte.

»Zeit fürs Bett.« Alistair stand auf. Als wäre dies ein festgeschriebenes Signal, erhoben sich auch die anderen.

Sir Reginald hustete und gähnte hintereinander, und Penny lächelte in ihr Weinglas, als sie die glänzende Fläche seines Hosenbodens sah.

Nadine erhob sich in ihrer kühlen schwarzen Pracht und erinnerte Penny an eine Winternacht. Kopf und Schultern überragten alle anderen.

Sie war still, aber ihre Augen funkelten, als sie die Gäste nacheinander musterte, bevor ihr Blick auf Penny fiel. Sie schien sich selbst zu beglückwünschen und machte auch keinen Hehl daraus, dass sie mit sich zufrieden war. Als ob sie durch mein Kleid schaute und nicht auf mein Kleid, dachte Penny. Dabei muss sie doch genau wissen, was ich darunter trage, schließlich habe ich sie hinter dem Spiegel vermutet.

Wer ihr an diesem Abend zuschaute, konnte sie nicht sagen.

»Ich möchte zu einem kurzen Spaziergang aufbrechen, falls sich jemand anschließen möchte.« Sir Reginalds jetzt blutunterlaufene Augen suchten nach Verstärkung.

Niemand meldete sich.

Penny fielen die wissenden Blicke auf, die sie miteinander wechselten. Ein verworrenes Gefühl hob und senkte sich in ihrem Bauch. Irgendwie wusste sie, ganz egal, wo sie an diesem Abend zu Bett ging, man würde sie beobachten.

Alistair wünschte eine gute Nacht, und Nadine starrte mit eisiger Kühle auf Penny und Auberon, während sie Sir Reginald völlig ignorierte.

Sie gingen in verschiedene Richtungen. Penny hielt Auberons Hand, und Sir Reginald ging durch die Haustür zu seinem angeblichen Spaziergang.

Penny und Auberon gingen auch hinaus. Sie wollten nach ihren Pferden sehen, ehe sie sich für die Nacht vorbereiteten. Das war es jedenfalls, was sie sich gegenseitig erzählten.

Der Nachthimmel strahlte ein tiefes Indigo aus und war übersät mit Sternen. Die Luft war warm, und aus einem nahen Wald schrie eine Eule.

Penny atmete tief ein, warf den Kopf in den Nacken und fühlte das Kitzeln der Haare auf ihren Schultern. Die kühle Abendbrise zupfte an ihrem Rock und ließ ihn um ihre Schenkel spielen. Der Moschusgeruch ihrer sexuellen Säfte drang an ihre Nasenflügel. Die Erinnerung an ihren Orgasmus quälte die Nervenenden, die ihre Klitoris umgaben. Die Erregung schürte ihr Verlangen neu. Sie spürte noch die Not in sich.

Sie sollte nicht klagen, sagte sie sich. Seit ihrer Ankunft hatte sie zwei wunderbare Orgasmen erlebt, aber beide waren durch geschickte Finger ausgelöst worden und nicht durch einen eindringenden Penis. Und die Not, eine solche Penetration zu erleben, wurde größer.

Nachdenklich sah sie Auberon von der Seite an. Vielleicht, dachte sie frech und ein bisschen eigensüchtig, könnten sie beide haben, was sie haben wollten.

»Was für ein wunderschöner Abend«, murmelte sie ins Ohr ihres Begleiters. »Schön genug, um sich besser kennenzulernen.«

Sein Lächeln wirkte ein wenig scheu, vielleicht auch ungewiss. Es verdross sie, dass er nicht sonderlich begeistert schien. Sie musterte ihn wieder und dachte an ihren ersten Eindruck von ihm. Schülersprechertyp. Auf eine etwas pausbäckige Art sah er gut und jungenhaft aus. Das Internat, schlussfolgerte sie, hatte seine sexuellen Eigenarten geprägt. In der Dunkelheit grinste sie vor sich hin. Vielleicht, dachte sie schelmisch, würde Auberon auch andere Dinge schätzen.

Kieselsteine knirschten unter ihren Füßen, als sie zu den Ställen gingen. Fernes Brummen war zu hören, angeregt vom Wein- und Brandygenuss. Sir Reggie schien in die Richtung der hellen Glasscheiben der Orangerie zu schlendern.

Vielleicht lag es an der klaren Abendluft, aber Penny war sich des Geruchs ihres Begleiters bewusst; es war die Spur maskuliner Sexualität, die sich wie ein Film über seine Haut gelegt hatte.

Es war auch die Abendluft, die das Geräusch weiterer Schritte auf dem Kiesweg zu ihnen trug. Unauffällig schaute sie den Weg zurück, den sie gekommen waren. Sir Reginald war stehen geblieben; zwei weitere Gestalten waren zu ihm gestoßen.

Beaumont ist Zuschauer, hatte Ariadne gesagt. Aber Penny war der Meinung, dass es auch noch einige andere auf dem Hof gab, die das Spannen für sich entdeckt hatten.

Während der Wein sich immer mehr aus ihrem Kopf verflüchtigte, fiel ihr ein, dass dies vielleicht ihre erste Chance war, ihr Glück bei Alistair zu versuchen. Sie wollte wenigstens eine gute Schau zeigen, um seinen Appetit zu wecken.

Sie schaute Auberon an, als wollte sie ihn vernaschen. Ihre Finger wanden sich um seine. Er lächelte sie an, aber seine Scheu blieb. Ein bisschen sieht es so aus, dass er in seinem Kopf mit Gedanken spielt, die nicht mit meinen Gedanken übereinstimmen, dachte sie.

Ganz egal. Vielleicht können wir in dieser Nacht das erhalten, was wir uns wünschen. Für den Anfang wollte sie ihm zeigen, dass sie kein Geheimnis um ihre Absichten machen wollte.

Im Gehen stieß sie leicht gegen seine Hüfte und den Schenkel. Mit den Fingern strich sie über die sanfte Beule in seiner Hose. Er hielt die Luft an. Dann räusperte er sich, bevor er etwas sagen konnte.

»Das ist schrecklich schön, eh, ich meine, es ist riesig«, stammelte er.

»Nur schön?«, fragte sie und tat so, als wäre sie enttäuscht und sogar ein bisschen verletzt, dass ihre Berührungen nicht eine größere Resonanz gefunden hatten.

»Sehr schön«, verbesserte er.

Sie bewegte ihre Hand, strich sie um seine Taille und tauchte hinab zu den eisenharten Backen seines Hinterns.

Ah, das ist besser, dachte sie, als sie seinen Atem und ein nervöses Husten hörte.

»Ganz köstlich«, keuchte er heraus. Seine Stimme klang eine Oktav höher als vorher.

Ihre Vermutung war richtig gewesen. Sie lächelte in die Nacht. Die Nacht konnte vielleicht noch besser enden, als sie begonnen hatte.

»Wie ist das?«, fragte sie mit plötzlicher Grausamkeit. Ihre Nägel gruben sich tief in eine Backe.

»Schrecklich«, stöhnte er.

»Und das?« Die Nägel der anderen Hand gruben sich in die andere Backe.

»Schrecklich«, stöhnte er wieder. »Ahhh ...«

»Das ist nicht gut genug«, sagte sie plötzlich und dankte ihrer Intuition. Sie genoss die ihr fremde Grausamkeit, die jetzt auch in ihrer Stimme durchklang. »Ich bin sicher, das kannst du besser, mein Junge. Glaubst du nicht auch?«

Unter ihren Nägeln zitterte sein Fleisch. Ihre eigenen Lenden zitterten aus Sympathie mit.

»Ich ... eh ... ich ...« Seine Augen glänzten. Sie sah ein paar Schweißperlen, die sich in seinen Brauen verfingen.

Mit seiner Antwort konnte sie nicht viel anfangen. Sie wusste, was er wollte, wie sie auch wusste, dass man sie beobachtete. Die übrigen Tischgäste würden ihren Spaß an Pennys Spiel mit Auberon haben.

»Dies, glaube ich, ist das, was du brauchst«, rief sie, die Stimme streng und voller Autorität. Er konnte sich auf die versprochene Disziplin freuen.

Sie nahm genau Maß und stieß ihren Zeigefinger dorthin, wo sie sein Rektum vermutete.

Er stöhnte, als seine Backen sich um ihren starren Finger spannten. Sie stieß den Finger noch etwas weiter, aber weil er noch bekleidet war, konnte sie keinen richtigen Effekt erzielen. Sie gingen immer noch auf die Ställe zu, er fast auf den Zehenspitzen. Ihr Finger führte ihn wie eine lebensgroße Marionette.

Mit unverhohlener Neugier hielt sie plötzlich an und legte die andere Hand auf seinen Schritt. Ihre Finger legten sich darüber wie die Blütenblätter einer Blume. Da konnte sie sie ertasten, die zuckende Frucht ihrer Bemühungen. Hart, erigiert und hungrig nach mehr.

Das war es also, was er wollte.

Die Schritte hinter ihnen waren wieder zu hören. Bevor sie weiter ging, schaute sie zurück in die Dunkelheit. Sie wusste, dass die anderen ihnen folgten und welche Absichten sie hatten. Nun, sie würden alles sehen können, was sie sehen wollten, und vielleicht noch ein bisschen mehr.

Wer aber eine ganz normale Nummer erleben wollte, würde enttäuscht werden. Sie lag nicht auf Auberons Weg.

Sie würden zuschauen, daran zweifelte Penny nicht, denn das Knirschen auf dem Kieselsteinweg war immer noch zu hören. Sie mussten gleich hinter ihnen sein.

»Dagegen sollten wir was tun«, murmelte Penny. Sie küsste ihn auf die Wange und öffnete seine Hose.

Seine Erektion fiel heraus, weiß, schlank und mit einer geröteten Spitze, die wie ein Blätterpilz aussah. Das Mondlicht fiel darauf und verlieh dem Penis ein gespenstisches Aussehen, als sie weiter gingen. Wie der Stock eines Blinden pendelte das Glied hin und her. Ihr gefiel das ungewöhnliche Bild, und damit es erhalten blieb, stieß sie ihren Finger so fest wie möglich in die Öffnung der Kerbe.

»Ich bin schrecklich erregt, weißt du. Ich kann dir gar nicht sagen, wie viel mir das bedeutet.«

Auberons Stimme war so erregt, als wäre er ein kleines Kind, der einem Freund seine liebsten Spielsachen zeigen wollte. Er hörte sich süß an, und Penny wurde noch neugieriger, was für ein Mann er wirklich war.

»Das spielt auch keine Rolle«, sagte sie. »Ich bin immer bereit, einem Mann zu gefallen.« Das wenigstens traf zu.

Sie musste ein seltsames Bild abgeben, dachte sie; ihr Finger noch in ihm, deshalb also nah an ihm dran. Sie konnte sein Zucken spüren, wenn er die Muskeln anspannte, und dann wieder, wenn er sie entspannte. Der Effekt war für sie nicht weniger erregend als für ihn. Sie konnte schon ihre kleine feste Klitoris spüren, die sich durch die Matte seidiger Härchen drängte. Bald würde sie ihren Tribut fordern – die Höhe der Ekstase, die sie sich redlich verdient hatte.

Aber bis dahin würde sie Auberon das geben, was er haben wollte, und auch die immer näher kommenden Zuschauer sollten erleben, wozu sie sich mitten in der Nacht hinaus auf den Hof geschlichen hatten.

Nur von einem tief hängenden Mond beschienen, roch der Stallblock nach warmem Heu und den verschwitzten Tieren. Im trüben Licht wieherten die Pferde leise und bewegten sich träge in ihren Ställen.

Als seine Hand sich nach dem Lichtschalter ausstreckte, zog sie ihren Finger aus seinem Hintern und griff seinen Penis. Sie hörte ihn keuchen und sah, dass er die Hand sinken ließ.

»Hierher«, flüsterte sie und nutzte sein Glied, um ihn nebenan zum Heustall zu führen.

Ein rundes Fenster mit vier unregelmäßigen Scheiben ließ das Mondlicht herein, das einen silbernen Schein auf die Stelle warf, die sie ausgewählt hatte, um ihr Debüt zu geben.

Bei diesem Gedanken musste sie lächeln. Der Mond schien wie ein Spotlight auf den Platz und würde alles konturieren und aus der Dunkelheit reißen, was sie dort für ihre Zuschauer ausführen würden. Unter ihnen war das Heu warm; es duftete nach satten Wiesen, heißen Sommern und ungezügelter Fruchtbarkeit.

»Wie sehr stehst du auf dem, was ich dir geben werde?«, fragte sie ihn provozierend. Eine Hand umfasste seine feurige Waffe, während die andere behutsam seine Hoden wiegte.

»Oh, ich steh ganz schrecklich darauf«, rief er. »Unvorstellbar schrecklich!«

»Wie sehr?«, fragte sie scharf.

Er quiekte wie ein Schwein, als sie seine Hoden härter anfasste und ihre Nägel in sein Skrotum drückte.

»Ehrlich! Sehr! Oh, bitte ...«

Sie hielt inne und fragte sich, ob er vielleicht ohnmächtig werden könnte. Gemischte Gefühle erfassten sie und ließen sie zittern. Es versetzte sie in Hochstimmung, bei einer solchen Situation die Kontrolle auszuüben und einen so steifen und auch so verletzlichen Penis in der Hand zu halten.

Sie schluckte ihre eigene Erregung und ihre eigene Not, dass er in ihren Körper eindringen sollte. Aber wenn sie das kriegen wollte, was sie brauchte, musste sie zuerst seine besonderen Neigungen befriedigen.

Sie ließ seinen Penis aus ihrer Hand fallen, und obwohl sie damit gerechnet hatte, dass ihre Aktion zu vorübergehender Enttäuschung führen würde, hatte sie keine Tränen erwartet.

»Bitte«, bettelte er, und die Stimme klang kaum kräftiger als ein Wimmern. »Bitte, du kannst alles mit mir tun ... wirklich alles.«

Was soll ich jetzt machen?, fragte sie sich. Ihr Mund war leicht geöffnet, und ihre Augen nahmen die Schatten der Menschen wahr, die nichts versäumen wollten. Spontaneität gehörte zu ihrem Charakter, deshalb fiel es ihr nicht zu schwer, zu einer Lösung zu gelangen.

»Küss mich, dann mache ich weiter. Ich werde dir alles geben, was du dir wünschst, und es wird besser sein als alles, was du bisher erlebt hast.«

Ekstase und Mondschein erhellten sein Gesicht.

Dann küsste er sie. Seine Lippen fühlten sich warm und weich auf ihren an.

Aber es war Penny klar, dass eine solche Zärtlichkeit ihm nicht genügen würde.

»Verdammter Hund!«, rief sie und gab ihm einen Schlag ins Gesicht. »Ich habe dir nicht gesagt, du sollst mich auf diese Weise küssen! Du kannst meine Lippen nicht küssen. Diese jedenfalls nicht!«

Während er sich das Gesicht rieb und in ihre großen Augen starrte, öffnete sie die Beine und hob den Rock ihres Kleids. »Zieh du dich auch aus«, wies sie ihn an.

Er gehorchte. Mit peinlicher Genauigkeit faltete er jedes abgelegte Kleidungsstück, und sie schaute fasziniert zu. Wie berechenbar er doch war, wie geprägt von seinen Internatstagen. Entzückt und gar nicht widerstrebend kniete er sich zwischen ihre Beine und hielt sich mit den Händen auf ihren Schenkeln fest.

»Hände auf den Rücken«, knurrte sie.

Er gehorchte wie ein gut erzogenes Hündchen.

Sie öffnete die Beine noch ein bisschen weiter und rutschte seinem Gesicht entgegen. Bald hatte sie die Innenseiten gegen seine Ohren gedrückt. Sein Kopf saß in der Falle. Die Lippen ihres Geschlechts küssten seinen Mund.

Seine Zunge leckte über die dicke Matte ihrer Schamhaare, bevor sie sich weiter für ihn öffnete und sich selbst mit den Fingern spreizte. Mit gewundenen Bewegungen hob sie sich kreisend an, damit sie seine Zunge, das Kinn und seine Nase besser ausnutzen konnte.

Er saugte an ihr, als wäre er ein hungriges Baby. Die Zunge drang so tief wie möglich in sie ein, um immer mehr Säfte aus ihr herauszuholen. Wie ein kleiner Penis stieß die Zunge in sie hinein, forschend, heiß, biegsam.

Sie stöhnte, und als sie seinen Kopf fest zwischen ihre Schenkel klemmte, dass er sich nicht bewegen konnte, ließ sie ihren Rock über ihn fallen, während sie das Mieder aufknöpfte und ihre Brüste freilegte.

Als sie frei schwebten, nahm sie die Brüste in ihre Hände und spielte mit ihnen; sie schloss die Augen und fühlte sich, als wäre sie die Göttin Diana persönlich, in Mondlicht gebadet und irgendein Wesen unter sich, auf dem sie in die Nacht hinaus ritt, und dabei ruckte sie über Auberons offenen Mund und seine bereitwillige Zunge.

Sie schlug für einen Moment die Augen auf, um die Dunkelheit zu durchdringen. Sie lächelte ins Dunkel hinein, dann zog sie ihr Kleid aus.

Das Mondlicht fiel durch das runde Fenster herein und fügte einen schillernden Reichtum an Farbe und Helligkeit an. Ihre Haare glänzten mehr denn je, und ihre cremige Haut fiel jedem Zuschauer ins Auge.

Sie war eine Darstellerin, und sie liebte die Rolle, die sie spielte. Die Gestalten im Hintergrund waren nicht von Belang, nur Zuschauer im Auditorium, die ihre Schau genießen wollten. Aber wie bei jedem Stück gab es einen ersten Akt, einen zweiten, dritten, vierten ...

Ein Teich erotischer Energie baute sich rund um ihre Pussy auf, aber trotz Auberons Bemühungen konnte er sie nicht zum Orgasmus bringen.

Jetzt, fand sie, war es Zeit für den zweiten Akt.

»Genug«, rief sie und schob seinen Kopf zurück.

Sie konnte ihm keinen kräftigen Schlag gegeben haben, und doch lag er keuchend im Heu, und ein Film ihrer Nässe glänzte wie Silber auf seinen Lippen. Er sah eingeschüchtert aus, aber zugleich glitzerte das Verlangen in den hellbraunen Augen. Er spielte eine Rolle, und das genoss er sehr.

»Auf Hände und Knie«, befahl sie.

Er rollte sich herum und tat, was sie verlangte. Sie ging um ihn herum, war stolz auf ihre Nacktheit und zeigte sich den Augen, die aus der Dunkelheit auf die Szene starrten.

Wenn Mark mich jetzt sehen könnte, dachte sie und grinste lüstern. Er würde mich nehmen, bis wir beide kaum noch aus der Wäsche sehen könnten. Aber Mark war nicht da, dafür gab es Auberon.

Er hatte einen guten Körper, und trotz ihrer Entschlossenheit, für die Zuschauer zu spielen, musste sie ihn zuerst eine Weile bewundern. Ihre Hände strichen in langen Zügen über seinen Rücken, auf und ab, dann gab sie ihm mehrere Klapse auf seine Backen, bis eine sanfte Röte das perfekte Weiß ersetzte.

Zwischen seinen Schenkeln baumelten die Hoden in ihrem weichen Beutel. Penny hob einen Fuß und strich behutsam über die Hoden. Sie erfreute sich an der Wärme und an dem Gefühl ihrer Macht. Sie hörte, wie sich sein Atem beschleunigte, aber dann merkte sie, dass ihr eigener Atem auch zu rasen begonnen hatte.

»Steh auf«, befahl sie.

Zögerlich, aber doch mit einem Ausdruck der Abhängigkeit, kam er auf die Füße.

»Tu mir nicht weh«, jammerte er.

Auch das, wusste sie, war seine Rolle. Natürlich wollte er, dass sie ihm wehtat. Er genoss den Schmerz.

»Ich werde tun, was ich für richtig halte«, sagte sie, behielt sein hartes Glied in der Hand und umspannte es mit schmalen Lederriemen, die an der Wand hingen. Die Enden bildeten Schleifen, die man an Eisenringen befestigen konnte, die über seinem Kopf in einen Holzbalken eingelassen waren.

Sie musste sich auf Strohballen stellen, um die Eisenringe zu erreichen, dann band sie die Schleifen um seine Handgelenke und um die Ringe. Er hatte die Arme gehoben, und im Mondschein sah man die gespannten Muskeln. Auberon hing da wie auf einem heidnischen Altar und wartete auf seinen Moment, in dem er das Opfer sein würde.

Zu ihrer Überraschung fand sie weitere Ringe auf dem Boden. Penny benutzte sie, um seine Beine zu spreizen und festzubinden. Seine Muskeln fühlten sich unter ihren Händen und unter den Lederriemen fest und hart an.

Als sie mit ihm fertig war, trat sie zurück und betrachtete

ihre Arbeit. Sie war sehr zufrieden. Sein Körper bildete ein fast perfektes »X«, und sein Schaft ragte steil nach oben.

Wie ein Panther auf Beutezug umkreiste sie ihn, strich mit den Fingern über seinen Körper, der nur aus Muskeln zu bestehen schien, ohne jedes Gramm Fett.

Die Blicke, die sie über ihn schweifen ließ, strahlten Lust und Entzücken aus, und sie begriff, dass die Blicke der anderen Zuschauer nicht weniger strahlen würden. Ihr Körper zitterte in Vorfreude, als sie die bebende Spannkraft seiner Muskeln bewunderte. Seine Backen zuckten.

Die ganze Zeit spielte sie mit ihm und erforschte seinen Körper mit den Fingerspitzen. Je mehr Druck sie ausübte, und je härter ihre Fingernägel in seine Haut drückten, desto mehr wuchs sein Penis.

»Wie fühlt sich das an?«, fragte sie. »Jetzt liegst du so gedehnt und gestreckt da, wie es mir gefällt.«

Er stöhnte auf, als ihre Fingernägel über den prallen Stamm strichen, und er stöhnte noch etwas lauter, als sie seine Bälle in die Hand nahm und leicht zudrückte. Die Geräusche aus seiner Kehle waren nicht zu deuten, aber sie hielten an, bis sie seinen Beutel losließ.

»Herrlich«, murmelte er.

Selbst jetzt würde er gern spüren, dass sie ihn noch etwas mehr quälte, bis sie glaubte, dass er bereit war für ihre eigenen Ziele.

»Das ist nicht gut genug«, sagte sie und nahm die beiden letzten Lederriemen vom Haken an der Wand.

Es waren dünne Riemchen, und sie konnte sich noch nicht vorstellen, wofür man sie bei Pferden verwandte. Nicht, dass es eine Rolle spielte. Die entscheidende Rolle an diesem vielversprechenden Abend spielte sie.

Sie versuchte, nicht in die Dunkelheit zu blinzeln, denn sie hatte Mühe, sich auf ihre Aktionen mit Auberon zu konzentrieren.

Mit einem verruchten Grinsen schnürte sie die Riemchen durch seine Hose und ließ Schaft und Hodensack heraushängen, wobei das Glied kräftig stand, und die Testikel sahen rund aus wie aufgeblasene Ballons.

Auberon wand sich in Ekstase. Er hatte den Kopf in den Nacken geworfen, und eine Serie von Stöhnlauten verriet, dass er es kaum noch erwarten konnte.

Die Enden der Lederriemchen kreuzte sie über seinem Brustkorb, dann hievte sie sie über die Schultern, sodass Hoden und Penis viel größer als sonst wirkten, weil sie von den Lederstreifen in die Länge gezogen wurden. Sie schlang die Enden jeweils durch einen Eisenring, sicherte sie mit einer Schlaufe und band sie fest.

Im Tageslicht hatte sie sich den Stall genau angesehen, sodass sie jetzt auch nicht lange nach den beiden Gegenständen suchen musste, die sie für die Fortsetzung ihrer Darbietung brauchte – eine kurze Reitpeitsche mit Schlaufe und eine längere Peitsche.

Jetzt war es einfacher für sie, nicht in die Dunkelheit zu starren. Alles wird leichter, wenn man es oft genug geübt hat, heißt es, und in diesem Fall traf das ganz gewiss zu.

Kleine Fesselspiele gehörten zu ihrem Repertoire mit Mark dazu, wenn ihre Emotionen zu hohe Wellen schlugen. Sie war begeistert davon gewesen und hatte einige ihrer stärksten Höhepunkte durch sie erhalten; mehr Erleichterung jedenfalls, als der Blümchen-Sex bieten konnte.

Mit professionellem Geschick ließ sie die Peitsche knallen, dann lächelte sie, als sie die Reaktion auf Auberons Gesicht sah. Die Furcht vor Schmerz, die er sehen ließ, war nicht echt, wusste sie. In Wirklichkeit, abseits der Fassade, lechzte sein

Körper nach Schmerz und sehnte sich nach den dünnen Lederstreifen, die sich in sein hartes Fleisch graben würden.

Sie senkte den Blick zu seinem Schaft in der Falle. Er ruckte ausgelassen, und einen Moment lang fürchtete sie, Auberon könnte seine Ladung verschießen, noch bevor sie bereit war, sich seiner anzunehmen.

Auch in ihren Aktionen für sich selbst fand sie seliges Entzücken. So sehr dieser Mann sich auch bemühte, sie zu befriedigen, so war sie es doch, die an ihren eigenen Orgasmus denken musste. Zuerst würde sie sich um seine Nöte kümmern. Die Bearbeitung mit der Peitsche war genau das, was er sich wünschte. Erst danach würde sie ihn zu ihrer eigenen Lust nehmen.

Seine bebenden Lenden schüttelten sich, als sie zu ihm ging. Sie strich mit den Fingern von den harten Schultermuskeln bis hinunter zu seinen runden Backen. Sie spielte mit ihnen, malte Linien auf der Haut und ließ sie in der engen Kerbe enden. Instinktiv quetschten die Backen so heftig wie vorher, als ihre Finger am runzligen Anus gespielt hatten.

Die Finger streichelten über die Hüfte und weiter zu seinem pochenden Glied. Sie sah es von hinten, sah es zucken, als könnte es fliegen, wenn es erst befreit wäre. Zwei Lederstreifen hielten es gefangen.

Ihre Fingernägel beschrieben Kreise um den dicken Kopf seines Schwanzes. Sie sah, wie er sich regte. Sie riss die Augen weit auf. Nie hätte sie glauben können, dass so ein exquisiter Schmerz zu so großen Resultaten führten, zu diesem Umfang. Freudig betrat sie seine Welt und hoffte, dass sie ihn so reizen konnte, wie er es verdient hatte.

Zwischen seinem Lustmurmeln zischte sie durch zusammengebissene Zähne, als sie ihre Fingernägel über seinen Stamm zog. Sie war überrascht von der eigenen Reaktion und schaute interessiert zu, wie seine Halsadern anschwollen. Einen Augenblick später warf er den Kopf zurück und heulte seine Fesseln an.

Dies war pure Lust, pure Macht. Nachdenklich tunkte sie ihre Finger in die glitschige Mischung, die sich auf voller Länge zwischen den Labien gebildet hatte. Bisher war dieser kleine Akt nur für ihn gewesen. Sie hatte ihm eine Menge gegeben, er hatte so gut wie nichts gegeben.

Im Takt mit ihrem schweren Atem hoben sich ihre Brüste, als aus der Macht sexuelle Erregung erwuchs.

Wieder ließ sie die Peitsche klatschen. Sie hörte, wie er scharf die Luft anhielt und spürte Besorgnis, als er versuchte, ihr Timing abzuschätzen.

Er streckte die Kehle und warf wieder den Kopf zurück, und genau in diesem Moment traf ein Peitschenschlag seinen Hintern. Sie hatte kurz vorher gesehen, wie er sich gegen den Schlag zu wappnen versuchte, aber er hatte natürlich keine Chance gehabt. Sie lächelte. Die Szene gefiel ihr, und ihre Phantasie leistete Überstunden.

Die Peitsche hob und senkte sich wieder. Sein Schrei war eine üppige Mischung aus Schmerz und Entzücken.

Sie war außer Atem. Ihre Brüste reckten bebend hoch, als erlebten sie jetzt schon die Ekstase. Penny ließ einen Arm hinab gleiten, streckte eine Hand aus und strich über die zuckenden Backen. Heißes Fleisch zitterte unter ihrer Handfläche, und als sie mit einem forschenden Daumen in die Kerbe fuhr, wurde er von den engen Backen fast gequetscht. Was sie mit ihm anstellte, erregte sie; ihr Bauch spannte sich an, und ihre Klitoris hob sich aus ihren mit Tau bedeckten Blütenblättern.

»Mehr«, hörte sie ihn keuchen. »Gib mir mehr.«

Sie war nicht in der Lage, der Verlockung seines ausgestreckten Torsos zu widerstehen, und so fuhr sie mit der Hand von der Achselhöhle über die Rippen bis zur Hüfte und von dort quer über den Bauch. Sie ballte eine Faust, und ihre Finger formten eine Kralle.

Er stieß einen leisen, tiefen Schrei aus, als die Kralle vom Nabel zum Phallus griff. Sie nahm die glänzende Eichel zwischen Daumen und Zeigefinger und drückte kurz zu, ehe sie den Fleischstamm darunter angriff.

»Ich gebe dir noch mehr«, knurrte sie ihn an. Sie war nicht mehr in der Lage, sich selbst daran zu hindern, den vollen Geist der Szene in sich aufzunehmen. »Warte nur zu, dann gebe ich dir mehr.«

Die Peitsche knallte wieder und wieder gegen seine Schultern, gegen den gekrümmten Rücken, den runden Hintern und die durchgeschüttelten Muskeln von Oberschenkeln und Waden.

Sie änderte ihre Position, wechselte das Ziel der Peitschenschläge und nahm sich seinen Brustkorb sowie den Bauch vor. Sie hauchte einen Kuss auf den aufrecht stehenden Penis, während die Peitsche mit brennender Akkuratesse seine Schenkel traf. Seine Knie sackten ein wenig ein, und Schweiß glitzerte auf den misshandelten Muskeln.

Ihre Kehle war trocken, und ihre Pussy war klatschnass. Penny kannte ihren Körper gut genug, um zu wissen, wann er aufs Dessert wartete. Sie hatte zielsicher getroffen, und jetzt glühte seine Haut mit der sengenden Hitze des perfekten Schmerzes. Der Anblick seines Penis, der immer noch auf und ab zuckte, war fast zu viel für sie. Sie musste ihn haben. Aber zugleich musste sie auch seine ganz spezielle Lust befriedigen.

Der Kopf der langen Peitsche war ziemlich dick; nicht so dick wie seine Peniseichel, aber immerhin. In Penny wirbelten die Gedanken, als sie auf seine zuckenden Backen sah, und als ihr Blick auf den Peitschengriff fiel, stand für sie fest, wie es weitergehen sollte.

»Jetzt bin ich dran. Du brauchst nichts zu tun, du lässt es einfach über dich ergehen.«

»Du kannst alles … mit mir tun, was du tun willst.« Das Wimmern seiner Stimme schien eher einem Betteln zu entspringen als einem Vorwurf.

Für sie war das Bestätigung genug, und sie freute sich schon darauf, dass auch sie bekommen würde, was sie sich wünschte.

Mit dem hilfreichen Reiben des Knaufs gegen ein Stück Sattelseife hatte sie einen glitschigen Lederdildo hergestellt. Sie schob ihn zwischen die Backen und ließ ihn langsam eindringen. Sie hörte Auberon ächzen, und für einen Moment fragte sie sich, ob sie es richtig machte, denn sie wollte ihn nicht verletzen.

Sie betrachtete seinen Körper und bemerkte seinen zuckenden Penis. Jetzt lächelte sie. Er glühte im Halbdunkel, und ein Tropfen wie eine Perle krönte den glänzenden Kopf. Sie ahnte, dass Auberon sich der Ekstase näherte.

Mit einer Hand hielt sie den Griff, der nicht mehr in ihn hineinpasste. Sie starrte wieder auf seinen Penis, bevor sie in sein Gesicht schaute. Unter halb geschlossenen Lidern beobachtete er sie, den Mund leicht geöffnet, Schweißtropfen an Nase und Kinn. Sie kniete sich hin, streckte die Zunge heraus und fing den Tropfen auf der Eichel auf.

Sie beließ es nicht dabei und setzte die Reise mit dem dünnen Ende der Peitsche fort, bis sie wieder da war, wo sie angefangen hatte. Die Reitpeitsche in einer Hand, zog sie einen Strohballen vor den in der Bewegung stark eingeschränkten Auberon. Zuerst kniete sie darauf, den Blick auf seinen pulsierenden Schwanz gerichtet, der nun auch wieder zitterte, weil Penny mit den Fingernägeln über den prallen Schaft strich.

Sie hinterließ Abdrücke auf dem purpurnen Fleisch. Jedes Mal, wenn sie die Nägel ansetzte, stöhnte Auberon ekstatisch und bettelte um mehr. Für ihn konnte es nicht genug süße Schmerzen geben.

Kurz entschlossen schlang sie ihre Arme um ihn, zog seine Hüfte auf sich zu und nahm die ganze Länge tief in ihrem Mund auf, und der weiche Daunenbelag seines Hodensacks streichelte über ihr Kinn.

Während sie die Gefühle ihres Mundes genoss, der die ganze Länge saugte, fand ihre Hand den halb verborgenen Peitschengriff und begann, ihn langsam ein und aus zu führen.

Über sich hörte sie ihn ächzen und stöhnen, und seine Knie sackten leicht. Sie spürte, wie seine Oberschenkel zitterten, und der Penis hüpfte in ihrem Mund.

Noch nicht, dachte sie, nicht, bevor ich meine Belohnung erhalten habe.

Sie nahm den Mund zurück, und mit ihrem Fuß schob sie den Strohballen zur Seite, dann legte sie ihren Fuß darauf. Jetzt lag alles am richtigen Platz, und sie konnte sich nehmen, was sie haben wollte.

Brust drückte auf Brust. Sie schob eine Hand zwischen ihre Körper, schloss sie um den gefangenen Penis und bereitete ihn darauf vor, zwischen die gut geölten Lippen und in ihre wartende Vagina geführt zu werden.

Er glitt hinein. Sie ruckte vor und versenkte ihn bis zum Anschlag.

Köstliche Wellen der Lust breiteten sich von der Stelle aus, an der sie durch seinen aufragenden, ungezügelten Schwanz verbunden waren. Sie murmelte ihre Lust an seinem Brustkorb heraus und entschuldigte sich umständlich, weil sie nicht in der Lage gewesen war, einem so stämmigen Quartiermacher zu widerstehen.

Weil sie nicht zulassen wollte, dass sein Glied schwächer wurde, tauchte sie mit einer Hand hinab und begann wieder, den Knauf in ihm zu drehen. Um ihn daran zu erinnern, wer hier das Sagen hatte, zog sie ihm einige Male die Reitpeitsche über, aber sie fand nicht mehr das Ziel wie zuvor, und je mehr sie sich dem eigenen Orgasmus näherte, desto ungenauer wurden ihre Peitschenhiebe.

Da sie ein Bein auf den Strohballen gelegt hatte, war es leicht für sie, die Klitoris so zu platzieren, dass sie die volle Wucht seiner Stöße mitbekam.

Als wollte sie sich in den vollen Galopp stürzen, wurden ihre Bewegungen immer schneller. Schweißtropfen rannen zwischen den durchgeschüttelten Brüsten hinunter und trugen ebenfalls zur glitschigen Nässe bei, die sich zwischen ihren Schenkeln gesammelt hatte.

»Mehr! Mehr! Mehr!« Ihre Zunge klebte ihr im Mund, und ihre Arme zuckten, als hätten sie Stromstöße erlitten. Der Orgasmus trieb ihre Lust immer höher.

Noch drei, vier weitere Hiebe mit der Reitpeitsche, dann gab Auberon alles, was er zu geben hatte. In ihr spürte sie seinen geschwollenen Schaft rucken, dann schrie er seine Erleichterung heraus, dass die Dachbalken sich bogen und die auf den Stangen sitzenden Tauben aufschraken.

Es war nur ein leises Rascheln und Knistern zu hören, das sichere Zeichen, dass sich die Zuschauer zurückzogen. Aber trotzdem – manchmal hat es jemand auf ein *encore* abgesehen, und wenn ja, war sie gespannt auf den, der nicht genug bekommen konnte. Wie auch immer, sie hoffte, einen guten Eindruck hinterlassen zu haben.

Sir Reginald kam irgendwo aus der Dunkelheit, als sie die Ställe verließen. »Schönen Abend«, sagte er.

»Phantastischer Abend«, stammelte Auberon.

»Ein schöner Abend für einen Spaziergang«, sagte Penny.

»Ja«, brachte Sir Reggie glucksend hervor. »Ein schöner Abend für viele Dinge.« Er gluckste noch etwas lauter und verschwand in der Dunkelheit.

Penny schaute ihm nach und hörte, wie andere Schritte ihm folgten.

Fünftes Kapitel

»Fehlerfreie Runde!«

Das hohle Echo der Lautsprecherdurchsage verkündete den Zuschauern in der Hauptarena, wie gut sie geritten war.

Das war Pennys erster Wettbewerb, seit sie auf den Beaumont-Hof gekommen war, und obwohl es sich nicht um ein hervorragend besetztes Rennen handelte, war sie froh über ihren Erfolg.

Hufe schlugen dumpf unter ihr auf, und kleine Erdbrocken flogen durch die Luft. Sie fühlte die Muskeln ihres Pferdes zwischen den Schenkeln und dachte wie schon so oft in der Vergangenheit, wie unglaublich es geradezu war, dass sie dem mächtigen Tier ihren Willen aufzwingen konnte.

»Gut gemacht!« In ihrer Stimme schwang Triumph mit, und ein Lächeln legte sich auf ihr Gesicht, als sie den verschwitzten Hals des geschmeidigen Braunen streichelte, bevor sie die Arena verließ und gleich dahinter anhielt.

Sie strahlte über das ganze Gesicht, vielleicht ein bisschen zu eingebildet, dachte sie, als sie Auberon zunickte, der seine Runde absolvieren musste. Seine Hand griff grüßend an seine harte Kappe. Sein Lächeln war eher blass. Er blinzelte einige Male.

Nur für einen Moment glaubte sie, dass er errötete wie ein scheues Mädchen, und ihr Lächeln vertiefte sich noch. War er in sie verliebt? Oder schätzte er lediglich die Darbietung, die sie ihm gestern Abend geboten hatte?

Sie hatte ihn später gefragt, ob er wüsste, dass sie beobachtet worden waren. Er war rot geworden und hatte seine Antwort gestammelt. »Eh … wahrscheinlich … ja, kann schon sein.«

Er wusste es, hatte es von Anfang an gewusst, wollte es nur nicht zugeben. Machte ihn eine solche Szene verlegen? Sie selbst empfand überhaupt keine Verlegenheit, nichts als Erregung, dass sie eine solche Vorführung vor Zuschauern anbieten konnte. Der bloße Gedanke an die vergangene Nacht ließ sie unter den engen weißen Breeches und dem schwarzen Wolljackett prickeln.

Aber Auberon, so süß er auch war, liebte es, sich zu unterwerfen, und sie hatte ihre Rolle als dominante Reiterin sehr genossen.

»Gute Runde«, sagte der Stalljunge, der ihr Pferd am Kopf führte. Er hatte tanzende grüne Augen, kupferfarbene Haare und hieß Stephen.

»Ja, bisher ist alles gut gelaufen«, gab sie zurück, das Gesicht noch gerötet vom Ritt, und noch ein wenig außer Atem. Aber sie lächelte. Sie fühlte sich gut.

Er half ihr beim Absteigen, bevor er die weiche braune Decke über die dampfenden Flanken des Pferdes warf. Sie zog an der einen Seite die Decke glatt, er auf der anderen, und so führten sie den Braunen gemeinsam in seine Box, die hellblau lackiert war, und an einer Seite gab es die prächtigen Goldbuchstaben des Beaumont-Hofs.

»Jetzt sind wir da«, sagte sie fröhlich, glücklich über den guten Ritt und auch glücklich, dass sie ihn in diese Pferdebox bringen konnte, denn sie war ein Palast im Vergleich zu dem Transporter, in dem sie den Braunen hergebracht hatte. Gregory hatte ihn irgendwo geparkt, bis sie ihn wieder brauchen würde.

»Ich könnte eine Dusche brauchen«, sagte sie. Sie hatte schon ihre weiße Seidenkrawatte gelockert – vorgeschrieben bei jedem Wettbewerb. Jetzt öffnete sie den obersten Knopf der Bluse. Sie sah ihn gucken, aber das hatte sie gewollt.

Der Ritt hatte sie zum Glühen gebracht, und ihr Fleisch hungerte nach anderen Dingen. Das kam vom Reiten. Das geschwollene Geschlecht war in einem leichten, sanften Rhythmus immer wieder gegen den unnachgiebigen Sattel gestoßen, aber manchmal auch hart und heftig.

Sie musterte den jungen Mann mit neu erwachtem Interesse. Sein Lächeln wirkte einladend, und die Sommersprossen auf der Nase gaben ihm ein jungenhaftes, fast schelmisches Aussehen. Er hatte eine cremig-weiße Haut. Sie stellte sich seinen ganzen Körper in Weiß vor, kühl wie Milch. Wie ein jugendlicher Pan, dachte sie. Rostbraune Haare, schneeweiße Haut und Augen in der Farbe einer Sommerwiese kurz vor dem Sonnenuntergang. Sie beäugte ihn immer noch, überlegte und spürte das Prickeln in den Lenden.

Das ist nicht der Grund, warum ich hier bin, sagte sie sich. Trotzdem sah sie, wie die Muskeln des jungen Mannes unter dem engen schwarzen T-Shirt spielten. Was war schon dabei, wenn sie ein bisschen mehr Freundschaft verteilte, auch wenn sie dabei leicht vom Wege ihres wichtigsten Ziels abkam?

Seine Finger drückten sich kurz über ihre, als er ihr die Zügel des zweiten Pferds reichte. Sie dankte ihm.

»Soll ich dir helfen?«

»Ja, bitte.«

Er schlang die Zügel des Braunen über seinen Arm, bevor er ihren Fuß und das Schienbein packte und sie nach oben hievte, damit sie locker auf dem Grauen sitzen konnte. Seine

Hände blieben auf ihrem Fuß, als er ihr in den Steigbügel half. Durch das Leder ihres Stiefels konnte sie vage die verschwitzte Hitze seiner Handfläche ausmachen. In seinen Augen lag ein fragender Blick. Sie wusste, welche Frage er stellen wollte, aber sie kannte auch die Antwort. Vielleicht später, sagte sie sich, und kehrte zur Konzentration auf die Aufgabe zurück, die vor ihr lag. Sie schloss den Knopf wieder und band die Krawatte neu.

»Einen guten Ritt«, wünschte er, als sie mit dem Grauen in Richtung Arena trabte. Er grinste, als er das sagte, und in seiner Stimme klang Freude mit.

»Ein guter Ritt ist nichts Neues für mich.«

Sie sah ihn an, sah die Hoffnung in seinem Gesicht und das Fieber in seinen Augen. Vielleicht lag es am schieren Übermut, der sie immer bei Reiterspielen packte, oder doch an der Erregung durch das Reiben gegen den Sattel; jedenfalls erwiderte sie das Lächeln des Stalljungen und ließ ihre Zunge absichtsvoll über die Zähne gleiten. Das genügte, fand sie, um ihm zu sagen, dass auch sie ein Fieber verspürte und nichts dagegen hatte, es gemeinsam zu bekämpfen.

Aber für den Moment ließ sie ihn stehen und ging zurück in den Bereich der Arena.

Nadine sah ihr zu, als sie ihr Pferd auf den Sammelplatz führte. Dort trafen sich diejenigen, die noch springen mussten, aber auch jene, die ihren Auftritt schon hinter sich hatten und eine Weile verschnaufen wollten.

Penny nickte grüßend. Nadine wandte den Blick und sah wieder zu, was in der Arena geschah. Sie hatte die Stoppuhr in der Hand und notierte jede Zeit der Mitbewerber.

Selbst ihre Kleidung war dem Ereignis angemessen, dachte Penny. Ein wenig erinnerte Nadine sie an eine Angestellte im mittleren Management. Sie trug einen schwarzen Hosenanzug, dazu eine gestärkte weiße Bluse, eine schwarz-weiße Krawatte und einen schwarzen Sombrero. Hinten am Hut hing eine dicke Kordel hinab, die normalerweise unter dem Kinn befestigt wird. Das schon vertraute Zigarillo steckte im Mundwinkel, und ihre Ohrringe waren die von gestern.

Dramatische Menschen ziehen neugierige Blicke an, und Nadine war ein dramatischer Mensch. Wer sie neugierig anstarrte, wurde mit einem kalten, strafenden Blick bedacht. Penny hatte erfahren, dass der kalte Blick nur die erste Vorstufe war. Steigerungen reichten von sarkastischen Blicken zu obszönem Starren.

Die dritte Stufe war nichts für Leute mit schwachen Herzen. Ein tapferer Journalist, so hatte Penny gehört, war nicht davor zurückgeschreckt, Nadine eine unangenehme Frage zu stellen. Mit einem eiskalten Blick, begleitet von einem eiskalten Lächeln, hatte Nadine seine Hoden gepackt. Dem Journalisten war alle Farbe aus dem Gesicht gewichen, er hatte auf den Zehen gestanden und in dieser Haltung gewartet, bis Nadine den Griff gelockert hatte. Mit Nadine, hatte der Mann gelernt, war nicht gut Kirschen essen.

Es gab tosenden Beifall von der Menge, gefolgt von einer weiteren gefühllosen Ansage, dass auch Auberon mit einer Nullrunde abgeschlossen hatte. Er ließ sein Pferd auf dem Sammelplatz auständeln.

Er tippte an seine Kappe, als er an Penny vorbei ritt, und sein rotes Gesicht ließ nun auf die Anstrengung seines Ritts schließen und auf sonst gar nichts.

»Viel Glück«, sagte er, noch außer Atem.

Penny bedankte sich und stieß ihre Absätze in die Flanken des Grauen. Heute konnte sie nichts falsch machen, dachte sie. Fast war ihr so, als könnte sie fliegen.

Wie im Traum katapultierten die harten Muskeln des

Grauen sie über die erste Hürde. Nur mit Mühe kontrollierte sie den Trieb, den der Stalljunge mit den grünen Augen in ihr erregt hatte. Sie brauchte mehr Konzentration bei diesem Pferd als bei dem Braunen.

Sie hörte die Hufe unter sich. Am Klang allein konnte sie hören, ob das Timing stimmte. Sie fasste die Zügel kurz, und mit der Hilfe eines jeden Muskels in ihrem Körper trieb sie die Stute an. Sie hatte kürzere Beine, deshalb musste sie schneller über den Parcours flitzen, um mehr Schwung für das nächste Hindernis aufzunehmen.

Sie hatten alle Hürden genommen, es fehlte nur noch das letzte Hindernis. Es erhob sich hoch und breit vor ihr, eine Triplebarre. Für einen Sekundenbruchteil blickte sie hinüber zu den Zuschauern und warf Auberon ein Lächeln zu – im nächsten Moment wünschte sie, sie hätte es nicht getan.

Närrin! Verdammte Närrin! Sie fluchte über sich selbst, fluchte über ihre Eitelkeit.

In diesem Augenblick der nachlassenden Konzentration war sie zu schnell unterwegs. Das gelb gestreifte Hindernis schien turmhoch vor ihr aufzuragen, und wenn sie es mit ihrem Pferd schaffte, würde sie viel Glück gebrauchen können. Sie lief auch Gefahr, auf der anderen Seite falsch anzukommen. Innerlich betete sie. Dann verengte sie die Augen.

Sie hatte keine Zeit mehr, dem Pferd einen Zwischenschritt zu erlauben. Die Zügel locker lassen, Augen zu und durch. Wichtig war, auf der anderen Seite sicher zu landen.

Ein tiefes Stöhnen der Menge schwoll an, und hinter sich hörte sie fallendes Holz. Ihre Kappe fiel ihr vom Kopf, und sie verlor auch noch einen Steigbügel. Aber sie war durch, sie war in Sicherheit, und das Pferd auch. Leise fluchte sie vor sich hin. Es war ihre Schuld. Ein kurzer Augenblick der Unaufmerksamkeit. Sie hatte ganz böse versagt.

»Verdammt! Oh, Mann, verdammt!« Die Worte sprudelten aus ihr heraus, während das Pferd in eine langsamere Gangart fiel.

Sie nahm noch mehr Tempo zurück und kam zu einem schwerfälligen Halt. Mit dem Handrücken strich sie über ihre Braue. Ihre Haare klebten klamm am Kopf, aber trotz der Tatsache, dass sie das Hindernis gerissen hatte, war sie zufrieden, dass sie nicht gestürzt war. Sie quälte sich zu einem Lächeln, als sie an Nadine vorbei ritt.

»Diabolisch!«

Nadine Mund war ein gerader Strich wie ein Briefkastenschlitz, und sie starrte Penny düster an.

Penny war verschwitzt, sie war erschöpft, und trotz des Missgeschicks hatte sie eine ordentliche Arbeit abgeliefert. »Ich bin sicher gelandet ...«

»Unentschuldbar«, sagte Nadine kalt. »Das Pferd hätte sich verletzen können. Du hättest dich verletzen können!« Die Augen blickten kalt wie Stahl.

Oberhalb von Nadine sah Penny den rot angelaufenen Kopf von Auberon. Sein Mund klappte auf und zu, als wollte er ihr irgendwas erzählen.

Ein Anflug von Rebellion brach sich in Penny Bahn. »Aber das sind meine Pferde!«

»Nein«, erklärte Nadine, und ihre Finger legten sich wie ein Schraubstock um Pennys Knie. »Während du hier bist, gehört alles zu Beaumont! Das wirst du noch lernen müssen.«

Penny öffnete den Mund, um dieser Auslegung zu widersprechen, aber Nadine gab ihr keine Chance.

»Wir werden später noch darüber zu sprechen haben, aber ich kann dir versichern, dass es eine Bestrafung für dich geben wird.«

Sie war außer Atem, deshalb musste sie ihre Gefühle der Rebellion verkürzen. Penny trottete zurück zur glänzenden blau-goldenen Pferdebox. Sie parkte an der kühlsten Stelle auf dem Gelände, direkt unter einer uralten Eiche an der Peripherie der Arena, gleich neben einer Weißdornhecke.

Die Eiche sprenkelte ihr heißes Gesicht mit kühlendem Schatten, aber innerlich kochte sie und war seltsam verwirrt. Woran lag es, dass sie sich wie ein Schulmädchen fühlte, wenn Nadine mit ihr sprach? Und warum gehorchte sie brav und verdrängte ihren Zorn?

Unter dem Baum waren ihr Brauner und Auberons zweites Pferd angebunden. Die Pferde weideten träge und nahmen sich auch Leckerbissen, die sie durch den Zaun zum Nachbarfeld erwischen konnten.

Stephen, der Oberkörper nackt, rieb ihren Braunen mit dem Schwamm ab. Seine Schultermuskeln bewegten sich wie kleine Wellen in einem Teich, als er den Schwamm und danach die Bürste in weiten runden Strichen über den Rücken und die Flanken des Pferdes führte.

Seine Haut glänzte; ein schwacher Schweißfilm lag über dem wirbelnden Fleisch. Sie konnte ihn schwach riechen – pures Testosteron, frisch und vermischt mit dem Geruch von feuchtem Leder, von schwitzendem Pferdefleisch und dem süßen Duft des Sommergrases.

Nadines gehässige Bemerkung und ihr Gerede von Bestrafung waren schnell vergessen, aber dass sie sich zu Stephen hingezogen fühlte, war in ihrer Erinnerung geblieben. Sie leckte sich die Lippen, als wäre er eine seltene Köstlichkeit. Die rostbraunen Haare streiften seine nackten Schultern. Sofort fühlte sie sich wieder besser, und sie spürte eine frische Nässe zwischen den Beinen.

»Schaffst du das?«, fragte er, als er ihre Gegenwart bemerkte. »Ich kann dir gern helfen, du brauchst nur ein Wort zu sagen.«

»Ich schaffe es immer«, sagte sie lächelnd. »Und ich lehne keinen Dienst ab, wenn ich es vermeiden kann.«

Der Geruch des klammen Leders und der schwitzenden Flanken stieg ihr in die Nase, als der Sattel vom Grauen und in ihre Arme rutschte.

»So was höre ich gern. Eine Frau, die es immer schafft.« Es war kein Zufall, dass seine Hände ihre Brüste berührten, als er ihr den Sattel abnahm.

Über dem Geruch des Leders konnte sie ihn jetzt aus der Nähe besser riechen; es war der stark anhaftende Eindruck frischen Männerschweißes, verbunden mit der Anwesenheit der Warmblüter.

Er wandte ihr den Rücken zu und legte den Sattel in den dafür vorgesehenen Bereich in der Pferdebox.

Sie war angetan vom Tag und von dem Stalljungen, deshalb ließ Penny zu, dass ihre Sinne über die Vernunft siegten. Stephen war wenigstens ein Preis, den sie heute gewinnen würde.

»Es ist ein wunderschöner Tag«, sagte sie und streckte ihre Arme, nachdem sie Kappe, Jackett und Krawatte abgelegt, dann öffnete sie ein paar Knöpfe mehr als zuvor. Sie blickte zum Himmel, dann über den Zaun zum Nachbarfeld und zu den Baumstümpfen, die da standen. Ihr Verlangen war stark und wurde stärker. Der junge Mann sah gut aus, und sie brauchte ihn. Ihr Ego benötigte eine Massage, und er schien der Mann zu sein, der dazu in der Lage war.

»Viel zu schön für die Arbeit«, sagte er.

Sie sah die Kühnheit in seinen Augen und die Beule in seiner Jeans. Sein Schaft reagierte auf das, was sein Kopf dachte und was die Zunge nur angedeutet hatte.

»Was könnte man denn sonst an einem so schönen Tag tun?«, fragte sie.

Sein Lächeln sagte alles, und die Schwellung in seiner Hose wurde deutlich sichtbarer. Dies war kein Auberon, dachte sie; er mochte noch jung sein, aber er schien seinen Anteil von Pussys schon gehabt zu haben. Sie sah wieder zu seinem Schritt. Der anschwellende Penis hatte ein kräftiges Zelt geformt.

Er streckte die Hände aus und griff ihr an die Brüste. In seinen Augen lauerte die Geilheit, und ein tiefes, ekstatisches Summen entwich seinen Lippen, als er ihre Brüste gegeneinander rieb.

»Sie sind so fest«, murmelte er, »so schön.«

»Schmeichle ruhig weiter. Für Komplimente tu ich alles.«

Als ihre Haare sich aus dem Netz lösten und locker über den Rücken fielen, griff sie nach ihm, berührte mit einer Hand seine Wange und seinen Hals mit der anderen. Sie schmiegten sich aneinander und gaben unverständliche Laute der Lust von sich. Sie rieb ihren Körper gegen seinen. Er schlang die Arme um sie und ließ die Hände heiß auf ihrem Rücken kreisen.

Seine Lippen pressten sich auf ihre, und seine Zunge war so geschickt, wie sie vermutet hatte. Heiße Haut geriet ins Zittern, als wäre sie mit Eisstückchen abgerieben worden, während sie seine jungen, gespannten Muskeln erforschte.

»Wir können hier nicht bleiben«, sagte er, zog sich zurück und hielt sie auf Armeslänge, als wenn die Gefahr von ihr ausginge. »Das ist hier zu öffentlich. Aber wir können in diese Richtung gehen.« Er wies mit dem Kopf auf die Wiese und auf die Bäume dahinter.

Bald darauf lagen eine weiße Reithose sowie eine mit Grasflecken versaute Jeans neben einem Baumstumpf. Penny legte sich neben ihn und saugte den Duft der Wildblumen ein. Insekten summten um sie herum. Ihre Augen funkelten, und ihr Körper blieb ganz ruhig, vom tiefen Einatmen und leichten Anheben der Hüften mal abgesehen, was als Zeichen ihrer sexuellen Not zu bewerten war.

»Du bist schön«, sagte er, und es hörte sich so an, als meinte er es wirklich. Wenn sie solche Dinge hörte, war ihr, als würde sie dahinschmelzen. Sie liebte Komplimente.

»Und du«, revanchierte sie sich, »wirst in meiner Erinnerung bleiben.« Und auch sie meinte, was sie sagte. Ihre Augen tranken ihn. Seine Haut war feenhaft weiß. Um sein kräftiges Glied herum gab es ein Nest roter Haare.

Ein starkes Sehnen erfüllte sie, mit den Fingern durch sein Nest zu streichen. Ihre Blicke trafen sich; beide sahen glücklich aus, voller Vorfreude auf das, was jetzt geschehen würde. Sie wollten das Erlebnis auskosten.

Sie küssten und streichelten sich. Dann stand Penny auf, ohne von ihm gedrängt worden zu sein, und ging zu einem Baumstumpf, der zwischen den anderen Bäumen umgefallen war. Sie beugte sich darüber, die Hände auf den Stellen mit der abgefallenen Rinde. Stephen folgte und stellte sich hinter sie. Niemand konnte sie hier sehen.

Sie fühlte die Hitze seines Körpers, als er hinter sie trat, und zitterte vor Entzücken. Seine Hände glitten über ihren Rücken und pressten ihre Backen.

Er öffnete die Kerbe zwischen den Backen mit den Fingern, als wollte er die kleinste Öffnung studieren. Sie stöhnte und schwenkte ihren Po gegen seine Finger. Sie schloss die Augen, und in ihrem Kopf betrat sie nun ihre eigene Welt der Sinnlichkeit, in der alles, was ihr geschah, intensiver gefühlt und gelebt wurde.

Als er die Hände über die Innenseiten ihrer Schenkel rieb

und die fleischige Spalte ihres Geschlechts öffnete, stöhnte sie die Ekstase hinaus. Seine kundigen Finger zeichneten phantasierte Linien in ihrer Pussy nach und tunkten tiefer in die entstehende Nässe ein.

Dann fühlte sie die Wärme seines Atems auf ihrer Pussy. Er saugte an den äußeren Lippen, bis er tiefer drang und dort schleckte, wo eben noch seine Finger gewesen waren.

Weil sie nichts von dem Erlebnis missen wollte, schlug sie die Augen auf und füllte ihre Lungen mit frischer Luft. Die Brise fing sich in den Gipfeln und Ästen.

Es gab eine Lücke in den Büschen und Bäumen, und sie konnte die Leute sehen, die im gleißenden Sonnenlicht herumwanderten. Und hier war sie, im Schatten eines Wäldchens, die Hände auf einem rauen Baumstamm, den Po ausgestreckt, und die Schamhaare wogten in der Brise. Wenn dies der Garten Eden war, dann war sie Eva.

»Reite mich«, bat sie ihn atemlos, den Kopf zurückgeworfen, die Augen wieder geschlossen.

Einen Moment lang antwortete er nicht, als müsste er noch darüber nachdenken und das Für und Wider abschätzen. Dann stieß er ein kehliges Lachen aus, er schmatzte an ihrem Hals und saugte am Ohrläppchen.

»Zuerst musst du eingeritten werden«, murmelte er.

Seine Lippen senkten sich, bis er mit der Zunge in die Kerbe eindringen konnte.

Sie spürte, wie sein Körper ihren bedeckte. Sein Brustkorb war warm und fühlte sich auf ihrem Rücken unbehaart an. Seine Lippen nagten nass und sanft in ihrem Nacken. Seine Hände zogen an ihren Brüsten; sie hielten sie fast so, als wollte er sie wiegen. Er ließ sie los, aber seine Fingerspitzen tippten leicht gegen die rosa Nippel. Sie richteten sich auf, und man sah ihnen ihr saftiges Verlangen an.

Verloren im wirbelnden Strom ihrer eigenen Gefühle schnurrte, stöhnte und keuchte Penny. Sie schwenkte den Po und streckte ihn noch etwas mehr hinaus. Sie wusste, dass die Härchen ihrer Muschi dem jungen Mann zuwinken würden.

»Steck ihn mir rein«, bettelte sie. »Bitte. Irgendwas. Ich muss etwas in mir spüren.«

Sie spürte die leichte Berührung der seidigen Eichel, die ihre Lippen küsste, aber dann zog er sie wieder zurück.

Sie miaute vor Lust und fühlte, wie seine Finger die glühenden Blütenblätter ihres Geschlechts auseinander zogen; erst die äußeren Labien, dann die inneren. Wie der Kopf einer neugierigen Schlange forschten seine Finger weiter, er glitt an ihrem glitschigen Fleisch entlang, fand den heißen Knopf ihrer Klitoris und neckte sie zu ihrer vollen Größe, bevor der Finger wieder in die brennende Zone ihrer Vagina eindrang.

Sein Finger sollte nur den Pfadfinder geben, denn jetzt folgte der Kopf der Erektion, der ihre Labien weitete, als er dem Weg des Fingers folgte.

Sie bettelte um mehr, und ein Seufzer nach dem anderen verließ ihre Kehle, denn er beließ es zunächst nur beim Kopf des stämmigen Penis, der die Länge ihrer Spalte abtastete.

»Sag bitte«, verlangte er, wobei er selbst auch nur noch keuchend atmen konnte. »Sage bitte, dann ramme ich ihn tief in dich hinein.«

»Bitte«, ächzte sie. Atem, Verstand und Körper verloren in den Tumulten der Lust. »Bitte, bitte, bitte.«

Die Hitze seiner Lenden traf auf ihre, als die Länge seines geschwollenen Fleischstabs hinein in ihre Pussy trieb. Penny wurde ergriffen von Sehnsüchten, die sie nicht kontrollieren konnte; sie wand sich hin und her und stieß nach hinten, als wollte sie erreichen, dass der Schwanz sie noch tiefer penetrierte. Ihre nassen Lippen saugten schmatzend am harten Schaft, als hätte sie ihm gern die ganze Kraft geraubt.

Wie kann es sein, fragte sie sich, dass etwas so Hartes zugleich auch so sanft, so warm und so willkommen ist?

Darauf gab es keine Antwort. So war das eben, und sie schätzte die Kontraste sehr, die Mischung aus Lust und Schmerz, aus Härte und Sanftheit.

Sie ließ ein langes Stöhnen hören und reine Freudenlaute, als seine Bälle in rasantem Tempo gegen ihre Pobacken klatschten. Seine Schamhaare kitzelten sie an den Innenseiten der Schenkel wie Gänsedaunen.

Sie schwenkte den Po noch mehr, entschlossen, die letzte Unze der Lust aus diesem Erlebnis herauszuholen. Ihr Busen schwang im Takt seiner Stöße, sie stießen gegeneinander und erhöhten Pennys Lust noch. Die ganze Zeit sang ihre Kehle zu seinem Tempo, und jeder Atemzug wurde vom Stöhnen und Seufzen unterstützt.

Die Wärme und Härte seines Brustkorbs ruhte auf ihrem Rücken, während seine Hände nach ihren schwingenden Brüsten griffen. Sie heulte in Ekstase, als seine Finger ihre Nippel quetschten, dann stöhnte sie und bettelte um ihren Höhepunkt. Sein Atem war wie ein Dampfbad in ihrem Nacken, dann beschleunigte sich der Atem, und sie hörte ein lustvolles Keuchen, das sich an ihrem Ohr wie ein warmer Wind anfühlte.

Sie ahnte, dass sein Orgasmus unmittelbar bevorstand und geriet in Panik; sie fürchtete, er könnte sie unbefriedigt zurücklassen.

Vielleicht spürte er ihre plötzliche Anspannung, ein Klammern ihrer vaginalen Muskeln um seinen Schaft. Seine Hand glitt über ihre Hüfte und zwischen ihre Beine. Sein Finger streckte sich, und mit deftigen Zügen manipulierte er den glänzenden nassen Kopf ihrer Leidenschaft, der sich so gewaltig aus den Falten ihres Fleisches erhob.

Sie schloss die Augen, und ihre Fäuste pressten sich fester gegen die Baumrinde, als die ersten Wellen des Orgasmus sich köstlich ausbreiteten, ihren Körper zum Zittern brachten und ihren Verstand überfluteten. Sie konnte seinen Schrei kaum hören und wusste gar nicht, dass auch sie ihren Orgasmus hinausschrie. Dann entspannten sich ihre Körper und wurden von der Ekstase geschüttelt, bevor er sich behutsam aus ihr zurückzog.

»Ich weiß sehr zu schätzen, dass du dich um meine Nöte kümmerst«, sagte sie leise, als sie sich umständlich voneinander gelöst hatten und auf dem weichen, saftigen Gras auf den Bäuchen lagen.

»Ich tu dir gern jeden Gefallen.« Er langte nach ihr, zog sie an sich und schmiegte sie an seine Brust. Sie küssten sich; warme, heitere Küsse, wo sie eben noch den Orgasmus nicht hatten abwarten können.

Sie atmete seinen Geruch ein, aber dann nahm sie einen anderen Geruch wahr, und im nächsten Moment hörte sie das Knacken eines Zweigs. Penny zuckte zusammen. Das schwache Aroma eines teuren Tabaks wurde von der Brise durch die Luft getrieben.

»Seht her, seht her! Mein lieber Stephen, du bist ein stolzer Hengst. Und Sie, Miss Bennet, sind eine herrliche Stute.« Penny, noch nackt, abgesehen von der zerknitterten weißen Bluse, die sie hastig übergeworfen hatte, fuhr herum und fand sich Nadine gegenüber. Ein halb gerauchtes Zigarillo hing im Mundwinkel der großen Frau.

Es fiel Penny schwer, nicht zu erröten. Nadine sah sie kühn an, während sich ein höhnisches Lächeln um ihren Mund bildete. Die blassgrauen Augen starrten frech. Nadine dachte nicht daran, sich zurückzunehmen.

Penny warf einen Blick auf Stephen. Er hatte angefangen, sich anzuziehen, aber besonders eilig schien er es auch nicht zu haben.

Penny bückte sich und hob ihre Kleider auf. Ihr war bewusst, dass Nadine ihren nackten Bauch betrachtete sowie die nackten Schenkel.

Stephen ging langsam davon, als wären seine Dienste für den Tag abgeschlossen. Deshalb meinte er wohl, auch nichts mehr sagen zu müssen.

Nadine faltete ihre Arme über der Brust. Penny griff nach dem Rest ihrer Kleider.

»Vergiss die Kleider.«

Penny erstarrte und drückte die Bluse an sich. Die Breeches hingen aus einer Hand hinab. Nervös sah Penny durch die Lücke in den Büschen.

»Aber es laufen Leute herum. Was ist, wenn sie ...?«

»... dich nackt sehen?« Nadines Augenbrauen bogen sich in der Manier altmodischer Lehrerinnen. »Das hat dich bis eben doch auch nicht gestört. Warum soll das jetzt ein Thema sein?« Die Stimme klang hart, hohl und fast ohne Betonung. Ihr höhnisches Feixen berührte nur die Hälfte ihres Gesichts.

Penny zitterte. Die Leidenschaft hatte Hitze generiert, aber verbrauchte Leidenschaft lässt einen kalt zurück, dachte sie, und das trifft doppelt zu, wenn sich die Leidenschaft draußen abgespielt hat. Gänsehaut bildete sich fast überall auf ihrem Körper.

Penny hielt Nadines Blick aus Trotz stand, aber dann wurde ihr bewusst, dass sie ein hohes Risiko einging. Also senkte sie den Blick. Aber die Wette und ihre Position im

Beaumont-Team waren nicht die einzigen Gründe, warum Penny den Blick senkte.

Die Tatsache allein, dass Nadine da war, genügte, um Pennys Widerspruchsgeist zu brechen. Nadine ließ sie fühlen, dass sie keinen eigenen Willen mehr hatte, und dass auch der Körper nicht mehr ihr gehörte. Seltsam genug – aber Sinnlichkeit und der Wunsch zu gefallen gehörten zu ihrer Persönlichkeit, deshalb empfand sie auch eine besondere Lust an der Situation. Auch jetzt, als Nadine die nackte Pussy anstarrte, wollte Penny ihr eigentlich mehr zeigen. Sie wollte, dass Nadine mehr mit ihr anfing.

»Mir wird's kalt«, sagte sie schließlich und zitterte heftig.

Nadine ignorierte sie, aber es schien ihr zu gefallen, dass Penny leiden musste.

»Man vermischt keine professionellen Überlegungen mit dem Vergnügen. Niemals!«, bellte Nadine. Sie schwang einen Krückstock mit Silberknauf gegen ihre Seite, als sie sprach. »Habe ich mich klar ausgedrückt?«

Penny biss sich auf die Lippe. Ihre Augen waren immer noch auf den Boden gerichtet. Es dauerte seine Zeit, bis sie den Mut zur Antwort gefunden hatte. »Es tut mir leid, ich habe nicht geglaubt, dass ein bisschen Liebe im Wald so eine schlechte Wirkung auf meine Leistung hat. Außerdem hatte ich meine Runden beendet, und die Präsentation findet erst um vier Uhr statt.«

»Dann solltest du dich besser mal anziehen.«

Penny hob ein Bein, um in die Breeches zu steigen.

»Aber zuerst«, sagte Nadine plötzlich, und ihre Hand hielt Pennys Schulter fest, »hast du dir eine Bestrafung verdient. Nur ein leichtes Prickeln, um dich daran zu erinnern, dass du dich konzentrieren musst, sobald du in den Parcours reitest. Hältst du das nicht für eine gute Idee?«

Nadines Lächeln bestand nur aus Zähnen.

Penny zitterte unter Nadines kaltem Starren. In ihrem Bauch spürte sie einen Knoten. Sie wusste, dass sie keine Chance hatte und die Bestrafung akzeptieren musste.

Sie zitterte immer noch und ließ ihre Kleider wieder auf den Boden fallen. Nadines starrender Blick schwenkte erneut zu Pennys dunklen Schamhaaren. Nadine saugte die Luft zwischen die Zähne. Sie legte den Kopf auf eine Seite, sah Penny ins Gesicht und wieder auf die Schamhaare.

»Was für eine schöne Pussy«, sagte sie in einer hellen Singsangstimme, die nicht wirklich zu ihr passte. »Ich glaube sogar, es ist die schönste, die ich bisher gesehen habe.« Ihre Augen lagen im Schatten ihres breiten Hutrands, aber Penny sah trotzdem, dass Nadine nun jeden Nippel zu verschlingen schien, bevor sie mit intimer Vertraulichkeit über die Kurven der Brüste strich.

Penny schaute flüchtig auf die weichen seidigen Härchen, die vom Wind leicht bewegt wurden. Sie sagte nichts, aber eine kühle Erregung sandte fröstelnde Schauer über ihren Rücken. Nadine hatte Macht über sie, und sie würde sie auch bestrafen. Zu ihrer Überraschung reagierte ihr Körper darauf. Es war fast so, als gehörte ihr der Körper nicht mehr, als trieb sie in einer traumähnlichen Phantasie auf einem endlosen Fluss.

Nadine gab in den meisten Dingen den Ton an auf dem Beaumont-Hof. Zum ersten Mal seit ihrer Ankunft begriff Penny, dass Nadine auch über sie herrschte.

»Lieblich«, rief Nadine und ließ einen Seufzer hören. »Aber reif für die Bestrafung.« Mit dem Reitstock zeigte Nadine auf den umgefallen Baumstamm.

Penny senkte demütig den Kopf. Die Arme hatte sie noch um ihre Brust geschlungen. Sie ging zum Baumstamm und legte ihre Hände auf die raue Rinde, den Po in die Luft gereckt. Wie eben bei Stephen. Ihr Geschlecht pochte, und ihr Herz raste.

»Nein«, sagte Nadine streng. »Lege dich auf den Baumstamm.«

»Aber er ist sehr rau«, wandte Penny ein und schaute hinüber zu Nadine, als könnte sie nicht glauben, was die hoch aufgeschossene Frau von ihr verlangte. Nadine lächelte nur. Sie wusste, dass die Rinde rau war, aber es brachte ihr Vergnügen, Penny auf dem groben Holz liegen zu sehen. Und Penny würde auch ihre Lust daraus ziehen, sie würde Gefallen an der Bestrafung finden, denn der Schmerz konnte sich so schnell in große Lust verwandeln.

Nadines Lächeln war nur angedeutet, und ihre Augen glitzerten. Sie sagte nichts. Wieder zeigte sie auf den Baumstamm. Ihr Mund verzog sich erneut zu der harten Linie, die er auch vorher gewesen war.

Penny betrachtete den harten, trockenen Stamm, bevor sie gehorchte und sich der Länge nach ausstreckte. Wie sie vermutet hatte, fühlte sich die Rinde hart an Brüsten und Bauch an. Es gab auch ein kleines Astloch, das ihre Haut kratzte. Nadine misshandelte Pennys Körper, als wäre sie eine Stoffpuppe. Penny musste weiter nach unten rutschen, damit ein hervorstehender Knoten angenehm zwischen ihre Beine drückte.

»Beine auseinander«, befahl Nadine.

Pennys Atem beschleunigte sich, als Nadines Reitstock mit dem Silberknauf ihre Beine nach außen drückte, bis sie rechts und links vom Stamm glitten. Jetzt drückte der Knoten gegen eine sehr vertraute Stelle, und die Stelle reagierte auf eine sehr vertraute Weise. Penny hielt den Atem an und schluckte ein lustvolles Stöhnen. Sie würde die Lust verinnerlichen müssen, denn sie war sicher, dass versengende Hiebe folgen würden.

Sie blinzelte durch den fliegenden Vorhang ihrer Haare und konnte sehen, wie Nadine sich daran weidete, als ihr Blick und der Reitstock über Pennys nackten Rücken und die zitternden Backen glitten. Die Brise blies nun ungeschützt gegen die klaffende Spalte, die Nadine mit lebhaftem Interesse zu beobachten schien, während sie den Stock gegen die zarten Lippen des offenen Portals stieß. Der Stock tippte auf beide Backen. Pennys Muskeln spannten sich an. Jetzt klopfte der Stock wieder am Portal an, wo das neue Verlangen für einen neuen Schwall Flüssigkeit gesorgt hatte.

»Eine sehr schöne Pussy.« Nadine sprach die Worte aus, als würde sie sie schnurren. Sie schob den Stock noch etwas tiefer in Penny hinein, sowohl in die Vulva wie auch in die Kerbe zwischen den Backen. »Aber sie wird dich auch nicht vor der Bestrafung retten können«, fügte sie dann streng hinzu. »Du hast die Strafe verdient, weil du den Sprung versaut hast. Und ich bin es, der die Bestrafung ausführt. Ist das richtig so?«

Penny flogen die Haare ins Gesicht. Ihre Hände umfassten den Baumstamm.

»Ja«, murmelte sie und würzte das Wort mit Furcht und Ungeduld.

»Sprich lauter, schöne Pussy«, sagte Nadine spöttisch. Ihr Stock klopfte in einem erregenden Rhythmus gegen Pennys feuchtes Geschlecht.

»Ja!«, rief Penny.

»Gut«, sagte Nadine. »Sehr gut.« Der Stock tippte wieder gegen die Spalte, bevor Nadine den Stock hob und einen klatschenden Schlag quer über Pennys Po platzierte.

Penny keuchte. Ihre Finger krallten sich in die Rinde ein.

Als hätte jemand auf einen Knopf gedrückt, schwollen ihre Nippel an, weil sie sich an dem rauen, trockenen Holz rieben.

Ihr Po brannte vom Kuss des Reitstocks. Ihre Hüften waren vom Schlag nach unten gedrückt worden. Ihr Venusberg presste noch härter gegen die Holzbeule. Die Klitoris, ihre verborgene Knospe, war aufgesprungen und ahnte, dass noch ein Orgasmus folgen würde.

»Das war nur ein Test«, sagte Nadine. »Ich gebe dir sechs. Du wirst sie laut zählen. Bist du bereit?«

»Ja«, antwortete Penny und glühte vor Vorfreude. Das Glühen breitete sich von den Schenkeln aus. Ihre Stimme zitterte, als sie sagte: »Ich bin bereit.«

»Gut«, schnurrte Nadine. »Dann fangen wir an.«

Die Luft sirrte, und der Stock fand sein Ziel.

»Eins«, rief Penny, als ihre Backen sich zusammenpressten. Der Holzknoten drückte sich gegen die Knospe, und ihre Knospe reagierte sofort.

»Eins«, wiederholte Nadine.

Die Luft sirrte wieder. Penny hielt die Luft an, dann glühte ihr Po noch kräftiger. Die harte Rinde kratzte an ihrem nackten Fleisch.

»Zwei!«, rief sie. Der glatte Knoten trieb sich noch etwas mehr gegen die geschwollene Klitoris.

»Zwei«, wiederholte Nadine.

Wieder flog der Stock durch die Luft. Jetzt erwartete Penny beinahe schon die brennende Liebkosung und freute sich auf die Bewegung der Hüften, die ihr folgte. Sie schmiegte sich fester an den vorspringenden Knoten am Baumstamm.

Dann war der Schlag auch schon da. Ihre Pobacken bebten und wurden warm unter der brennenden Berührung.

»Drei«, rief sie und fühlte das Feuer des Orgasmus, das

sich durch die Lenden verbreitete und sich genau da festsetzte, wo auch der Baumknoten so wunderbar drückte.

»Drei«, wiederholte Nadine, dann fuhr sie mit den kalten langen Fingern über das glühende Fleisch von Pennys roten Backen. »Wie heiß dein Hintern ist, meine schöne Pussy. Wie rosa er ist, und wie er prickelt, wenn du wieder in die Arena reitest. Es wird dich daran erinnern, dass du dich konzentrieren musst. Aber ich werde mich deiner annehmen. Ich werde diese Strafe ausführen, und später werde ich dich noch einmal bestrafen. Und ich werde dein brennendes Fleisch trösten. Ich werde dich eincremen und den Schmerz in deinen Muskeln lindern, damit deine müden Glieder sich beruhigen.«

Die kühle Hand tätschelte über jede Backe, als wäre ihr Po ein Schoßhund; zwei rosa Schoßhündchen, die sich schüttelten, weil die Hand so kalt war und die Stimme auch.

Penny hatte ihre steigende Geilheit im Schwebezustand gelassen und die tiefen Lustseufzer geschluckt, als Nadine mit den Händen über ihre Backen strich. Jetzt, als sie wieder das Sirren der Luft hörte, ließ sie alles heraus.

»Vier«, schrie sie und begleitete die Zahl mit lautem Stöhnen. Die Baumrinde hielt ihre Brüste wie schuppige Hände. Der Knoten im Baumstamm drückte hart zu. Ihr Höhepunkt war nicht mehr weit entfernt. Ihre Backen wurden geschüttelt, sie waren noch intensiver rot und warm geworden, und sie kribbelten nicht nur wegen Nadines Stock, sondern auch wegen Pennys sexuellem Verlangen.

Nadine war noch nicht fertig. Der Stock klatschte erneut, und Penny stöhnte laut auf.

»Fünf.« Ihre Stimme zitterte, als die ersten Wellen kamen. Ihre Labien brannten und veranlassten die leere Vulva, noch mehr Saft abzusondern, der auf den Baumstamm tropfte.

Der letzte Schlag des Stocks musste jetzt kommen. Penny lechzte danach, darbte nach dem feurigen Kuss auf ihren Hintern, und gleichzeitig würden auch die Hüften noch einmal zustoßen – dieses eine Mal noch, bevor die Flut des Orgasmus über sie hereinbrach.

Und dann war sie da, die Flut.

»Sechs!«, rief sie und presste sich eng gegen den hölzernen Knoten. Sie ritt in kurzen scharfen Sprüngen, bis die letzten Eruptionen ihres Orgasmus geschmolzen waren.

Nadine lachte über die schamlose Zurschaustellung und tätschelte einige Male mit dem Stock über Pennys zuckende Backen, bis sie sich beruhigt hatten. Die Gänsehaut war verschwunden. Ein leichter Schweißfilm bedeckte ihren nackten Körper, und die schwarzen Haare bildeten einen Vorhang vor ihrem Gesicht.

Die kühlen Hände, die sie eben gestreichelt hatten, waren wieder da. Penny stöhnte unter den Berührungen und war froh über die Kühle, die sich über die heißen Backen ausbreitete, und über die Sanftheit von Nadines langen, schlanken Fingern.

»Das hat dir zu viel Lust beschert, meine Schöne«, murmelte Nadine zwischen zwei schnellen, kurzen Atemzügen. »Viel zu viel. Ich sehe schon, dass ich mich noch einmal um dich kümmern muss, dann können wir dich zu jedermanns Vorteil nutzen, und du wirst genau wissen, was wir von dir erwarten. Stimmst du mir zu?«

Lange Finger mit spitzen Nägeln bohrten sich in das Fleisch einer Backe.

»Ja, Nadine.«

»Sage es noch mal«, sagte Nadine grausam und gleichzeitig liebenswürdig. »Sage es so, dass man es glaubt.«

»Ja, Nadine. Was immer du sagst, Nadine. Ich bin in

deinen Händen.« Ihre Backen pressten sich in die starken Hände. Am liebsten wäre ihr gewesen, wenn Nadine von vorn angefangen hätte.

»Ja, schöne Pussy, das habe ich hören wollen«, schnurrte Nadine und küsste sie auf eine runde Backe. »Und es stimmt, du bist in meinen Händen.«

Sechstes Kapitel

Als die Pferdebox auf den Hof vor den Ställen zurückkehrte, färbte sich die Sonne in ein grelles Orange, und die Wolken wurden purpurn und golden umrahmt.

In guter Stimmung kehrten auch die Reiter zurück, die mit den Stalljungen herumtollten und ihnen halfen, die Tiere zu striegeln, zu füttern und zu tränken. Nadine führte das große Wort, sie brüllte dazwischen und wurde unausstehlich, wenn ein Stalljunge ein Widerwort wagen sollte. Die geröteten Wangen und die lachenden Augen verrieten Penny, dass die Aktionen der Beaumont-Schwester nicht gefürchtet waren. Einige boten ihre Hintern freiwillig an, wenn Nadine ihnen Schläge androhte. Es schien einen Wettbewerb unter den jungen Männern zu geben, wer Nadine am meisten herausfordern konnte und wer ungestraft davonkam.

Als alle gegangen waren, wurde es ruhig in den Ställen.

»Bleib hier, Penny«, befahl Nadine in einem barschen Ton. »Wir haben noch über ein paar unerledigte Punkte zu sprechen, wenn du dich erinnerst.«

Penny verharrte mitten im Schritt und drehte sich nach dieser herrischen Frau um. Sie schien die Fähigkeit zu haben, alle Menschen in ihrer Umgebung zu kommandieren und zu manipulieren. Ihr war die dunkle Sinnlichkeit bewusst, die in ihren Körper drang. Obwohl sie diese Emotion nicht kannte, hatte sie den Eindruck, dass sie sie im erotischsten aller Träume schon einmal erlebt hatte.

»Ja, ich erinnere mich«, sagte Penny leise. Sie sah Nadine kurz an, dann verriegelte sie die Tür zum Stall der grauen Stute. Wieder glitt der Blick ganz kurz zu Nadine, bevor sie auf den Boden schaute.

Ihre Baumwollbluse klebte klamm an ihren nackten Brüsten. Sie roch nach Sex, und wenn da nicht die wilden Sehnsüchte gewesen wären, würde sie jetzt in der Wanne liegen oder auf dem Bett, und Gregory würde seine schäumenden Hände und den Schwamm über ihren Körper reiben oder ihre schmerzenden Muskeln massieren. Seufzend verlagerte sie ihr Gewicht auf den anderen Fuß und wartete, dass Nadine verlangte, was sie zu tun hatte.

Nadine ließ ein Grinsen statt eines Lächelns sehen, ein Zigarillo im Mundwinkel.

Obwohl sie sich in einem Stall mit leicht brennbaren Materialien befand, rauchte Nadine weiter; die Asche flog von der Spitze, und Rauch kräuselte hoch zu den dunklen Dachsparren, wo Tauben nisteten und Ungeziefer herumhuschte. Träge lehnte sie einen Ellenbogen gegen die Trennwand der Ställe. Das Schwarz ihrer Kleidung sah mitten im gelben Stroh merkwürdig deplatziert aus.

»Ja … ja«, sagte Nadine langsam zu nichts und niemandem, während sie den Rauch zu Korkenzieherspiralen blies. »J… ja.«

Millionen Nervenenden tanzten zwischen Pennys Beinen, aber ihre Hände zitterten, als sie versuchte, die Sachen abzustellen, die sie für die Pflege der Pferde brauchte. Wenn die Episode auf dem Baumstamm die Richtung vorgab, wusste sie ja, was sie zu erwarten hatte. Ihr Unbehagen wurde von der Lust übertroffen, die sie dabei empfand. Sie fragte sich, ob Ariadne auch solche Bestrafungen hatte einstecken müssen. Innerlich lächelte sie. Wahrscheinlich ja. Ariadne hatte jung angefangen, und wenn es um Experimente ging, kannte sie keine Grenzen.

Ja. Sie wusste, was sie von Nadine zu erwarten hatte. Bis zu einem gewissen Grad wusste sie auch, was sie von Alistair zu erwarten hatte. Sie hatte ihn nach dem Erlebnis auf dem Baumstamm gesehen, als sie mit Nadine in die Zuschauerloge zurückgekehrt war. Er war da gewesen und hatte sie angestarrt, einen wehmütigen Blick in den Augen, den sie nicht richtig lesen konnte.

Ihre Blicke waren sich begegnet, und die Funken in ihren Augen sagten ihm genug – sie schätzte, dass er sie sowohl mit Stephen beobachtet hatte wie auch mit seiner Schwester. Sie brauchte keine Kristallkugel, um das herauszufinden. Sie sah schlammige Reste an seinen Stiefeln, also hatte er die Arena verlassen und war auf der anderen Seite des Zauns gewesen. Er hatte ihre Bestrafung miterlebt und gesehen, wie sie sich nackt auf dem Baumstamm ausgestreckt hatte.

Im ersten Moment hatte sie geglaubt, er wollte sie etwas fragen, vielleicht sogar nach ihr greifen. Wie sehr sie sich das wünschte. Dies könnte der Moment sein, hatte sie gedacht. Aber nichts war passiert, und trotz ihrer euphorischen Stimmung war sie wieder einmal enttäuscht worden.

Eine Rauchwolke kreiste Pennys Kopf ein, voller Absicht von der großen Frau mit dem hageren Gesicht zu ihr geblasen. Nadines sehr breiter Mund lächelte, und ihr Gesicht schien plötzlich voller Zähne zu sein, weiß und groß, und sie blitzten verwegen auf.

»Ich bin ein fairer Mensch«, sagte Nadine plötzlich – als glaubte sie, dass Penny das bezweifelt hätte. »Du verstehst, dass ich streng sein muss. Mein Bruder verlangt das von mir. Es ist ganz wichtig, dass alles getan wird, wie er es haben will. Er hat wenig Zeit für die Freuden des Lebens, deshalb sucht er sich das Beste aus und nur, wenn seine Not am größten ist. Dann muss alles perfekt sein. Es ist eine Frage der Selbstdisziplin.« Die Stimme klang bedrückend und einschläfernd und so dekadent wie ihre Pose, die entfernt an Oscar Wilde erinnerte.

»Ich verstehe«, antwortete Penny. Für sie war nun klar, dass Nadine das Leben ihres Bruders beeinflusste. Einen Augenblick lang fragte sie sich, ob sie ein ungesundes Verhältnis miteinander hätten. Dann könnte Nadine ihr helfen, die Wette gegen Ariadne zu gewinnen.

Nadine verließ den Platz, wo sie sich angelehnt hatte, und stellte sich vor Penny hin. Penny roch den starken Tabak, als Nadine sie auf die Wange küsste.

»Mein Bruder sieht gut aus, nicht wahr?«

Den Blick noch gesenkt, zögerte Penny, bevor sie nickte.

Nadines Finger griffen in Pennys Haare, die ihr strähnig und feucht im Gesicht hingen.

»Du musst wissen, dass er ein sehr reicher Mann ist, und auch ein Mann mit viel Einfluss. Aber selbst die mächtigsten Männer haben ihre Schwächen. Hast du das gewusst?«

Penny wusste nicht, was sie antworten sollte. Sie hob die Schultern und fuhr sich mit der Zunge über die Lippen, aber sie wollte den Blick immer noch nicht heben.

Nadine lachte dicht an Pennys Ohr. Pennys unterwürfiges Verhalten schien ihr sehr zu gefallen.

»Ich kann ihn dir geben – wenn du genau das tust, was ich dir sage. Ich kann alles arrangieren, damit es dir gefällt, und damit es ihm gefällt. Was sagst du dazu, schöne Pussy? Möchtest du, dass ich das für dich tue?« Scharfe Fingernägel zogen Linien über Pennys Wangen. Sie schüttelte sich vor Erregung. Die Wangen erröteten wie bei einer Jungfrau, die dabei war, ihre Ehre zu verlieren.

»Kannst du das wirklich in die Wege leiten?«, murmelte Penny.

Nadine lächelte. Sie gab ein Geräusch von sich, das sich nach einem Knurren anhörte, das vielleicht aber auch ein Schnurren war. Sie lachte und schien im Moment nicht antworten zu wollen. Ihre turmhohe Größe hatte Potenzial zum Einschüchtern, eine eisige Kälte im Weiß ihrer Haut. Die Schneekönigin, dachte Penny, dieses wunderschöne Wesen aus einem Märchen, das unwiderstehlich und gefährlich zugleich war.

Nadines Nähe hatte einen seltsamen, nervigen Effekt auf Penny. Sie berührte sie nicht, aber trotzdem gewahrte sie den Körper der großen Frau. Gerade, als sie glaubte, dass Nadine den Abstand beibehielt, strichen die langen Finger – weiß wie Schnee und kalt wie Eis – provozierend über den Ansatz ihrer Brüste, dann glitten sie etwas tiefer zur offen stehenden Bluse. Feine Fingerspitzen und lange Fingernägel spielten mit ihren anschwellenden Warzen, und Penny stöhnte vor Lust, auch wenn sie den Blick immer noch gesenkt hatte.

Weiße Finger mit schwarzen Lacknägeln streichelten das cremige Fleisch von Pennys Brüsten, bevor sie die Nippel kratzten und quetschten. Ein kaum hörbarer Schrei zwischen Lust und Schmerz rang sich aus ihrer Kehle.

Beinahe bettelnd blickte sie hoch zu Nadine, während ihre Brüste sich gegen die kalte weiße Hand hoben und senkten. Ein Zigarillo glomm noch zwischen Zeige- und Mittelfinger von Nadines Hand.

»Kannst du das tun?«, wiederholte Penny. Sie dachte, dass Nadine vielleicht ihre Frage vergessen haben könnte. »Hast du eine solche Macht über ihn?«

Rauchiger Atem berührte ihre Lippen, dann spürte sie

Nadines kalten Mund. Eine Zunge, die nach Wein und Tabak und Verdorbenheit schmeckte, rang mit Pennys. Vergessene Gefühle kamen in Penny hoch. Sie wurde an ihre verbotenen Erfahrungen mit Ariadne erinnert. Sie hatte ihr Fummeln als typisch jugendliches Experimentieren betrachtet. Aber Nadine war eine erwachsene Frau, und sie selbst auch. Sie schaute neugierig zu, als Nadine sich bückte, um Pennys Kehle zu küssen und an ihrem Ohr zu knabbern. Der Kopf hob sich wieder, und die blassgrauen Augen, schwarz eingefasst, trafen ihre.

»Ich habe Macht über meinen Bruder, meine Schöne«, antwortete Nadine, ihre Lippen nur ein paar Zentimeter von Pennys entfernt. »Mit meiner Hilfe, und nur mit meiner Hilfe, wird er dir auf dem Silbertablett überreicht.« Sie legte die großen, feingliedrigen Hände auf Pennys Schultern, dann fielen sie hinunter auf ihre Brüste. »Du brauchst nur zu tun, was ich dir sage, dann wird mein Bruder dir gehören.«

Penny, deren Arme an den Seiten hinab hingen, seufzte. Ihre Nippel schwollen an. Feuchtigkeit breitete sich zwischen ihren Beinen aus, und diese dunklen Gefühle legten sich wie ein warmes, aber stechendes Tuch um sie.

Nadines Körper drückte hart gegen ihren, und der Duft eines exklusiven Parfums und des aromatischen Tabaks schufen einen aufregenden Angriff auf ihre Nasenflügel. Stöhnend schloss sie die Augen, als Küssen und Kosen sich fortsetzten.

Ich muss das tun, dachte Penny. Die Wette und ihre Karriere spielten in ihrem Kopf noch eine Rolle. Dann korrigierte sie den Gedanken. *Ich will es.*

Sie hatte ein Gefühl, als wäre sie auf der Achterbahn, als die Finger sie weiter streichelten. Sex gehorchte dem Naturgesetz wie die Erdanziehung: Man konnte sich nicht dagegen wehren.

Nur am Rande nahm sie wahr, dass Nadine ihr Zigarillo in die Rinne warf. Dort zischte es für einen kurzen Moment, ein letztes Rauchzeichen stieg hoch wie Weihrauch.

Nadine schlang die kräftigen Arme um Penny und zog sie näher an sich heran. Penny fühlte sich umzingelt von Nadines Größe und Kraft, aber sie spürte Gemütlichkeit, als sie sich an Nadines Warzen rieb. Die Brüste selbst waren eher unterentwickelt. Penny zitterte in Nadines Armen, aber sie bewegte sich nicht. Sie wartete geduldig auf die Befehle, von denen sie wusste, dass sie kommen würden.

»Zieh dich aus«, flüsterte Nadine an Pennys Ohr.

Penny blinzelte und schaute einen Moment lang in die kühlen grauen Augen, dann setzte sie sich auf einen Strohballen, um ihre Stiefel auszuziehen. Ihre Breeches folgten, dann streifte sie die Bluse ab.

»Was ist mit deinen Kleidern? Ziehst du sie nicht aus?«, fragte Penny.

Nadine schüttelte den Kopf. Lächelnd tasteten ihre Augen Pennys cremige Haut ab.

»Alles zu seiner Zeit, meine Schöne«, sagte sie und spielte mit dem Zeigefinger ihrer rechten Hand in Pennys üppigen krausen Schamhaaren. »Alles zu seiner Zeit, aber ich meine natürlich: Alles in meiner Zeit.«

Kräftige Hände zogen Penny enger heran, bevor sie über ihren Rücken strichen und die festen Backen kneteten. Nadine stellte die Beine weiter auseinander, und Penny fühlte den harten Knochen des Schambeins, als Nadine ihres gegen Pennys rieb. Im nächsten Moment stöhnte Penny auf, als Nadines Finger in die tiefe Kerbe zwischen den Backen eindrangen.

»Wehre dich nicht, schöne Pussy. Akzeptiere es einfach. Ich tue es, und du wirst es akzeptieren.«

Mit der Hilfe ihrer neuen Sexualität kontrollierte Penny ihren Drang, einen Schrei auszustoßen. Die ganze Zeit lächelte Nadine ihr zu, als wäre sie ein Kind oder eine Porzellanpuppe, mit der man originelle Spiele treiben konnte, die sonst niemand verstand.

Als die Kälte der Finger einmal zwischen ihre Beine geglitten war, wusste Penny, dass sie verloren hatte. Sie hielt die Luft an. Dies war eine andere Frau, die dies mit ihr anstellte, eine andere Frau, die wissen würde, welche Reaktion sie auf ihr Erforschen erwarten konnte. Penny war überzeugt, dass Nadine diese Gefühle selbst erlebt hatte.

Sie zog die Finger plötzlich zurück und öffnete ihre gut geschnittene Hose. Nadine trug nur noch Hose, Bluse und Stiefel. Hut und Jackett hatte sie bereits abgelegt.

»Hier, lege deine Hand hierhin.« Die Stimme klang zwar ein wenig heiser, war aber trotzdem fest. Penny fühlte, wie ihre Hand über den flachen Bauch zu Nadines Hose geführt wurde, und sie ließ es geschehen. Scharfe Hüftknochen und seidige Haut ohne jeden Makel begegneten ihr auf der Reise. Penny ließ die Hand einen Moment ruhen, während sie mit dem Kopf über Nadines Brustkorb rieb. Ihre Beine zitterten wie Wackelpudding.

Nadines Finger unternahmen köstliche Dinge in Pennys schlüpfrigem Geschlecht. Manchmal forschten sie nur an den äußeren Lippen und tunkten dann hinein in die nasse Vagina. Manchmal drückten die Finger die äußeren Schamlippen zusammen, und die lackierten Finger gruben sich in die krausen Schamhaare. Penny wimmerte, dann stöhnte sie ihre Befriedigung hinaus und ergab sich den zarten Fingern. Sanft stießen sie mit einer ungeheuren Präzision über das Tal ihres heißen Fleischs. Sie hielt den Atem an, als sie auf die blanke Scham von Nadines Geschlecht stieß. Keine Haare. Nur glatte Fläche zwischen den offenen Beinen.

»Überrascht, meine schöne Pussy?«, fragte Nadine lächelnd. Ihre heißen Lippen ertränkten jede Antwort, die Penny hätte geben wollen. Nadine hatte kein Interesse an negativen Reaktionen. Sie wollte nur Positives hören. Sie aß sie, dachte Penny, sie trank sie, wie andere Menschen vom Essen und Trinken leben.

Penny fühlte Nadines seidigen, warmen Labien, die unter dem Reiben und Streicheln ihrer Finger immer glitschiger wurden. Während ihre Münder saugten und küssten, wurden die Hände aktiver, sie imitierten jeweils die Bewegungen des Gegenübers. Sie wussten, was die andere fühlte. Versuchsweise bedeckte Pennys Hand eine kleine Brust Nadines. Die Wirkung war sensationell. Sie fühlte die Festigkeit unter ihrer Hand zittern und fühlte die harte Erektion der Brustwarze.

Wirbel der Lust spuckten hoch und wurden noch intensiver, als Nadine zwei Finger einsetzte und mit Penny spielte. Der Daumen und der Rest der Finger richteten Verwüstungen unter ihren Nervenenden an, sie strichen über die inneren Labien und drückten hart gegen die hervorlugende Klitoris. Ihre Beine zitterten noch ein bisschen mehr. Ihr war, als würde die Hand, die sie zwischen den Beinen erforschte, sie auch aufrecht hielt, als wollte sie ihr helfen, auf der Lustwelle zu reiten, die sie überschwemmt hatte.

Die Sensationen bliesen einem das Gehirn weg, dachte Penny. Sie revanchierte sich und hörte die gestöhnten Geräusche, die von Nadines Ekstase zeugten.

In völligem Gleichklang ruckten ihre Hüften in der Verzückung ihrer Orgasmen. Penny schrie auf und konnte sich nicht länger beherrschen. Der Höhepunkt wusch über sie hinweg. Die Hüften konnten nicht stillhalten, ganz gewiss nicht mit der Hand dazwischen. Unterhalb der eigenen Hand fühlte sie die nackten Lippen und das klatschnasse Geschlecht von Nadine, das in ungezähmter Leidenschaft tobte.

Penny seufzte, dann starrte sie mit weit aufgerissenen Augen auf die kantigen Gesichtszüge der Partnerin, die ihr diese Wollust beschert hatte.

»Du gehörst mir, Miss Bennet«, sagte Nadine in dieser tiefen knurrigen Stimme, die ihr eigen war. »Du gehörst meinem Bruder, zum Besitz der Beaumonts. Ich bin eine Beaumont, also gehörst du auch mir. Das magst du nicht so sehen, meine schöne Pussy, aber so ist es. Und wenn du meinen Bruder willst, musst du vorher mir gehören – und du wirst ohne Murren das tun, was ich dir sage. Siehst du das ein?«

Penny versuchte, den Kopf im festen Griff von Nadines starken Händen, zu nicken. »Ja«, murmelte sie durch geschürzte Lippen, die durch Nadines Daumen in diese Form gebracht wurden. »Was immer du sagst, Nadine.«

Ein breites, lüsternes Lächeln brach die granitene Härte von Nadines Gesicht auf. Sie beugte den Kopf und küsste Penny auf die Lippen, aber sie tat nicht so, als wollte sie Zärtlichkeit oder Zuneigung damit vortäuschen.

»Ich werde dir helfen, ihn zu bekommen, Pussy«, sagte sie hastig und flüsternd. »Zu meinen Bedingungen. Auf meine Weise.«

»Was immer du sagst, Nadine.«

Da war ein seltsamer Blick in Nadines Augen, und obwohl ihr Geschlecht gesättigt war, wusste Penny, dass noch mehr kommen würde. Nadine würde nicht zulassen, dass sie so befriedigt von ihr gehen konnte. Nadine brauchte das Gefühl, dass nur sie die Lust genossen hatte, während sie

Schmerzen ausgeteilt hatte. Der triumphierende Blick war von Glanz überzogen. Die Hände gaben Pennys Kopf frei.

»Dann fangen wir doch gleich damit an, damit uns klar wird, was das alles bedeutet. Besiegeln wir das mit einem Kuss.«

Ohne zu zögern küsste Penny sie auf den Mund.

»Ich glaube, du hast mich nicht richtig verstanden, meine Liebe«, sagte Nadine. Die starken Hände landeten auf Pennys Schultern. Sie wurde auf die Knie gedrückt. Nadine schob ihre Hose über die Knie und hob ihre Bluse.

Da lag der Venusberg in all seiner Nacktheit vor Penny, die geschwollenen Lippen, die Klitoris. Die weiße Haut schimmerte fast silbrig.

Penny war fasziniert und fragte sich, ob die Schamhaare, wenn Nadine sie so wild wachsen ließ wie sie ihre, auch die Bürstenschnitt-Qualität haben würden wie die Kopfhaare. Behaart oder geschoren, es war schwer, den Blick zu wenden. Lieber hätte sie in die blassgrauen Augen geschaut, die sie mit der Intensität einer jeden Augenblick zustoßenden Kobra anstarrten.

»Küsse«, befahl Nadine.

Pennys Blicke konnten sich von den entlaubten Genitalien nicht wegreißen. Sie ließ sich auf die Knie fallen.

Bisher konnte Penny weder voll erkennen noch die dunkle Sinnlichkeit kontrollieren, die sie in sich spürte, seit sie auf dem Hof eingetroffen war. Sie bemerkte nur eine summende Strömung, die in Hohlräumen zwischen den Beinen begann und stärker wurde, wenn der sexuelle Kontakt verlangt wurde und nicht allein von ihr gewollt wurde.

Hände streichelten das glatte, seidige Weiß von Nadines Schenkeln. Penny hob den Kopf, schürzte die willigen Lippen und küsste die blasse Haut des weißen Schambergs.

Man konnte es nicht sehen, aber sprießende Härchen stießen schon durch die Haut. Als Penny sich zum Küssen vorbeugte, fühlte sich die Haut wie Schmirgelpapier an.

Penny hätte die Haut gern weiter untersucht, aber das Aroma von Nadines Geschlecht sowie die vorgereckten Hüften, ihrem Mund entgegen, ließen sie die Lippen öffnen, und die Zunge begann zu forschen.

Mit Zunge und Fingern löste sie die glitschigen Lippen voneinander, bevor sie Nadines hervorlugende Klitoris küsste. Sie war groß und wuchs ihrem Mund entgegen wie ein zuckender Penis.

Es berührte Penny nicht, dass Nadine triumphierend lächelte. Wie konnte Penny wissen, dass sie genau für diese Aufgabe ausgewählt worden war, dass Ariadne alle erforderlichen Details an Nadine weitergegeben hatte – und erst danach die Wette angeboten hatte?

Ariadne kannte Penny seit den Kindertagen, und als sie von Alistair und Nadine hörte, was sie suchten, hatte Ariadne ihr ganzes privates Wissen über Penny preisgegeben. Was Nadine bisher gesehen und erlebt hatte, war alles, was Ariadne vorausgesagt hatte, eingetroffen.

»Mach weiter, meine schöne Pussy«, murmelte Nadine. Ihre Finger gruben sich in Pennys schwarze Mähne. Sie lächelte vor sich hin, dann suchte sie sich ihren Moment aus. Rasch, bevor Penny protestieren oder sich zurückziehen konnte, klemmte Nadine Pennys Kopf zwischen ihr Geschlecht ein und ritt auf Pennys Lippen, Nase und Gesicht. Sie wetzte immer stärker hin und her, bis der Orgasmus sich Bahn brach.

Penny stöhnte gegen Nadines Geschlecht. Sie war verärgert, sogar wütend. Sie war immer noch erregt und brauchte dringend den eigenen Orgasmus. Nadines Hände zogen sie aus der knienden Haltung auf die Füße.

»Was ist mit mir? Bitte, du kannst mich doch nicht so im Stich lassen«, rief sie zwischen fordernden Küssen. Nadines Gesicht nahm den Geruch ihrer Pussy an.

Penny versuchte, die Hand der großen Frau zwischen ihre Beine zu stoßen, aber Nadine widersetzte sich.

»Nein.« Nadine sagte es mit einem Lächeln, aber es war ein grausames Lächeln, das ihre Freude an Pennys Not verriet.

»Du musst! Du kannst mich doch nicht so hängen lassen!«

Penny fühlte sich verloren; ihre eigenen Worte überraschten sie ebenso wie die Wildheit ihres sexuellen Verlangens, das ihre Labien schmerzen und die Klitoris voll ungeduldiger Erwartung zucken ließ.

Die Hand, die Penny ins Gesicht schlug, hatte sie nicht gesehen. Sie taumelte und fiel aufs Stroh. Bevor sie begriff, was geschah, hatte Nadine ihre Hände auf den Rücken gefesselt.

Eine neue Erregung schwächte ihre Gliedmaßen; ihr Geschlecht und der Po prickelten. Nadine schlug auch Pennys andere Wange, dann hievte sie die junge Frau ohne ersichtliche Mühe hoch und zwang sie vor dem Wassertrog auf die Knie. Penny keuchte, als ihre Brüste ins kalte Wasser gedrückt wurden. Ihr Kopf lag auf dem hinteren Rand des Trogs.

»Ich habe dir eine weitere Bestrafung versprochen, und du hast selbst gesagt, dass du sie verdient hast. Aber dies ist nur ein Teil davon. Jetzt komme ich zu einigen Regeln«, hörte sie Nadine sagen. »Du wirst nur Sex haben, wenn ich es dir sage. Wenn du woanders Sex hast, wird mir das nicht gefallen, und du kannst wieder mit einer Bestrafung rechnen. Und du wirst mir Sex geben, wann immer ich ihn brauche. Hast du mich verstanden, schöne Pussy?«

Penny wollte mehr Sex haben, und sie hätte auch nichts gegen ein heißes Brennen auf ihrem Po einzuwenden. Sie musste protestieren. »Aber wenn ich ...?«

Wie sie gehofft hatte, hörte sie zuerst das Sirren der Luft, bevor die Lederpeitsche auf ihrem Po einschlug. Ihr nacktes Fleisch prickelte, und sie spannte sich gegen das süße Ziehen, das der Schmerz auslöste. Der Stock am Nachmittag war nachsichtig gewesen, aber diese Peitsche hatte einen besonderen Biss; am Ende wurde das Leder dünner, und es war fast zehn Zentimeter lang.

»Es gibt kein Aber. Hast du begriffen, was ich von dir verlange?«

Aber ihr Po und die neuen Sensationen in ihr lechzten nach Befriedigung. Als ob diese Sensationen die Kontrolle über ihre Stimmbänder übernommen hätten, protestierte sie wieder. »Ich weiß nicht, ob ich das will ...«

Die Luft schwirrte wieder. Ihr Po zitterte, dann schrie sie auf und stellte sich die roten Striemen vor, die über beide Backen laufen würden.

Nadines Augen glänzten. Sie hatte den Mund leicht geöffnet, und ihre dicke Zunge strich über die Unterlippe. Sie war entzückt, wie Penny mitspielte. Sie setzte alles um, was Ariadne vorausgesagt hatte.

»Bist du dir da sicher?«, fragte Nadine.

»Ja.«

Die Peitsche landete wieder, und die scharfe Hitze wurde von einer Backe zur anderen transportiert. Penny fühlte, wie ihre Pussy zu einem glitschigen Tümpel wurde. »Dann werde ich dich auspeitschen, bist du zustimmst. Ist das klar?«

Zitternd vor Erwartung antwortete Penny: »Natürlich ist das klar. Mir ist egal, was du machst.«

Nadine konnte ihre Freude kaum noch kontrollieren. Wie Ariadne gesagt hatte – da war ein Mädchen mit geheimer Tiefe, und vielleicht kannte Penny diese Tiefen selbst noch nicht. Noch drei Schläge mit der Peitsche, dann wimmerte Penny.

Nadine hob eine Augenbraue, trat näher und ließ die Kühle ihrer Hand über die Röte von Pennys Po streicheln. Das heiße Fleisch bebte.

»Sind deine Brüste kalt?«, fragte Nadine unvermittelt.

»Ja, sind sie.« Pennys Zähne klapperten leise, in erster Linie, um das Wimmern zu kontrollieren. Die erigierten Nippel waren taub geworden, denn sie lagen immer noch im Wasser.

»Ich lasse dich los, wenn du zustimmst, nach meinen Vorgaben zu leben. Möchtest du, dass ich dich loslasse?«

Penny dachte über ihre Reaktion nach. Es gab Lust in diesem Schmerz, einmal, wie er begonnen hatte, und dann, wie er sich entwickelt hatte.

Obwohl ihr Po brannte und die Brüste kalt waren, wollte sie nicht, dass es aufhörte. Sie wollte das Gefühl nicht missen.

»Ich habe meine eigenen Regeln«, gab Penny plötzlich zurück. Sie lechzte nach ein paar weiteren Schlägen der Lederpeitsche, die einen silbernen Knauf hatte.

Wie Penny vorausgesehen hatte, spürte sie die Peitsche noch sechs oder sieben Male in Aktion.

Sie schrie auf und wand sich unter den Schlägen – genau, wie es von ihr erwartet wurde. Der Schmerz zwischen ihren Beinen war so intensiv, dass die geringste Berührung ihren Orgasmus ausgelöst hätte. Aber Nadine wollte das noch nicht. Zu ihrem Spiel gehörten Zeit und Geduld. Als das Peitschen aufhörte, hätte Penny am liebsten geheult.

»Ich lasse dich jetzt eine Weile darüber nachdenken«, sagte Nadine mit unverhohlenem Vergnügen. »Aber ich werde dich nicht ohne eine kleine Erinnerung an mich verlassen. Schließlich hast du deine Bestrafung verdient, und im Moment zeigst du der Bestrafung und mir gegenüber keinen Respekt.«

Penny begann sie anzuflehen, mit einer Hand zwischen ihre Beine zu greifen, sie zu reiben und ihr Erleichterung zu verschaffen.

»Nein. Erst wenn ich es dir erlaube.« Nadine begann, vor sich hin zu summen, während sie Stricke um Pennys Knöchel band und sie an den Eisenringen befestigten, die den Trog flankierten. Das bedeutete, dass ihre Knie und damit auch ihre Beine weiter als bisher gespreizt waren.

Penny konnte hören, wie Nadine irgendwo hinter ihr etwas rascheln ließ. Von dem Kummet spürte sie erst etwas, als es bereits um ihren Hals lag. Es war ein kleiner Pferdekragen mit klimpernden silbernen Schnallen, und er passte eher zu einem Pony als zu einem Pferd. Nadine befestigte das Kummet an den Amboss unter Pennys Kopf.

Sie konnte sich jetzt nicht mehr bewegen. Das Gewicht des Kummets hielt ihren Kopf unten und die Brüste im Wasser. Ihre Knöchel waren an den Eisenringen befestigt, die Schenkel weit geöffnet und ihre Hände hart auf den Rücken gefesselt.

»Das ist grausam. Wie konntest du mir das antun?«

Nadines Gesicht tauchte neben ihrem auf, ihr Atem heiß an Pennys Ohr. Die Zähne nagten an Pennys Ohrläppchen.

»Es ist mir sehr leicht gefallen, was du wahrscheinlich freudig zur Kenntnis nimmst, meine kleine rebellische Stute.«

Penny fühlte sich eingeschränkt wie ein Pferd im vollen Geschirr. Nadines Gesicht verschwand, und dann vergingen mehr als zehn Minuten, in denen nichts geschah. Die Röte des

Sonnenuntergangs wurde blasser, und kurz darauf wurde es dunkler im Stall. Sie schloss die Augen, und die Mühen des Tages holten sie ein. Sie fiel in einen leichten Schlaf, und als sie die Augen wieder aufschlug, war ihr bewusst, dass es jetzt richtig dunkel geworden war.

Pferde wieherten in ihren Ställen. Einige scharrten ungeduldig auf dem Boden und häuften das Stroh zu einem kleinen Berg an. Andere gaben sich mit ihrem Heu zufrieden und ignorierten die geschickt gefolterte Seele in ihrer Mitte.

Wahrscheinlich war es das Rascheln des Strohs, das sie das nächste Mal aufwachen ließ. Sie hörte Schritte, aber sie konnte sich nicht umdrehen, um zu sehen, ob sich jemand näherte. Ihr Hals fand es besonders beschwerlich, das zusätzliche Gewicht des Lederkragens zu tragen. Es schien auf eine Tonne angestiegen zu sein. Ihr Geschlecht war noch feucht, vielleicht sogar feuchter als vorher.

Hände griffen an ihre Hüften, und plötzlich fühlte sie warme Lenden an ihrem Po.

»Wer ist ...?«, versuchte sie zu fragen. Sie wollte sich umdrehen, aber das Kummet war zu schwer und der Stall zu dunkel. Sie schrie auf, als ein Penis in der Größe eines Tambourmajorstabs in sie eindrang.

»Ahhh«, schrie sie, als der Penis sich in ihr drehte. Ihre Klitoris schmerzte noch ein bisschen mehr als vorher.

Sie lag in der Falle. Sie brauchte dringend eine Erleichterung, aber sie erhielt keine; ihre Sinne waren gespannter denn je. Der gewaltige Penis ließ ihre Klitoris unberührt. Sie rief aus, dass sie nicht glaubte, fair behandelt zu werden. Sie fühlte, wie der Besitzer des Penis seinen Höhepunkt erreichte, und dann hörte sie seinen Entzückensschrei.

Mit dem finalen Stoß fuhr er mit seinen Händen über ihren Rücken und drückte ihren Kopf in das Wasser des Trogs. Als die Hände sie losließen, rang sie nach Luft und schüttelte den Kopf. Sie versuchte, über die Schulter zu schauen, aber wer auch immer ihre Notsituation ausgenutzt hatte, war nicht mehr da. Nur das Schmachten nach einem Orgasmus blieb in ihr, während der männliche Geruch schnell verflog.

Wenn Nadine die Anwesenheit des Mannes bemerkt hatte oder den ziemlich einseitigen Akt, dann gab sie das nicht zu erkennen.

»Bist du jetzt bereit für mich, meine hübsche Pussy?«, fragte sie, die Stimme voller Süße und Honig. »Bist du bereit, meinen Regeln zu folgen und meine Spiele mitzumachen?«

Während sie redete, kreisten ihre langen, sanften Finger auf Pennys Rücken auf und ab.

»Ja, Nadine, ich bin bereit.« Penny stöhnte wieder, als Nadine mit einer Hand in die Kerbe bog.

»Bist du sicher?«

»Ich bin sicher, Nadine. Bitte. Bitte, tu was.«

Nadine stieß einen Seufzer aus, der sich fast so anhörte, als bedauerte sie Pennys Entscheidung. Sie öffnete die Fesseln, während sie redete, half Penny hoch und drückte sie dann erneut in eine kniende Position. Der Pferdekragen blieb ihr um den Hals gehängt.

»Heute Abend nach dem Essen«, sagte Nadine, »wirst du bei meinem ersten Spiel dabei sein. Du wirst mein Kabarett sein. Was dir und wer dir angeboten wird, du wirst es annehmen. Haben wir uns verstanden?«

»Ja«, sagte Penny, den Kopf gebeugt, weil sie glaubte, man erwartete das von ihr. Innerlich brannte sie vor Vorfreude.

»Gut«, sagte Nadine kalt. »Dann sind wir uns also einig.«

Sie öffnete den Reißverschluss ihrer Hose, zog sie nach unten und zeigte den entblößten Schamberg.

Ohne Befehl beugte sich Penny vor und küsste ihn.

Siebtes Kapitel

Heute Abend war ihre Kleidung dunkler als ihr Haar. Ihr Top war kaum mehr als eine Röhre, gegen die ihre Brüste rebellierten. Eine schwarze Hose passte zum Top. Eine Schärpe bildete den Bund, an einer Seite zu öffnen. Wenn man daran zog, würde die Hose einfach zu Boden fallen, weich und seiden und mit einem leichten Huschen.

Heute war es nur der Goldschmuck, der ihre Dunkelheit durchbrach. Die Ohrringe waren aus Gold, ebenso ihr Halsband und ein keltischer Armreif am rechten Handgelenk. Das Metall glühte im Vergleich zur blassen Creme ihrer Haut und zum Dunkel der Haare. Ihre Augen glänzten wie helle Saphire, die noch mehr leuchteten, weil sie schwarze Wimperntusche aufgetragen hatte. Sie trug goldene Sandalen mit hohen Absätzen, die ihre Waden streckten. Es gab keine Wäsche zwischen ihr und der sanften Seide auf ihrer Haut.

»Du siehst phantastisch aus, meine Liebe.« Alistair stand allein an der offenen Tür. Die anderen waren schon hineingegangen. Sein Kinn sackte ein wenig, und seine Blicke verfolgten ihr enges Mieder, den flachen Bauch und die kräftigen Schenkel.

Sie drehte eine kleine Pirouette auf ihren hohen Absätzen, und ihre Hüften schwenkten verführerisch. Hinter ihr befand sich eines der hohen Fenster, die vom Boden bis zur Decke reichten. Licht filterte durch, und da der Stoff ihrer Hose sehr fein war, schien das Licht durch, und er konnte die dunkle Stelle sehen, an der die Schamhaare zwischen den cremigen Schenkeln nisteten.

»Wie lieb, das zu sagen.«

Er bot ihr seine Hand, aber die Bewunderung war der Höflichkeit gewichen. Sie nahm es so hin und sah ihn an, als er sie ins Zimmer und zu ihrem Stuhl führte, dann ging er um den Tisch herum und nahm seinen Platz ein.

Die Haare hochgesteckt und hinten zu einem Pferdeschwanz zusammengefasst, saß Penny auf ihrem Stuhl. Irgendwie hatte sie an diesem Abend ein ganz besonderes Gefühl. Vielleicht wurde dieses Gefühl genährt von dem Wissen, dass alle Augen auf sie gerichtet waren, oder es hatte mit diesen dunklen Emotionen tief in ihr zu tun, die um Anerkennung heischten. Sie schaute die anderen Gäste am Tisch an, und alle reagierten anders.

Nadine zwinkerte ihr vielsagend zu; ihr gewöhnlich boshaftes Lächeln zog die Mundwinkel nach unten.

Alistair sah sie nur sporadisch an. Als sie den Blick hob, begegnete sie seinem. Schleunigst schaute er schuldbewusst weg. Penny fiel auf, dass er jedes Mal zu seiner Schwester sah.

Auberon hatte ein leicht gerötetes Gesicht an diesem Abend. Es mochte am Wein liegen, oder es waren seine tiefen Gedanken, die ihn rot werden und stottern ließen. Er sah sie an, zwinkerte ihr zu und nahm einen tiefen Schluck aus seinem Glas. Er lächelte, und seine Augen glitzerten erwartungsvoll.

Der Abend fühlte sich gut an und sie auch. Die Mischung der Gerüche und Düfte erhöhte ihre Erregung; das gute Essen, der feine Wein, der Geruch der Männer und ihr eigenes Parfum, dazu der schwere Duft der Schnittblumen in blau-weißen chinesischen Vasen, die auf dem Sideboard standen. In der Luft lag eine atemlose Sinnlichkeit, die man fast schmecken konnte. Augen leuchteten, und die Stimmen klangen leise und heiser wie eine milde Brise vom Meer, die über rauen Sand blies.

»Noch ein wenig Wein?«, fragte Sir Reggie und brach auf seine freundliche Art in ihre Gedanken ein.

»Ja, bitte«, antwortete sie mit einem Lächeln. Ihr Pferdeschwanz schwang fröhlich mit, als sie sich ihm zuwandte. Sie hielt ihr Glas hoch und schaute fast hypnotisiert zu, wie die dunkelrote Flüssigkeit in den Behälter aus Bleikristall schwappte.

Nach einigen gesunden Genüssen aus der Küche rutschte ihr Top nach unten, und ihre Brüste drängten nach oben, rund und glänzend wie Ballons kurz vor dem Platzen. Ihre Nippel lugten wie zwei ängstliche Augen über das schwarze Top. Als er den Wein einschenkte, waren Sir Reggies Augen auf die neugierigen Warzen gerichtet. Seine Hand zitterte, und ein Teil der roten Flüssigkeit fand nicht den Weg ins Glas und ergoss sich über die glänzenden Hügel. Sie hielt die Luft an, als ein Schwall des roten Weins genau ins Tal der Brüste traf.

»Oh, meine Liebe. Ich entschuldige mich zutiefst. Wie tölpelhaft von mir. Gestatten Sie, meine Liebe.« Sir Reggie bedeckte ihre Hand mit seiner. »Ich habe die Schweinerei angerichtet, dann muss ich sie auch in Ordnung bringen.«

Schweigen breitete sich bei den anderen aus, als Sir Reggie seinen Mund auf Pennys Brüste senkte. Alle Augen waren wieder auf sie gerichtet. Sir Reggies Zunge leckte über den Busen, und Penny ließ es geschehen, dass sie Teil der Atmosphäre wurde, die sie vorher wahrgenommen hatte. Sie schnurrte vor Vergnügen, während Sir Reggie das Bouquet auf seiner Zunge zergehen ließ; es war eine ungewöhnliche Mischung aus Parfum, Haut und Rotwein.

»Gestatten Sie, meine Liebe«, sagte er so höflich, wie es nur ein Gentleman wie er zustande brachte. »Ich habe gesehen, dass ein wenig nach unten getropft ist. Auch das muss ich dringend in Ordnung bringen.«

Sie nickte, aber ihr Atem ging so schnell, dass sie kein Wort herausbrachte. Er rollte behände das Top nach unten und ließ ihre Brüste herausspringen. Dann leckte er wieder über die stolzen Rundungen und stieg in das Tal dazwischen.

Gekeuchte Lust brach aus ihrer Kehle. Seine Zunge war heiß und angenehm nass. Sie war ein bisschen rau, fast wie bei einer Katze.

Trotz oder gerade wegen der starrenden Augen schob sie ihre Brüste in seinen Mund, und als seine Zähne ihre Nippel neckten, schloss sie die Augen. Seine Zunge folgte der Kontur ihrer Brüste und nahm jede Spur einer Kurve auf; sie leckte am seidigen Fleisch um die dunklen Aureolen, auf denen die Warzen saßen und besondere Beachtung forderten – die sie auch erhielten. Zärtlich leckte er sie nacheinander, er rollte sie mit der Zunge und stieß sie mit der Spitze an.

Als sie die Augen öffnete, sah sie über seinen Kopf hinweg auf die anderen Tischgäste. Auberon war fasziniert von dem, was Sir Reggie tat. Nadines Lächeln war breiter, als es jemals gewesen war.

»Ich glaube, ich habe alles aufgewischt«, verkündete Sir Reggie schließlich mit einem Lächeln. Er brachte seinen Kopf auf eine Höhe mit ihrem und leckte sich lüstern die Lippen. Sie hatte erwartet, dass er nun mit ihren Brüsten spielte, um den Zuschauern etwas zu bieten, denn sie erinnerte sich daran, dass sie das Kabarett des Abends sein sollte.

Aber er verzichtete darauf. Stattdessen, zu ihrer Überraschung und Enttäuschung, zog er ihr Röhren-Top hoch, nahm eine Brust in die Hand und steckte sie wieder weg. Mit der anderen Brust verfuhr er genauso. Er schien große Lust daraus zu ziehen, als handelte es sich um kostbare Schätze, die er vor der Zerstörung gerettet hatte und die er später in aller Ruhe studieren würde.

»Das ist sehr lieb von Ihnen«, sagte sie, obwohl ihre Sinne nach mehr schrien. »Es tut mir leid, dass Sie sich diese Mühe machen mussten.«

»Überhaupt keine Mühe, meine Liebe. Ich bin stets bereit, meine Pflicht zu tun.«

Penny sah, dass er Blicke mit Alistair tauschte. Heute Abend trugen alle Herren Smokings, auch wenn Alistair selbst in einem Smoking beinahe lässig gekleidet aussah. Vielleicht ist das so bei den Reichen und Selbstsicheren, dachte Penny.

Sie empfand so etwas wie Triumph, als sie bemerkte, dass Alistair sie intensiv betrachtete – trotz dunkler zorniger Blicke von Nadine. Er hatte den Mund leicht geöffnet, als müsste er nach Luft schnappen. Sie sah ihn schlucken. In diesem Moment wusste sie wieder, dass er sie haben wollte. Aber was hielt ihn zurück, einen Verführungsversuch zu unternehmen? Welche Hürde musste er nehmen, bevor er sich in sie versenkte und seinen Orgasmus in ihr Ohr schrie?

Nadines zornige Blicke gewannen die Oberhand. Er machte ein ernstes Gesicht, räusperte sich und begann zu reden.

»Nadine hat mir gesagt, du hättest an diesem Nachmittag die Konzentration verloren. Das gefällt mir nicht.« Obwohl er sie tadelte, blieb seine Stimme gleichmäßig, genau wie an dem Tag, an dem er mit ihr durch die Stadt gegangen war. Die Stimme war immer noch wunderbar tief, als käme sie aus irgendeiner unterirdischen Schicht. Trotzdem wurde sie in die Defensive gedrängt. Sie hatte das Gefühl, dass man mit ihrer scharfen Verteidigung rechnete – damit man sie noch schärfer tadeln konnte.

»Ich habe das Hindernis gerissen«, erwiderte sie störrisch. Ihre Gliedmaßen begannen schon zu zittern. »Das ist alles. Vier Fehlerpunkte.« Sie sah, wie Alistair die Brauen hob. Sie sah auch das schwache Nicken Nadines. Offenbar wollte sie ihren Bruder weiter antreiben.

Die zerklüfteten Gesichtszüge von Alistair Beaumont veränderten sich nicht, als wäre er ein Kristall in seinem Kronleuchter über dem Tisch. In dem Bemühen, ihre steigende Erregung zu kontrollieren, schaute Penny über ihn hinweg zu den Fenstern, in denen sich das Zimmer und die einzelnen Personen spiegelten. Es war beinahe so, als gäbe es zwei Welten, dachte sie. Zwei Beaumont Places. In einem wohnten richtige Menschen, in dem anderen gab es nur Schatten, höchstens Reflektionen der Menschen, die tatsächlich existierten, und diese Reflektionen war dunkel und stumm, aber sie konnten zu jeder Zeit ihre verborgenen Emotionen aufscheinen lassen.

Seine Stimme brachte sie zurück in das echte Zimmer und zu den echten Menschen. »Du gibst es also zu. Du hast deine Konzentration verloren.«

»Ja.« Sie sagte es mit einem lässigen Lachen. Neben ihr räusperte sich Sir Reggie, der ein wenig unruhig auf seinem Stuhl herumrutschte. Penny sah ihn an. Sie entdeckte ein Leuchten in seinen Augen.

»Ja, ich habe die Konzentration verloren – aber nur für einen Moment. Ich habe Auberon zugelächelt«, sagte Penny. »Vielleicht war ich zu sehr erfreut, dass ich alle Hindernisse ohne Fehler übersprungen hatte, deshalb war ich zu verdammt sicher, dass ich das letzte auch noch nehmen würde.«

Sie sah in lächelnde Gesichter, nur Alistair und Nadine blieben ernst. Tief in Alistairs Augen regte sich etwas, so dunkel wie aufregend. Penny fing diesen Ausdruck auf. Ihre Blicke begegneten sich. Ihr kam es so vor, als tauchte sie in unbekannten Tiefen, und das in einem Wasser, das man besser meiden sollte. Die Sinnlichkeit hatte gegen die Vernunft gesiegt.

Ein Anflug von Trotz und Beklommenheit strich ihr Gesicht rot an. Sie schaute von der selbstsicheren Nadine mit ihrer weißen Haut zum hübschen Pink von Auberons Wangen. Sie wusste, was sie wollten und was von ihr erwartet wurde. »Mein Sexleben ist meine eigene Angelegenheit«, stellte sie klar, und sie schaute jeden am Tisch an, ob sie Zustimmung fand.

»Nicht, während du auf dem Beaumont-Hof bist«, sagte Alistair grimmig. »Ich bin sicher, dass meine Schwester dir gesagt hat, dass du ein Teil des Teams bist, solange du zum Hof gehörst. Mitglied meines Teams zu werden, heißt, du gibst alles auf, Körper und Seele. Du opferst es dem Team, dem Hof und dem Sport.«

Einen Moment lang fürchtete sie, zu weit gegangen zu sein. Das glaubte sie zwar nicht, aber dies war ihr erster Ausflug in die Welt des Herrn. Sie zügelte sich. »Ich wollte nicht aus der Reihe tanzen. Es tut mir leid, wenn ich jemanden beleidigt habe.«

»Meine Schwester hat mir gesagt, dass du dich an Stephen herangemacht hast«, begann Alistair. Seine Augen schienen die beiden silbernen Fasane zu studieren, die das Mittelstück des Tisches dekorierten. »Oh«, fügte er hinzu und schüttelte den Kopf, als sie zu unterbrechen versuchte, »ich nehme dir das nicht übel. Ich dachte nur, eine Frau deiner Erfahrung und deiner Intelligenz würde sich auf eine höhere Ebene des sexuellen Abenteuers begeben, statt sich mit einem gewöhnlichen Stalljungen abzugeben und sich mit einer gewöhnlichen Kopulation zu begnügen.«

Er beobachtete ihre Reaktion und behielt das Wissen für sich, dass er und Nadine fast alles gesehen hatten, was Penny seit ihrer Ankunft erlebt hatte. Wenn er zuschaute, schwoll seine Erektion an, bis sie schmerzhaft gegen die enge Gummihose pochte. Aber er ertrug diesen Schmerz, überzeugt davon, dass sein Sexualtrieb stärker war als bei einem Durchschnittsmann.

Aber die tollen Dinge, die er von Penny gesehen hatte, führten beinahe dazu, dass er seine Schwester angefleht hätte, ihn von seinen Beschränkungen zu befreien, damit er Penny sofort haben konnte. Zum Glück hatte sie sich geweigert. Ein Mann, der auf sich hält, gibt keiner Schwäche nach.

In der Hitze des üppig eingerichteten Esszimmers fühlte Penny, dass ihre Wangen erröteten. Es behagte ihr nicht, dass Alistair sie als langweilig dargestellt hatte. Sie hatte genug Erfahrungen, um spannende sexuelle Abenteuer zu erleben. Sie erhob sich und schlug mit beiden Fäusten auf den Tisch.

»Die Chance war da. Ich habe sie genutzt. Was sollte ich denn tun? Soll ich Nonne werden?«

Sie fühlte eine warme Hand, die über ihre Beine streichelte. Und da wusste sie, dass sie das Richtige gesagt hatte. Sie sah hinunter und bemerkte den lechzenden Ausdruck und die starken Gesichtszüge von Sir Reginald.

Was für ein Mann musste er als junger Draufgänger gewesen sein, dachte Penny. Selbst jetzt sah er noch gut aus. Sein Kinn war kantig; es verlieh seinem Gesicht eine gewisse Härte.

»Ich glaube Ihnen«, sagte Sir Reggie, und sein Lächeln zog

den dunklen Schnurrbart in die Länge. »Ich weiß, dass Sie sich auch mit anspruchsvollen Dingen abgeben.«

»Ja«, blaffte Nadine von der anderen Tischseite. »Ja, das tut sie tatsächlich.«

Penny schwieg. Der Mund war leicht geöffnet, und in der Tiefe ihres Geschlechts entstand ein kleiner Teich. Sie fühlte Hände, die an ihrer Schärpe zupften. Es raschelte, dann rutschte die Hose hinunter auf ihre Knöchel. Ihre Rückseite war nackt, und ihr dunkles Dreieck der Schamhaare lugte scheu über die Höhe des Esstischs.

Sie versuchte nicht zu stöhnen, aber die ganze Zeit schwang sie die Hüften im Takt zu den forschenden Fingern von Sir Reggie. Sie öffnete die Beine etwas weiter. Die Muskeln zitterten. Penny legte die Hände flach auf den Tisch, um gegen heftigere Attacken gewappnet zu sein.

Sie beugte sich ein wenig vor. Andere Augenpaare waren auf sie gerichtet; sie glitzerten wie hart geschliffene Diamanten. Aber es störte sie nicht, dass sie zuschauten. Sie stieß leise Entzückensschreie aus und verlor sich in den eigenen Sehnsüchten, den eigenen dunklen Wünschen.

Plötzlich sah sie keine anderen Menschen mehr im Zimmer. Es war, als befände sie sich im Delirium, als wäre sie in Trance oder litte an hohem Fieber. Die ganze Zeit wühlten Sir Reggies Finger in ihren Schamhaaren und drückten sich durch die Kerbe, die ihre Backen trennte.

Penny öffnete kurz die Augen und sah, dass Nadine und Alistair sie anlächelten. Sie öffnete ihren Mund, um etwas zu sagen, aber Alistair kam ihr zuvor.

»Du brauchst nichts zu sagen. Genieße es. Genau wie wir es genießen.«

Sie protestierte nicht. Irgendwie verstand sie, was sie sagten. Die Zuschauer gewinnen ihre Lust aus der Lust derjenigen, denen sie zuschauen. Manchmal beziehen sie die Lust auch aus dem Schmerz, sodass Lust und Schmerz zwei Seiten einer Medaille sind.

Sie wand sich vor Entzücken und war begeistert, dass die Zuschauer das Entzücken mit ihr teilten. Sie fühlte die Hand, die sie unentwegt reizte. Die Finger glitten immer leichter in sie hinein, denn ihr Geschlecht passte sich der Situation an.

Auf der anderen Tischseite lehnte sich Nadine zu ihrem Bruder und flüsterte ihm etwas ins Ohr. Penny, ihr Atem hörbar unter dem Gemurmel der Lust, sah Alistair lächeln und nicken. Dann sah sie, wie Nadine sich streckte und ihr direkt in die Augen sah.

»Reggie gefällt es, was er mit dir anstellt. Gefällt es dir auch?«, fragte Nadine durch eine Rauchwolke.

Penny nickte. Sie wollte etwas sagen, aber sie brachte nur ein Keuchen hervor.

»Ja«, antwortete sie. »Ja, es gefällt mir.«

Während die Ekstase stöhnend über ihre Lippen kam, traf sich ihr Blick mit Alistairs. Sein Mund stand offen, seine Nasenflügel bebten. Dachte er an den Tag, als sie nackt unter einem Kaschmirmantel neben ihm über die Straßen ging? An dem Tag waren sie beide allein gewesen. Nur daran zu denken, holte die schmerzende Klitoris unter der beschützenden Kapuze heraus. Als wollte er ein geheimes Wesen aus seiner Abgeschiedenheit hervorlocken, nahm Sir Reggie die Knospe zwischen zwei Finger. Er drückte darauf, und Penny spürte, wie ihre Knie zu schwanken begannen. Tiefe Seufzer brachen aus ihr heraus.

Sie hatte die Hände immer noch flach auf den Tisch gelegt und lehnte sich nun noch ein bisschen weiter vor. Ihre Faust griff nach dem Tischtuch und knüllte es zusammen. Auf diese Weise konnte sie sich besser festhalten, wenn Sir Reggie mit seiner Invasion Ernst machte. Es war egal, dass die Leute zuschauten, wie sie auf den köstlichen Wellen des Orgasmuses ritt. Sie waren nur die Erweiterung ihrer eigenen Lust, ebenso Opfer ihrer Dekadenz wie sie selbst.

Nadine ging um den Tisch herum und legte eine Hand auf Pennys Schulter. Sie fiel immer tiefer in den Abgrund ihrer Sexualität und wusste, dass ihre Darbietung gerade erst begonnen hatte.

»Dein Orgasmus kann noch eine Weile warten«, sagte Nadine scharf. »Es gibt andere Dinge, die wir sehen wollen, bevor du kommen kannst.«

Die Lippen, die ihre früher am Tag geküsst hatten, flüsterten jetzt in ihr Ohr. »Denk an unsere Abmachung, meine süße Pussy. Denk auch dran, dass dir noch eine Bestrafung ins Haus steht, und eine Bestrafung kann Lust und Schmerz bringen. Aber das weißt du ja schon. Mache bei allem mit, was von dir verlangt wird.«

Nadines Atem war warm und schmeckte nach Wein und Rauch. Penny, die immer noch stromaufwärts schwamm, ihrem Orgasmus entgegen, drehte sich nach ihr um. Sie sah das eckige Kinn und das blasse Gesicht, und obwohl sie sich nur als Spielzeug empfand, fühlte sie sich gut aufgehoben bei Nadine. Zum ersten Mal in ihrem Leben fühlte sie sich behaglich; das galt für ihre Wohnung und für die Menschen um sie herum.

Nadine fuhr mit der Zunge langsam und sinnlich über die blassen Lippen. In einer flüssigen Bewegung strich Nadine mit beiden Händen über Pennys Rücken und hinunter zu ihrem Po. Sie fühlten sich kühl an auf Pennys warmer Haut, aber sie waren ihr trotzdem willkommen, auch als Nadine die Backen packte und teilte. Penny brauchte keinen Spiegel, um zu wissen, was Nadine mit ihr anstellte. Sie konnte fühlen, dass die Kerbe weit auseinander gezogen wurde, und die dunkle runzlige Öffnung war entblößt. Penny keuchte und kreischte. Nadine hatte eine Einladung für Sir Reggie ausgesprochen. Penny zweifelte nicht, dass er annehmen würde.

Penny hörte, wie Sir Reggie scharf einatmete; sein Daumen stieß aufgeregt zwischen die Backen und presste liebevoll gegen die Enge ihres Anus.

»Ich glaube, du brauchst das, Reggie Darling«, schnurrte Nadine.

Eine Pobacke schwappte zurück, und Penny sah, wie eine Hand an ihren Augen vorbeizog. Die langen Finger, die sie in den letzten Tagen kennen gelernthatte, griffen nach einem Buttermesser, dann tunkte das Messer in die silberne Butterdose. Im nächsten Moment war die Klinge aus Pennys Blickfeld verschwunden.

Sie schwenkte den Po hin und her, darauf vorbereitet, dass sie die Invasion spüren würde, entweder vaginal oder anal. Ihr Top lag noch um die Taille, und die Hose lag auf Knöchelhöhe. Dazwischen war alles nackt. Darüber hinaus wusste sie jetzt endgültig, dass es ihr Anus war, der mit der Butter eingeschmiert werden sollte. Sir Reggie übernahm die Aufgabe gern.

Sie war der Star des Abends, rief sich Penny in Erinnerung. Entweder Star oder Opfer. Aber sie fühlte sich eher wie ein Star. Ich komme mir wie eine Schauspielerin vor, die die Show ihres Lebens abliefert, dachte sie.

Die Butter fühlte sich kalt an ihrem Anus an, und das Buttermesser war offensichtlich stumpf. Sie fühlte, wie die Butter verteilt wurde, dann wurde das Messer fest gegen ihre Labien gepresst.

»Drück ruhig hinein, Reggie Darling«, sagte Nadine.

»Gern, meine Liebe, nur zu gern«, antwortete Sir Reggie.

Penny schloss die Augen und packte das Tischtuch fester, als Sir Reggies Finger, von der Butter glitschig, in ihre geheimste Öffnung drang. Sie schrie auf, aber es klang eher nach Leidenschaft und weniger nach Schmerz. Nadine hielt Pennys Backen immer noch fest auseinander, damit die Butter leichter mit nur einer Hand verschmiert werden konnte, während ein Finger der anderen Hand in sie eindrang.

Penny stöhnte auf, wann immer der Finger sie bis zum ersten Glied durchbohrte. Als die Butter immer mehr zu Öl wurde, versenkte Sir Reggie den Finger bis zum Knöchel.

»Ich habe ihn ganz in ihr«, hörte sie Sir Reggie aufgeregt sagen. Aber die Stimme kam ihr wie aus weiter Ferne vor. Was auch immer er mit ihr anstellte, es schien sie in eine andere Welt zu transportieren. Sie verlor sich in der eigenen Lust, und ihre Beine spannten sich, als sie ihm den Po hinhielt und gleichzeitig zeigen wollte, dass auch ihre Vulva vor Geilheit zu wirbeln begann.

Als wollte er ihren sexuellen Fluss stauen, stieß Sir Reggie seine Finger in ihre Pussy. Jetzt stöhnte sie lauter. Das war zu viel. Sie war zu gefüllt, beide Öffnungen waren von seinen forschenden Fingern gestöpselt.

»Siehst du, Reggie«, hörte sie Nadine sagen, »siehst du, welch schönen Po sie hat? Glaubst du nicht auch, dass es der schönste Hintern ist, den du je gesehen hast? Schau doch, wie sanft ihre Haut ist, wie fest die Muskeln sind. Du erlebst gerade, wie sensibel sie ist.«

Scharfe Nägel kratzten über Pennys Haut, fast genau so, wie Pennys Nägel Auberon gekratzt hatten.

Penny hielt den Atem in ihrer Kehle an und spreizte die Finger noch mehr übers Tischtuch.

»Wunderschön«, murmelte der alte Herr. »Einfach wunderschön. Perfekt.«

»Sie ist nass. Die kleine Stute ist sehr nett, nicht wahr, Reggie?«

Penny spannte sich an und stöhnte, als Nadines Finger sich mit Reggies verbanden. Sie tauchten in den Brunnen, der aus einer geheimen Höhle zu sickern schien. Sie öffnete die Augen und auch den Mund und schaute über den Tisch. Ihr Blick traf Alistairs. Was sie sah, gefiel ihr. Obwohl sein Gesicht immer noch unverändert war, glänzten seine Augen in einer Vielfalt von Farben.

Auberon schien interessiert, war aber zu eifersüchtig.

Er wünschte, er wäre an Sir Reggies Platz, dachte Penny. Oder an meinem Platz, denn das Klatschen und Kratzen hätte ihm bestimmt gut gefallen.

»Sie ist dem Höhepunkt nah«, murmelte Nadine. »Soll sie jetzt ihren Orgasmus haben, oder schwebt uns noch etwas anderes vor, Bruderherz?«

Penny hörte, was gesagt wurde. Sie wollte sprechen, aber sie bekam kein Wort heraus. Alle ihre Reaktionen wurden von anderen manipuliert. Sie benutzten sie als Marionette. Sie tanzte nach ihren Pfeifen.

Sie quietschte, als die Krallen von Nadines langen Fingern sich in Pennys Schamhaaren verstrickten. Eine Fingerkuppe kreiste auf besonders köstliche Weise um die reifende Knospe herum.

»Die erste Lektion, Schwester«, antwortete Alistair, »soll sanft beginnen. Gib ihr, was sie sich wünscht. Wenn sie so sehr auf Abenteuer steht, wie sie behauptet, wird sie mehr haben wollen, damit sie auch die folgenden Lektionen lernt.«

Penny öffnete die Augen zur Hälfte; durch die dunklen Wimpern sah sie Alistair, wie er in Reggies Richtung blinzelte. Nur einen Moment lang überlegte sie, was der Blick und das Blinzeln zu bedeuten hatten, und was es mit den weiteren Lektionen auf sich hatte. Ihre erste Überlegung galt ihrem Orgasmus, der sich immer deutlicher ankündigte. Er übernahm sie, und sie fühlte sich von der mächtigen Welle zum Kamm getragen, wo sie hinunter purzelte, sich drehte und zusammengekauert liegen blieb.

Glitschiger warmer Saft lief ihr über die Schenkel, die unkontrolliert zuckten. Sie schrie auf. Ihre Gliedmaßen zitterten. Sie schnappte nach Luft und fiel nach vorn auf den Tisch, die Brüste auf das gestärkte weiße Tischtuch gequetscht.

Gesichter strahlten sie an. Zufriedene Seufzer füllten die Luft, als hätten alle den Orgasmus gemeinsam erlebt, oder als hätten sie alle einen Finger in den warmen Teich getunkt, der Pennys offenes Geschlecht überflutete.

»Knie dich hin«, befahl Nadine. Ihre kräftigen Hände zogen sie vom Tisch hoch, und ihre Finger bohrten sich mit einem eisernen Griff in Pennys Schultern.

Penny begriff, dass sie mit ihr noch nicht fertig waren, also tat sie, was von ihr verlangt wurde. Zwischen ihren Beinen fluteten die letzten süßen Schmerzen des Höhepunkts.

Reggie, dessen Gesicht in geröteter Vorfreude glühte, zog den Stuhl zurück, auf dem Penny gesessen hatte, damit sie Platz hatte, sich hinzuknien.

Alistair kam von der anderen Tischseite dazu und setzte sich auf Pennys Stuhl. Wieder würde er nichts anderes tun als zugucken, dachte sie. Wieder würde er sie enttäuschen.

Er hielt einen Cognacschwenker in der Hand, in dem etwa zwei Fingerbreit des besten Armagnacs schwappten. Er schlug ein Bein über das andere, nippte nur einmal und setzte sich zurück, jeder Zentimeter ein Gentleman. Er wartete darauf, dass die Darbietung begann.

Auberon erhob sich ebenfalls und ging auf die andere Seite. Er stand wie ein Wächter hinter Alistairs Stuhl. Beider Augen waren auf die kniende Penny gerichtet. Nadine stand hinter ihr, Sir Reggie vor ihr.

Nadines Hände strichen über Pennys Haare, Nacken und Schultern. Direkt vor Pennys Gesicht befanden sich der Hosenstall von Sir Reggie und die Schwellung dahinter. Sie sah fasziniert zu, wie seine flatternden Finger ungeduldig am Reißverschluss zogen.

Sie schluckte hart. Man brauchte ihr nicht zu sagen, was von ihr erwartet wurde. Aber sie wusste auch, dass mehr erwartet wurde als nur den Penis des großen Militärs zu erfreuen. Der Schlüssel zu einem exquisiten Szenario lag wahrscheinlich im Protest.

»Ich will nicht …«

»Du wirst.« Nadines Finger zogen an Pennys Haaren. Die Wurzeln schienen die Schädeldecke in die Länge zu ziehen. Sie schrie auf, aber dann schloss sie den Mund. Nadine zog weiter an ihren Haaren und brachte den Kopf nach hinten.

Penny konnte den Kopf nicht bewegen. Um nicht aus dem Gleichgewicht zu geraten, hielt sie sich mit den Händen an Sir Reggies Schenkeln fest. Sie schienen aus Stahl zu sein und waren mit dunklen Haaren bedeckt.

Zuerst behielt sie den Scheinprotest bei und versuchte, dem angreifenden Penis auszuweichen. Dann schluckte sie hastig und rang nach Luft, weil Nadine ihr die Nase zuhielt. Die weiße Länge von Sir Reggies Penis näherte sich ihren Lippen. Der Anblick entzückte sie; sie betrachtete ihn ausgiebig und öffnete den Mund ein bisschen weiter. Der Penis streckte sich und trug seine pilzförmige Kuppe wie eine Königskrone.

Penny schloss die Augen und bereitete sich auf das Gefühl

vor, den Geschmack auf der Zunge zu haben. Aber auch als Sir Reggies Hände ihren Kopf festhielten und ihren Mund ans Ziel führen wollten, wand sie sich protestierend gegen ihn. Wie sie vermutet hatte, versteifte sich das Glied noch und zuckte auf ihren Lippen. Es tanzte in ihren Mund, während die Zunge irgendwelche Linien auf der Oberfläche aufspüren wollte. Ihre Zähne knabberten von der Spitze bis zur Wurzel.

Eine Hand von Nadine hielt immer noch ein Haarbüschel fest. Penny öffnete den Mund weiter und schluckte ein Stück mehr. Sie spürte, wie der Penis härter wurde; er nahm Statur an, so nannte sie das. Ihr Mund fuhr auf und ab, wobei ihre Bewegungen von seinen Händen bestimmt wurden, die nach wie vor ihren Kopf hielten.

Sie fühlte, wie Nadines freie Hand über ihre Schulter glitt, eine Brust umfasste und den Nippel zwickte. Die andere Hand ließ ihre Mähne los und griff an die andere Brustwarze. Jetzt spürte sie nur noch Sir Reggies Hände auf Kopf und Gesicht. Er konnte ihren Mund nach Belieben steuern.

Egal, wie viel Penny an diesem Abend gegessen hatte, es gab jetzt einen unstillbaren Hunger, der sie beherrschte. Sie hob ihre eigene Hand und wollte sich berühren, vielleicht auch das Organ, das so heftig in ihren Mund schoss.

»Nein!«

Das war wieder ein Befehl von Nadine. Aus den Augenwinkeln sah Penny, dass Nadine zu den schweren Vorhängen ging, die bis auf den Boden reichten und mit seidenen Kordeln an der Wand gehalten wurden.

Dann griffen Nadines lange Hände nach Pennys und band sie mit der kühlen Seidenkordel auf dem Rücken zusammen.

Der Mann über ihr keuchte. Ihre Fesselung gefiel ihm offenbar sehr. Die Position ihrer Arme betonte die Brüste.

Nadine hob die Brüste ein wenig höher, und Sir Reggie keuchte wieder, denn die seidige Weichheit ihrer Haut tat seinen klatschenden Hoden gut.

»Perfekt«, hörte sie Sir Reggie zwischen seinem lustvollen Keuchen sagen. »Einfach nur perfekt.«

Heiße Küsse regneten auf Pennys Rücken, während Nadines Finger weiterhin ihre Brüste streichelten und die rosa Spitzen drückte, die sich wie Samt anfühlten.

Penny schloss wieder die Augen. Sie brauchte sich nicht einzureden, dass der Mann in ihrem Mund Alistair war. Ihr genügte es, dass er ihr zuschaute und das Erlebnis genoss. Sie genoss es auch. Reggie war ein gut aussehender, angesehener Mann. Und die Jahre hatten seiner Sexualität nichts anhaben können.

Ihr war, als könnte sie den eifrigen Stab, dessen Umfang sich noch einmal vergrößert hatte, ganz schlucken. Ihre Zunge schien ein ganz eigenes Leben zu führen, während sie über die glatte Oberfläche leckte und die Venen aufspürte, die sich von der Eichel bis zur Wurzel zogen.

Reggies Hände drückten immer noch gegen die Seiten ihres Kopfs. Sie verstärkten den Druck und kontrollierten ihren Mund. Auch wenn sie mit den Händen nicht über den pochenden Schaft streichen konnte, so wusste Penny doch, dass seine Zeit gekommen war. Sein Atem ging schneller, und er stieß wilder in ihren Mund. Die ersten Vorboten setzten sich wie Salzperlen auf ihre Zunge.

»Mr. Harding.«

Das war Nadines Stimme, und man hörte den Befehlston.

Dieses Mal konnte Penny nichts sehen. Reggies Griffe waren zu kräftig, jetzt, da sein Orgasmus so kurz bevorstand. Die einzige Blickrichtung war geradeaus, und so sah Penny nichts als Sir Reggies Schamhaare.

Es war Nadine, die überrascht feststellte, dass Penny dem eigenen Orgasmus auch nicht mehr weit entfernt war, obwohl sie doch schon zu Beginn einen leidenschaftlichen Abgang gehabt hatte.

»Schmutzige kleine Stute. Du willst es noch mal erleben, was? Kommt es dir schon?«

Pennys Stimme schwankte von den heftigen Vibrationen, die von ihrem stark erhitzten Zentrum ausgestrahlt wurden. »J... ja.«

»Und du, Reggie?«

»Jede Sekunde.«

Penny hatte das Gefühl, als hätte Nadine ein Signal gegeben. Finger massierten ihre Pussy und wetzten über die Klitoris. Die Finger an ihren Nippeln kniffen und quetschten. Wenn ihr Mund leer gewesen wäre, hätte sie vor Lust gestöhnt.

Als sie gerade ihren eigenen Höhepunkt erreichte, wobei ihre Hüften gegen die Hand ruckten, die ihr die Wonnen verschaffte, zog Reggie seinen Schaft aus ihrem Mund.

Warme Spritzer klatschten auf ihre Brüste, und die klebrige weiße Masse wurde in die seidige Haut massiert. Es waren die Hände, die auch die Nippel erregt hatten. Über ihr stöhnte Reggie. Er gab ihren Kopf frei und dann auch seinen Samen.

In weißen Strömen, die wie schwache Zuckergüsse aussahen, versprühte sich Reggie über ihren Brüsten. Nadines Hände kneteten das zarte Fleisch und massierten alles ein, bis kein Weiß mehr zu sehen war. Sie massierten die glitschige Masse auch in Pennys Nippel ein, die wie Silbergespinste glänzten.

Die letzten Zuckungen ihres Orgasmus zitterten an ihren Beinen hinab, und sie seufzte ihre Befriedigung hinaus, abwechselnd mit den leisen Stöhnlauten ihrer Lust. Penny war, als wäre sie das Zentrum des Universums gewesen – wenigstens das Zentrum in diesem Zimmer.

Sie schlug die Augen auf und drückte sie gleich wieder zu, damit sie das letzte Prickeln ihrer Lust noch erleben konnte. Als sie die Augen wieder öffnete, traf sie auf Alistairs Blick. Würde er sie jetzt nehmen? Er starrte sie an, blinzelte befangen und schaute dann weg.

»Ich glaube, sie hat die Nachricht erhalten«, sagte er und erhob sich.

Sie hatte die Augen immer noch auf Alistair gerichtet. Nadine hatte sie von den Fesseln befreit und massierte Pennys Arme.

»Genug für heute Abend?« Nadines Frage war an ihren Bruder gerichtet.

»Genug für heute Abend. Aber morgen ist wieder ein neuer Tag.«

Penny fand es schwer, den Blick von Alistair zu lösen. Er sah so kühl aus und schien immer jede Situation im Griff zu haben. Aber da war etwas in seinem Blick, das Qualen vermuten ließ. Er sah wie ein Zeremonienmeister aus. Er war der Boss und hatte alles im Detail vorbereitet. Seine Aufgabe bestand darin, genau zu erklären, was getan werden musste, aber er selbst beteiligte sich nicht an der Arbeit.

Nadines Lippen streichelten wie leichte Pinselstriche gegen ihre Wange und lenkten sie ab. »Hast du starke Schmerzen, meine liebe Pussycat?«, gurrte Nadine, die Stimme dick und süß wie Sirup.

Penny zwang ihren Blick von Alistair weg und starrte seine Schwester an. Sie blinzelte, dachte an sich selbst und überlegte, wie genau sie sich fühlte.

»Es tut ein bisschen weh«, sagte sie, »am meisten schmerzen meine Arme. Es wäre wunderschön, wenn Gregory mir eine Massage geben könnte.«

Nadine schnurrte vor Entzücken. Die eiskalten Augen sprühten vor Erwartung.

»Meine Schöne, Gregory müsste um diese Zeit längst im Bett sein. Er geht immer früh zu Bett. Und warum sollten wir ihn stören, meine Pussy? Ich gebe dir eine Massage.«

Das Lächeln, das Penny für Nadine übrig hatte, war süß, aber nicht unschuldig.

Achtes Kapitel

»Ich will, dass du *mich* massierst«, sagte Nadine, als sie zurück auf Pennys Zimmer waren. Ein üppiges Blumenarrangement stand auf dem Tisch mitten im Zimmer. Es duftete nach frischen Gartenblumen.

Sie wartete nicht auf eine Antwort, sondern begann, die wenigen Kleider auszuziehen, die sie noch trug. Dann legte sie sich bäuchlings aufs Bett.

Bevor sie den Verschluss der Ölflasche aufschraubte, schaute Penny, die schon nackt war, in den großen Spiegel. Sie hatte keinen Zweifel, dass Nadine ihrem Bruder zum Abschied etwas mehr als nur »Gute Nacht« gesagt hatte.

Nadines Körper sah schneeweiß aus, was durch die dicke rot-grüne Gobelindecke noch verstärkt wirkte. Ihre Füße lugten über das Bett hinaus, und ihr Kopf stieß gegen das verzierte Kopfbrett.

Nadine stöhnte, als Penny begann, ihre Hände über den Körper zu streicheln.

»Meine ursprüngliche Absicht war, deine Muskeln zu beleben, schöne Pussy, und nicht, dass du jetzt meine belebst«, schnurrte sie, und dabei streckte sie dich träge, und ihre Hüften rollten sich gegen die raue Tagesdecke.

Penny stand aufrecht da. Ihre Haut glühte im Nachspiel des herrlichen Erlebnisses an diesem Abend. Ihre Wangen waren klein und gespannt wie bei einem Jungen.

Und wie gefällt dir das?, dachte sie, als sie bemerkte, dass

Nadine ihre hervorlugende Klitoris heimlich gegen die Wolldecke rieb.

»Je schmiegsamer deine Muskeln sind, desto mehr werde ich auch davon profitieren«, sagte Penny süß.

Nadine legte den Kopf auf gefaltete Arme, während Penny ihre Hände wieder einölte. Leise murmelnde Lustgeräusche drangen aus Nadines Mund und wurden in das frisch gestärkte Kissen geatmet. Penny spreizte die Hände und presste sie auf Nadines sich windenden Körper.

Nadines Haut spannte sich an und zitterte vor Lust, als Penny ihre Handballen in die festen Muskeln von Nadines Schultern rieb. Sie drang mit Fingern, die viel Kraft beim Kampf mit störrischen Tieren gewonnen hatten, in Muskeln und Sehnen ein.

Nicht ohne eigensüchtige Absicht positionierte Penny sich neu und setzte sich auf den runden Po, dessen Haut sehr weich und doch hart unter der Feuchtigkeit und den geöffneten Lippen ihres eigenen Geschlechts. Sie murmelte vor sich hin, während sie auf Nadines jungenhaftem Po herumrutschte. Ihre Pussy wurde noch nasser, und ihre Klitoris erigierte, als Penny die festen Pobacken spürte, die unter ihr zu pulsieren begannen.

Mit neuer Präzision bearbeitete sie die Muskeln zu beiden Seiten der Bandscheibe. Ihre Daumen folgten jedem Wirbel, die gleich unter der Haut lagen. Sie zog die eingeölten Hände glatt nach oben und begann wieder neu von unten. Die Daumen strichen sanft wie Federn über die Wirbelsäule.

»Köstlich«, murmelte Nadine. Sie hatte die Augen geschlossen, damit alle Sinne stärkere Wahrnehmungen erleben konnten.

Während Nadine sich auf den Rücken legte, hatte Penny die Gelegenheit, das Gesicht zu betrachten. Weiße Wimpern waren gegen die Blässe der hoch angesetzten Wangenknochen kaum auszumachen. Unter der glatten Patriziernase war der Mund breit und ein wenig geöffnet, wodurch man ihre starken weißen Zähne sehen konnte, die selbst jetzt auf der Kippe eines schwarzen Zigarillos herumbissen.

Fragen kreisten in Pennys Gehirn. Sie wollte gern mehr über Alistair wissen und mehr über die Beziehung zu seiner Schwester. Durch die Antworten auf diese Fragen wollte sie auch mehr über sich selbst herausfinden. Sie wollte erkunden, woher ihre neue Sexualität kam und was sie bewirkt hatte. Oder sollte sie fragen, *wer* sie bewirkt hatte? Was gab es sonst noch in Beaumont Place zu entdecken? Langsam, redete sie sich zu, nichts übers Knie brechen.

»War heute Abend ein Vorgeschmack auf Dinge, die da noch kommen?«, fragte sie, als ihre Fingerspitzen Nadines Nacken massierten.

»Hmm?«, knurrte Nadine.

»War das ein Ja?«

Nadine kicherte ins Kissen. »Heute Abend, das war nur ein Aperitif, meine Schöne. Es wird besser. Der *premier cru* steht noch aus.« Sie schnurrte ihre Antwort. Wie eine Katze, die viel mehr haben will, als sie schon erhalten hat.

Penny legte eine Pause ein und zog eine Grimasse, als Nadine die Kippe aus dem Mund spuckte. Die junge Reiterin studierte die Gipsarbeiten an der Decke, bevor sie es mit einer neuen Frage versuchte.

»Macht Alistair manchmal mit?«

Die Wimpern flatterten, und auch die Nasenflügel vibrierten. Keine Frage, sie zögerte die Antwort hinaus. »Nur bei besonderen Gelegenheiten oder in ungewöhnlichen Umständen.« Die blassen Augen öffneten sich, und Nadine schaute über die Schulter zu Penny.

»Wenn die Zeit reif ist«, fügte sie noch hinzu.

Penny fuhr mit der Massage fort und senkte den Blick auf die schneeweiße Haut, die jetzt ein wenig schimmerte. Sie fragte sich, was das für Gelegenheiten und Umstände waren. Und wann würde die Zeit reif sein, und wer würde das feststellen?

Aber sie fragte nicht nach. Jedenfalls jetzt noch nicht. Sie wechselte wieder ihre Position und rutschte auf Nadines Körper nach unten. Ihre Blicke konzentrierten sich auf die runden Backen. Die trennende Kerbe war deutlich zu sehen, sie begann mit einem Grübchen.

Penny lehnte sich über Nadines Rücken, die Daumen auf der Wirbelsäule, Handflächen und Finger gespreizt, um die schmale Taille zu umfassen. Für einen kurzen Moment ließ sie ihre Nippel über das nackte Fleisch gleiten, aber es war nicht mehr als die Berührung eines Schmetterlingsflügels. Ein köstliches Beben setzte in den weißen Schultern ein und setzte sich bis zu den schneeigen Hügeln des Pos fort. Penny ahnte Nadines Reaktion und wiederholte die leichten, kribbelnden Berührungen der Nippel. Sie strich mit den Händen über die Hüftknochen und umfasste die Pobacken mit den öligen Händen. Ihre Daumen gruben sich in die Kerbe dazwischen.

Nadine schnurrte wieder vor Vergnügen und schwenkte die Hüften. Ihr Po erhob sich, als wollte er Penny einladen, härter zuzudrücken. Jetzt, fand Penny, war die Zeit reif für die nächste Frage.

»Was sind das für besondere Gelegenheiten?«

Nadines Lippen schnalzten geräuschlos; sie zogen sich von den Zähnen zurück, dann gluckste sie ins Kissen.

»Geduld, meine kleine Pussy. Ich weiß, was du herausfinden willst.« Ein graues Auge öffnete sich und schaute

Penny über einer schneeweißen Schulter an. »Deine Zeit wird kommen, meine Schöne. Sie wird kommen.« Ihre Stimme war ein Knurren geworden. Parallel dazu wollte sie Penny warnen.

Unter Pennys gespreizten Beinen und ihrer nassen Pussy rollte sich Nadine kurz entschlossen auf den Rücken. Die fleischigen rosa Kronen ihrer kleinen Brüste wiesen zur Decke. »Öl mich jetzt noch ein bisschen ein. Ich will, dass du zuerst meine Nippel einreibst, das bringt mich auf Touren.«

Sie schlug die Augen ganz auf. Penny hielt ihrem Blick nur für einen Moment stand, dann schaute sie wieder hinab auf das weiße Fleisch. Bei all ihrer Willenskraft hatte sie nicht mehr Rechte als eine Sklavin in einem nahöstlichen Harem. Dabei wollte sie auch das, was Nadine wollte. Instinktiv wusste sie, was sie als Nächstes zu tun hatte.

Ihre Schamhaare strichen über Nadines Haut, als sie über den ausgestreckten Körper nach oben rutschte, bis sie sich über Nadines Taille spreizen konnte. Wieder ölte sie ihre Hände ein und trank die Schönheit von Nadines weißen Hügeln ein. Die harten rosa Spitzen erhoben sich aus dem Samt der Aureolen.

Obwohl der Blick voller Versprechen war, widerstand sie der Verlockung und legte ihre Hände um Nadines Hals. Sie drückte zu, und in Nadines Augen war ein Blick zu sehen, in dem auch Angst lag. Aber dann entspannte sie schon, und Pennys Finger glitten zu den Schultern.

Nadine war wieder überzeugt, dass Penny so willfährig und unterwürfig war, wie sie zuerst angenommen hatte. Sie schloss die Augen und murmelte ihre Dankbarkeit. Ihre Nippel schienen zu schmollen; sie wollten auch mit eingebunden sein.

Penny wollte nicht länger zögern und schloss zwei Finger

und den Daumen um jeweils eine Brustwarze. Die feinen Wölbungen fühlten sich seltsam unter den seidigen Berührungen an. Sie fühlte, wie sie sich erhoben, und wie sie wuchsen, als sie sich mit Blut füllten. Penny drückte sie mit den Handflächen.

»Härter«, schmachtete Nadine.

Penny umklammerte die Nippel noch fester und zog sie nach oben, so hoch sie konnte, bis beide Brüste an Haken aus rosiger Haut aufgehängt schienen. Durch das Öl sahen sie glänzender aus und verliehen der durchsichtigen Haut einen silbrigen Schimmer. Sie wirkten saftiger, viel zu saftig, um sie nur den zitternden Fingern zu überlassen.

Gedrängt von Energie, die in ihr selbst erzeugt wurde, nahm Penny das geschwollene Fleisch in den Mund. Sie schloss die Augen und saugte hart und lange; sie fühlte den Nippel auf der Zunge wachsen. Sie saugte und saugte und knabberte, während die Finger der anderen Hand nicht aufhörten, den Nippel in die Höhe zu ziehen.

»Saug mich härter.« Nadines Stimme hörte sich heiser an. Ihre Fingernägel gruben sich in Pennys Rücken, dann presste sie eine Hand auf ihren Kopf und hielt ihn fest an die geschwollene Brust gedrückt, um sie zum Saugen zu zwingen. Penny wusste genau, was Nadine haben wollte, sie nagte und biss und lutschte.

Penny schaffte es, Luft zu schnappen, bevor die schlanken aber unangenehm kräftigen Hände ihre Lippen zur anderen Brust zwangen. Sie wiederholte, was sie bisher getan hatte, der Mund voller Brust, die Zähne vorsichtig zudrückend, dann ein wenig härter. Pennys Hand zwickte den anderen Nippel, den sie bisher mit dem Mund verwöhnt hatte. Er war geschwollen und rot vom kräftigen Saugen.

Als die Hand, die sie festhielt, sich entspannte, gab ihr

Mund seine Köstlichkeit frei. Sie küsste Nadine zwischen die Brüste, strich mit der nassen Zunge zum Hals hoch und nagte mit den Zähnen an Nadines Kehle.

Ihr Kopf und ihre Hände bewegten sich wieder. Sie strich hinunter bis zur schmalen Taille und dem flachen Bauch. Ihre eigenen Nippel, die sich stolz erhoben hatten, wischten leicht über die Haut, während die Hände die hageren Hüften massierten.

Sie hob sich leicht an, damit sie die Hände nach innen biegen konnte, und Finger und Augen untersuchten den geschorenen Venushügel von Nadines Geschlecht. Wie nackt es aussah! Die Lippen unschuldig weiß und so glatt wie Creme, und dazwischen war ein rosa Streifen wie ein delikater Einschub aus glänzender Seide zu sehen.

Nadine spreizte die Beine. Zwischen den fleischigen Lippen lugte die fette Klitoris hervor, die sich aus der pinkfarbenen Hülle erhoben hatte.

Lustvolles Stöhnen begleitete das Winden der Schenkel und das Schwenken von Bauch und Pussy dicht vor Pennys Gesicht. Sie ließ die Finger weiter gleiten und neckte die zuckende Liebesknospe mit ganz sanften Berührungen. Sie bückte sich tiefer. Ihre Zunge schmeckte die glatten äußeren Lippen, bevor sie dazwischen tauchte und die salzige Süße einer anderen Frau probierte.

Nadines lustvolles Gemurmel war nichts im Vergleich zu Penny. Wieder reagierte ihre eigene Pussy auf die Stimulans, ihre Hüften rockten geschmeidig, als ihre Finger mehr und tiefer eintauchten und die Geheimnisse von Nadines Pussy erforschten.

Nichts konnte sie davon abhalten, ihren eigenen Orgasmus zu verfolgen. Ihr Körper machte eine halbe Drehung, sodass ihre eigene Pussy über Nadines Gesicht rotierte. Ein

Schauer des Entzückens legte sich über ihren Bauch, als Nadine die langen weißen Hände um Pennys Backen schlang, bevor der breite Mund zu saugen begann und die lange Zunge die Klitoris reizte.

Sensationen des ansteigenden Höhepunkts ließen ihre Körper gemeinsam rocken, während ihre Zungen schneller wirbelten. Ihre Zähne nagten am rosa Fleisch der Partnerin, was normalerweise verborgen blieb und jetzt so entblößt war.

Moschus und Süße verbreiteten sich zu gleichen Teilen über Pennys Gesicht. Sie trieb die Zunge tiefer, und Finger und Mund waren entschlossen, Nadines Aktionen nicht nur zu imitieren, sondern auch zu übertreffen.

Dann fielen ihre Körper übereinander; die Hüften zuckten pulsierend, als die hoch schlagenden Wellen des aufrüttelnden Orgasmus über die ineinander verschlungenen Körper hereinbrachen.

»Du hast verborgene Talente, Pussy«, sagte Nadine nachdenklich, als sie später nebeneinander lagen. »Ich glaube, du hast selbst nicht gewusst, dass du solche Fähigkeiten hast.«

Unter den langen Fingern, die so hingebungsvoll über ihre schwarze Mähne streichelten, dachte auch Penny darüber nach. Es gab keinen Zweifel, dass sie immer ein sexueller Mensch gewesen war, aber diese neuen Praktiken waren bisher nicht Teil ihrer Sexualität gewesen.

Irgendwas hatte sie ausgelöst, und jetzt, nachdem sie dem Verborgenen entkommen waren, schienen sie vor nichts zurückzuschrecken. Vielleicht lag es an der Wette, dachte sie, an der Aussicht, einen Mann zu verführen, der sich bisher als schwer fassbar erwiesen hatte. Sie wusste die Antwort nicht, aber die Wette gegen Ariadne mochte der Grund sein.

Die Hand, die bisher die Haare gestreichelt hatte, streichelte nun ihr Gesicht. Die intensiven grünen Augen trafen ihre, obwohl Nadines Blick glasig und weit weg schien. »Ich werde dir eine Menge Geheimnisse verraten, bevor dein Aufenthalt bei uns zu Ende ist; ich werde dir Dinge zeigen und viele Dinge erklären«, sagte sie mit tiefer Stimme. »Und Alistair auch. Ich hoffe, du lernst gut, meine Liebe. Sehr gut.«

Penny betrachtete die ausgeprägten Wangenknochen und die tief liegenden kühlen Augen.

»Ich bin sicher, dass ich viel lernen werde.«

Hinter dem Spiegel schaute Alistair zu. Gregory stand hinter ihm, den Blick ebenfalls auf die Szene gerichtet.

»Warte nur, du kleines heißes Luder«, sagte Alistair grimmig. »Warte nur.«

Er sagte es so laut, als hätte er vergessen, dass Gregory bei ihm war. Jedenfalls kam es Gregory so vor. Alistairs Blick bohrte sich in das Glas, als könnte er durch die Hitze seines Verlangens Löcher ins Glas brennen, es einschlagen und hindurchspringen. Er würde Nadine vom Bett zerren und seinen schmerzenden Penis in die junge Reiterin versenken.

Gregory fragte sich, warum Alistair die junge, willige Frau nicht nahm, wo und wann er wollte. Obwohl er sie erst seit kurzem kannte, konnte er sich nicht vorstellen, dass sie irgendwas ablehnen würde, was Alistair vorschlug.

Aber er würde Alistair nicht danach fragen, warum er das nicht tat. Das wäre anmaßend. Er hatte Alistair eben aus der Nähe betrachtet, hatte gesehen, wie sein Kinn noch kantiger geworden war, wie er die Fäuste geballt hatte, bis die Knöchel weiß hervortraten. Er konnte nicht glauben, dass Alistair nicht erregt war. Die Beule stieß gegen die überaus enge Jeans.

Als Alistair den Blick vom Spiegel löste, konnte Gregory sehen, wie Schweißtropfen in seine Stirn rannen.

»Wo ist Auberon?«, fragte Alistair kurz angebunden.

»Er sagt seinen Tieren eine gute Nacht. Das hält er immer so.«

Alistair nickte grimmig und schritt davon.

Gregory schaute ihm kurz nach, dann wandte er sich wieder der Szene auf der anderen Seite des Spiegels zu.

Es irritierte ihn nicht, dass Alistair seine aufgestaute Leidenschaft an Auberon austoben würde. Auberon genoss das Sirren der Peitsche.

Gregory wartete, bis Nadine sich vom Bett erhob, die offenbar bereits schlafende Penny auf die Schulter küsste und sich aus dem dunklen Zimmer zurückzog. Er wartete noch etwa zehn Minuten, nachdem sich die Tür hinter Nadine geschlossen hatte, dann sah er, wie Penny sich bewegte und schläfrig zum Spiegel lächelte. Obwohl sie ihn nicht sehen konnte, erwiderte er ihr Lächeln, dann ging er aus der Tür, die auch Alistair benutzt hatte, und ging die Stufen hinunter, die hinter einem dicken grünen Gobelin zum breiten Treppenaufgang führten. Er drückte die Klinke der Tür und stand in ihrem Zimmer.

»Gregory«, sagte Penny mit einer sanften, gefügigen Stimme, »ich habe mich nach dir gesehnt.«

»Das habe ich bemerkt«, antwortete er.

Sie lachte hell. In der Dunkelheit des Zimmers, das nun von einigen Mondstrahlen beleuchtet wurde, sah sie zu, wie er sich seiner Kleider entledigte. Je mehr sich die volle Schönheit seines Torsos offenbarter, desto mehr öffneten sich unwillkürlich ihre Schenkel.

Im Mondlicht sah er eher wie ein griechischer Gott aus; Apollo vielleicht oder Hector von Troja. Seine Haut glänzte, und seine Muskeln spielten. Seine Männlichkeit hatte sich stolz erhoben, und nun schritt er voller Erwartung auf das Bett zu.

Begeistert von seiner Pracht, hob sie den Kopf vom Kissen, lehnte sich auf einen Ellenbogen und streckte eine Hand aus, um die Opfergabe, die er gebracht hatte, zu umfangen.

»Er ist wunderschön«, murmelte sie. »Gut genug zum Essen.«

»Dann iss ihn.«

Er grub die Finger in ihre Haare und brachte ihren Kopf näher heran, bis ihre Lippen die pochende Krone umschließen konnten. Der Stamm bäumte sich ekstatisch auf, und als wollte sie die Aufregung dämmen, strich sie mit der Zungenspitze darüber, während ihre Finger den Schaft hielten. Er fühlte sich in ihrer Hand warm und weich wie zerknitterter Samt an. Natürlich waren ihre Taten nicht dazu geeignet, den Stamm mit der Krone zu beruhigen. Wie ein lebendes Tier rührte es sich in ihrer Hand und hüpfte ihrer Zunge entgegen.

Sie öffnete den Mund und saugte ihn, bis sie die Hälfte des Stammes geschluckt hatte. Ihre Hände kosten die Sanftheit seiner Bälle, die sie an einen Pfirsich erinnerte. Wie eine reife Frucht hing er zwischen seinen Beinen.

»Lass los«, keuchte er plötzlich, und zu ihrer Überraschung nahm er ihre Hände vom Schaft. »Pst«, fügte er hinzu. »Tu, was ich dir sage.«

Sie ließ die Hände fallen und legte sich wieder hin.

Dicke rote Stricke hielten die grün-roten Vorhänge aus Gobelinstoff zurück. Gregory nahm sie an sich, und Penny wand sich vor Erregung auf dem Bett. Er schlang die Stricke um ihre Handgelenke und band sie an den dicken Bettpfosten mit den Geflechten aus Gerstenzucker fest.

Anschließend nahm er sich ihre Fußgelenke vor. Das sanfte Mondlicht beschien ihren Körper. Sie lag gespreizt auf der dicken Bettdecke.

»Jetzt«, sagte er, küsste ihren Hals und knabberte an den Ohrläppchen. »Du brauchst keine Angst zu haben. Ich werde alles tun, was du brauchst. Du liegst nur da und fühlst, was ich mit dir anstelle. Es wird die reinste Lust für dich werden. Verstehst du, was ich meine?«

Er sah, dass sie nickte. »Ja«, flüsterte sie.

Sie sah ihn lächeln. »Gut«, flüsterte er zurück.

Aus der Kommode nahm er ein Paar Strümpfe. Es waren schwarze, und wenn sie sich richtig erinnerte, waren sie an den Enden mit schwarzer Spitze und mit roten Schleifen verziert. Aber sie war sicher, dass sie die Strümpfe jetzt nicht tragen sollte, gefesselt, wie sie war.

Gregory hob ihren Kopf mit einer Hand an, dann legte er einen Strumpf um ihre Augen. Jetzt konnte sie nicht einmal das Mondlicht sehen. Am Hinterkopf befestigte er den Strumpf mit einem nicht zu fest sitzenden Knoten.

Den anderen Strumpf benutzte er um ihren Mund als Knebel. Was er mit ihren Ohren anstellte, wusste sie nicht. Vielleicht hatte er ein paar Ohrenschützer gefunden. Sie wusste nur, dass sie weder sprechen noch hören noch sehen konnte. Ihr war nur ein Sinn geblieben – der Tastsinn.

Sie lag in ihrer dunklen, stillen Welt und wusste, dass Gregory ihren hilflosen Körper anstarren würde. In der Dunkelheit überlegte sie, was er sah und fühlte.

Gregory starrte sie an. Er war fasziniert von der hilflosen Schönheit ihres dargebotenen Körpers. Ihre Verletzlichkeit und das sanfte Mondlicht ließen sie noch schöner aussehen, als er erwartet hatte. Sie war nackt, und ihr Geschlecht war offen für alles, was er ihr geben würde. Und darin, wusste er, war er Nadine überlegen. Er besaß die ultimative Waffe, die Penny unbedingt haben wollte. Alistair besaß sie auch, aber er schien nicht geneigt, sie einzusetzen.

Er verdrängte Nadine und Alistair aus seinen Gedanken. Jetzt hatte er Penny für sich selbst.

Er strich mit den Händen von den Schultern abwärts. Er nahm die festen Brüste in die Hand. Sie krümmte den Rücken, und ihr Körper streckte sich nach ihm.

»Geduld, meine Schöne«, flüsterte er, und sie spürte seinen Atem auf ihren Wangen. Aber seine Worte konnte sie kaum verstehen.

Er zwirbelte ihre Nippel, bevor er sie küsste. Er genoss die gedämpften Laute, die sie hinter dem Knebel aus Nylon ausstieß.

Er legte die Härte seines Oberkörpers gegen ihre Sanftheit, dann stützte er sich auf die Hände, beugte den Kopf und nagte fast erbarmungslos an ihren Nippeln.

Unter ihm wanden sich ihre Hüften. Er wusste, was sie wollte, denn sie spürte die Härte seines Penis, der schwer auf ihrem Bauch lag, und er wusste auch, dass sie nass vor Verlangen war.

»Noch nicht«, murmelte er, auch wenn sie ihn nicht hören konnte.

Tatsächlich wollte Penny sich seinen Penis einverleiben. Sein ganzer Körper rieb sich heiß und hart gegen ihren, doch sein Penis war heißer. Sie wollte ihn unbedingt haben, und in der dunklen Welt, wo das Fühlen ihr allein noch geblieben war, brauchte sie die Penetration noch dringender.

Heiß strichen seine Lippen über ihren Körper. Sie krümmte den Rücken noch mehr als vorher. Sie fühlte seine Lippen auf ihrem Bauch, spürte die Nässe der Zunge, die in den Nabel tauchte, bevor sie die Reise fortsetzte. Alles war aufs Fühlen beschränkt; ihr einziger Kontakt zur Außenwelt.

Sein Mund saugte Härchen ihrer Scham zusammen mit ihrem Fleisch auf, und sie ließ die Hüften rotieren, als seine Finger ihre äußeren Lippen öffneten und die delikaten Falten darunter freilegten.

Sie wimmerte leise. Wenn sie nicht geknebelt wäre, würde sie nach mehr geschrien haben.

Nässe eruptierte in ihrer Pussy, als seine Zunge leicht über die Klitoris huschte. Ihre Beine fühlten sich schlapp an, und ganz egal, auf welche Seite sie sich wand, sie konnte der Zunge, den Lippen und seinen Händen nicht entkommen – aber das wollte sie auch gar nicht.

Ihr Körper prickelte, und ihre Muschi fühlte sich gequält. In ihrem Kopf waren alle Gedanken vertrieben, es ging nur noch um die Sensationen dieses Erlebnisses. In ihrer dunklen, stummen Welt hatte Sex ihren Verstand übernommen – ihr ganzes Sein. Sonst existierte nichts, nicht dieses Zimmer, nicht das Mondlicht, nicht einmal Gregory. Sex hatte ihre Seele gestohlen.

Als sie das Gefühl hatte, dass ihr Verstand bedroht war, drang er in sie ein, und sein Schwanz füllte ihr ganzes Wesen, nicht nur ihre Pussy.

Jeder süße Stoß ließ ihre Nerven flattern und ihren Körper erzittern. Zuerst kamen seine Stöße langsam, dann schneller und schließlich wieder langsam.

Allein seine Größe reichte aus, sie umzuhauen. Sie hatte schon darüber nachgedacht, noch bevor er ihr die Augenbinde umgelegt hatte. Sein Penis, dachte sie, war das Einzige an ihm, was keine Ähnlichkeit mit einem griechischen oder römischen Gott hatte. Wie bei der Kupferstatue auf dem Hof, die ununterbrochen in den Brunnen pinkelte, war sein Ding groß und blieb nicht hinter den klassischen Statuen zurück.

Aber Gedanken über Größe, Form und Aussehen wurden überrannt von ihrem unmittelbar bevorstehenden Orgasmus. Sie hob die Hüften an, um ihm zu begegnen. Sie fühlte seine Hände auf ihren Brüsten, und seine Finger drückten die geschwollenen Stöpsel. Ihre Hüften bewegten sich voller Entzücken. Sein Bauch klatschte hart und schnell gegen ihren, und sein Schaft, geschwollen vom Blut seiner eigenen Leidenschaft, füllte sie, wie sie noch nie gefüllt worden war.

Höher und höher wurde ihre Passion in ihrer dunklen, stillen Welt getrieben. Sie warf den Kopf zurück, der einzige Teil des Körpers, den sie nach Belieben bewegen konnte. Ihre Zähne bissen in den Knebel, und ihre Hüften hievten sich hoch, als wollten sie eine vulkanische Eruption auslösen, um seinen Schwanz zu treffen.

Es fühlte sich so an, als könnte sie ihn ganz schlucken, als wäre sie ein tiefer Brunnen, um den herum sie beide ihre Orgasmen erlebten, unendlich, seit ewigen Zeiten.

Sie kam stark und gewaltig. Als wenn Dynamit explodiert wäre.

Ihre Hüften ruckten wieder hoch, um ihn zu treffen. Sie zerrte an ihren Fesseln. Die Schreie ihrer Erlösung wurden vom Knebel gedämpft. Sie spürte, dass Gregory sich in ihr spannte. Dann schoss es auch schon aus ihm heraus. Es dauerte eine Weile, bis seine Zuckungen aufhörten.

Erst als er zwei weitere Vorstellungen seiner Kunst abgeliefert hatte und die Morgendämmerung durchs Fenster brach, löste er ihre Fesseln.

Sie umarmten sich, bevor er ging. Die Hitze seiner Muskeln entzündete ihre Leidenschaft neu, und ein letztes Mal vereinten sie sich.

Eigentlich war es ihm zuwider, länger zu bleiben, und eine leichte Nervosität trat in seinen Blick, als sie die letzte Runde vorgeschlagen hatte. Aber sobald ihre Lippen auf seinen lagen und ihre Hand seinen wachsenden Stamm einfing, hatte er keinen eigenen Willen mehr.

Es war noch nicht ganz hell, aber Nadine war eine Frühaufsteherin. Hinter dem Spiegel schaute sie grimmig zu. Ihr Körper dampfte noch von der Dusche.

»Sieh an, sieh an«, knurrte sie, wobei ihre Lippen sich kaum bewegten. Sie ließ ihr Badetuch auf den Boden fallen, streichelte mit einer Hand ihre Brust und rieb mit der anderen ihre Labien und die reife Knospe ihrer Klitoris. »Du bist eine ungehorsame kleine Pussy, nicht wahr? Aber mach dir nichts draus, Nadine wird sich drum kümmern. Nadine wird deinen Willen brechen.«

Dann warf sie den Kopf zurück und stieß einen Finger in ihr eigenes warmes Depot.

Neuntes Kapitel

Nadine war eine überzeugte Verfechterin des Meerwassers. Nicht, dass sie damit allein gewesen wäre. Viele in Vergangenheit und Gegenwart haben die Heilkraft des Meerwassers gepriesen; sie schwören auch heute noch auf die Fähigkeit, dass es Pferdesehnen stärkt, wenn die Tiere durch die Wellen galoppieren.

Die Küste war eine Autofahrt von zwei Stunden entfernt. Da keine Wolke am blauen Himmel zu sehen war, hatte man großzügige Essenspakete zusammengestellt. Wein, Milch, Creme und Butter wurde in Kühlboxen transportiert.

Vor der Abreise schien Nadine mehr mit sich beschäftigt zu sein als sonst, und diese Laune wäre wohl den ganzen Tag geblieben, wenn Alistair sie nicht informiert hätte, dass sie Clarissa, Sir Reggies Tochter, vom Flughafen abholen sollte.

Aus der guten Stimmung wurde ein Donnergrollen.

Penny hielt sich an die Redensart, dass Klugheit die beste Seite des Mutes ist. Sie warf sich in die Arbeit, pflegte und bürstete ihre Tiere und half den Stalljungen. Aber ihr entgingen nicht die gehobenen Brauen und die dunklen Blicke, und so achtete sie besonders darauf, ihr nicht in die Quere zu kommen. Auberon tat das nicht – vielleicht aus freien Stücken.

Erst als Penny in die dunkle schwüle Scheune trat und das Sirren einer Peitsche und gleich darauf das laute Klatschen hörte, als das Leder mit der bloßen Haut in Kontakt kam, wurde ihr klar, dass Nadine ihre schlechte Laune an Auberons nackten Backen ausließ.

Sie nutzte die klatschenden Schläge für ihre Schritte auf dem knirschenden Kiesweg aus, damit Nadine nicht hören konnte, wie Penny sich näherte.

Auberon lag auf allen vieren, die Hose um die Knöchel, und Nadine sorgte mit aller Gewalt, die sie aufbringen konnte, für rote Striemen auf seinem Gesäß. Nadines gewöhnlich bleiches Gesicht war feuerrot, und ihre stahlgrauen Augen blitzten.

Penny hielt inne und schaute eine Weile zu. Ihr Atem ging schneller, und ihre Hüften rotierten, während sie sich vorstellte, welche köstlichen Zuckungen Auberon genoss. Aber Nadine wusste das auch.

»Leg dich hin«, befahl sie.

Auberon gehorchte.

Penny drückte eine Hand vor den Mund. Ihre Augen öffneten sich weit, als sie Auberons mächtiges Glied sah, stolz erigiert, ein Tropfen auf der zuckenden Spitze.

»Was für ein Bild«, hörte sie Nadine sagen. »Ich schätze, du bist fast am Ziel, mein guter Junge.«

»J... ja, ja«, stammelte Auberon, während Nadine die Peitsche um den Penis gleiten ließ und auch seine hellrot behaarten Hoden einbezog.

»Ich bräuchte nur mal kurz auf die Spitze zu klopfen«, sagte Nadine, Boshaftigkeit in der Stimme, »und du würdest sofort kommen, nicht wahr, schöner Junge?«

»J... ja«, stammelte Auberon wieder.

Die Grausamkeit von Nadines plötzlichem Lächeln passte zu ihrem Blick. »Aber das werde ich nicht tun«, knurrte sie, zog die Peitsche zurück und legte sie über die Schulter, als trüge sie ein Gewehr.

Die Enttäuschung stand Auberon ins Gesicht geschrieben, wozu auch passte, dass seine Erektion zusammenfiel.

Penny, die sich selbst leicht berührt hatte, sah fast ungläubig, wie rasch die Härte brach, und sie sah auch die Tränen in Auberons Augen. Wie grausam Nadine doch sein konnte, wenn nicht alles so lief, wie sie es geplant hatte, dachte Penny. Offenbar war ihr am Besuch der Küste sehr gelegen.

Aber sie hatte die übellaunige Nadine und Beaumont Place bald vergessen, als sie im Pferdetransporter saßen.

Eine sorgenfreie Atmosphäre reiste mit ihnen an die Küste. Die Fenster waren geöffnet, und eine warme Brise küsste ihr Gesicht und den Hals. Ihre Augen glänzten so blau wie der Himmel, und sie duftete nach frischen Frühlingsblumen.

Sie fühlte sich cool an diesem Tag; Shorts, T-Shirt und Laufschuhe ersetzten ihre übliche Kleidung als Reiterin. Ihre langen Haare hatte sie zu einem dicken Zopf geflochten, der bis über das Schulterblatt reichte.

Um sie herum – gestört nur von der leichten Brise – war der Geruch von Pferden und Leder sowie der schwache aber unwiderstehliche Geruch, den junge Männer mit kräftigen Muskeln verströmen.

Stephen fuhr, Penny saß neben ihm, und Auberon und ein stämmiger Stalljunge namens David mit dunklen Haaren und einem Grübchen am Kinn, saßen hinten.

Bevor sie abgefahren waren, hatte Penny mit einiger Neugier zugeschaut, wie Nadine die Jungs um sich geschart hatte. Sie kauerten als Gruppe zusammen, und Nadine hatte ihre langen Arme auf ihre Schultern gelegt. Sie sah aus wie eine Glucke, die ihre Küken unter ihre Fittiche nahm.

Obwohl ihre Neugier nicht gestillt war, wollte sie nicht länger verharren, dafür war es ein viel zu schöner Tag. Was auch immer Nadine den Jungs gesagt hatte, würde nichts mit Penny zu tun haben. Deshalb fragte sie die Jungs auch nicht, was gesagt worden war.

Heute fühlte sie sich optimistisch gestimmt, und als sie die frische Seeluft spürte, die durch das Fahrerhaus wehte, hätte sie alle Gedanken an Beaumont verdrängt – wenn da nicht Alistair hinter ihnen her fuhr.

Alistair reiste nie in einem Pferdetransporter. Er folgte in seinem Auto und ließ sich von einem Chauffeur kutschieren. Sein Auto war ein Rolls-Royce, aber in der Garage standen auch noch ein Bentley und der schwarze Porsche, den seine Schwester fuhr.

Ihr Ziel an der Küste war ein Privatstrand, der – na, wem wohl? – Alistair Beaumont gehörte, wie so vieles in der Gegend. Hohe Klippen mit Privatwäldern, in denen Birken und Ginster wuchsen, umgaben den Strand. Ein Privatweg führte unter den Bäumen her, und ein hohes Tor wurde hinter ihnen wieder verschlossen.

Der Strand bildete einen fast perfekten Halbkreis aus gelbem Sand. Mit dem Geräusch der klatschenden Wellen begann auch das aufgeregte Wiehern der Pferde. Sie bemerkten jetzt auch die Luftveränderung.

»Es wird heißer«, sagte Penny, neigte den Kopf und schaute hinauf zum blauen Himmel und zu den steilen Klippen, die den Strand begrenzten. Möwen zogen ihre Kreise und verkündeten den schönen Tag.

»Deshalb parken wir ja auch hier«, sagte Stephen. Seine geschmeidigen Muskeln spielten einladend unter dem weißen T-Shirt. »Für die Pferde muss es schattig sein. Was mit uns Normalsterblichen geschieht, ist egal.«

Penny lachte, und ihr Zopf flog hin und her.

»Aber es wird wirklich ein heißer Tag«, sagte Alistair und

betrachtete sie in ihrem pfirsichfarbenen T-Shirt und den passenden Shorts. »Du solltest alles ablegen.«

»Ja«, sagte Penny ungewöhnlich kurz. Alistair hatte sie überrascht. Irgendetwas an ihm war heute anders. Er versteckte seine Blicke nicht, und er lachte sie offen an. Da schien keine Barriere mehr zwischen ihnen zu sein. Was war geschehen?, fragte sich Penny. Was war anders? Sie beantwortete sich die Frage selbst: Nadine war nicht da.

Sie konnte sich diese Chance nicht entgehen lassen. Diesen Vorteil musste sie nutzen. Sie zog ihr T-Shirt über den Kopf. Ihre Brüste schwangen frei, und die pinkfarbenen Nippel reagierten stolz auf die Meeresbrise. Ihr Schweiß war süß mit einem Hauch von einem nach Blumen duftenden Spray.

Als hätte der Wind es ihnen zugeflüstert, unterbrachen die beiden Stalljungen ihre Arbeit, starrten hinüber zu Penny, konnten sich gegen ihre Erektion nicht wehren, die gegen den Reißverschluss stieß, und stellten sich vor, wie es wäre, ihre festen Brüste zu kneten.

»Keine schlechte Idee, was, Sir?«, sagte Stephen.

Alistair wartete einen Moment, bevor er antwortete. »Nein, überhaupt keine schlechte Idee.«

Wie die Stalljungen und Auberon zog Penny alles aus. Jetzt küsste die Brise ihre Schamhaare und kühlte die Wärme auf ihren runden Backen, die zu lange hatten sitzen müssen.

Zu ihrer Enttäuschung zog Alistair sich nicht aus, aber seine Blicke waren ausschließlich auf sie gerichtet. Ein kleines Lächeln deutete sich in den Mundwinkeln an, wenn er von den hüpfenden Brüsten zu der dunklen Stelle zwischen ihren Beinen schaute.

»Was ist mit dir?«, fragte sie ihn, als die Stalljungen die Pferde versorgt hatten.

»Nein.« Er trat vor ihren ausgestreckten Händen zurück,

als hätte er Angst, sie könnten ihn verbrennen, wenn er ihr die Berührung erlaubte.

Sie versuchte, in seinen Augen zu lesen, dann senkte sie den Blick zu seinem Schritt. Die Enttäuschung ließ sie die Stirn runzeln. Wie konnte er so anders sein als die anderen? Wie konnte er angesichts ihres nackten Körpers nicht erregt sein? Das war nicht normal.

Sie sah wieder in seine Augen. Ihre Blicke begegneten sich. Sein Atem schien im Brustkorb zu stocken. Er wollte sie! Sie wusste es, aber keine Spur von einer Erektion.

Verwirrt und gereizt wandte sie sich von ihm ab und erwiderte das Lächeln von Stephen und David. Selbst Auberon lenkte seine Blicke direkt auf sie, als hätte er seine Hemmungen mit den Kleidern abgelegt.

»Soll ich dir aufs Pferd helfen?«, fragte David, der stämmige Bursche mit den dunklen Haaren und dem ungewöhnlichen Kinn. Die ersten Säfte seiner Erregung benetzten seine Hand, was Penny feststellte, als er ihr auf den nackten Pferderücken half.

Keine Sättel heute. Auf blankem Rücken galoppierten sie am Strand entlang. Alistair blieb weit zurück.

Die Beine der Pferde planschten in der weißen Gischt der Wellen. Sie streckten die Köpfe und wehrten sich gegen die eingeschränkte Bewegungsfreiheit durch das Zaumzeug.

Die Reiter lachten ausgelassen; sogar Auberon, der auf dem Hinweg in Gedanken versunken schien. Jetzt lachte er mit Penny, David und Stephen, wenn ihnen die Gischt in die Gesichter flog und die Möwen über ihnen kreischten.

Der Kanter war schnell, aber der Rhythmus seines Tempos blieb. Die ständigen rollenden Bewegungen auf dem Pferderücken sorgten für Wärme und Reibung. Penny spürte die Erregung in der nackten Pussy.

Aus den Augenwinkeln konnte sie Stephen, David und Auberon sehen, deren Glieder von einer Seite zur anderen flogen. Sie wusste, dass der Ritt auch bei ihnen nicht ohne Folgen bleiben würde; der Rhythmus hatte bei den Jungs eine ähnliche Wirkung wie bei ihr.

Meerwasser spritzte ihr ins Gesicht und klatschte kühl auf ihre Brüste. Ihre Nippel brachen zu schönen Spitzen auf, und ihre entblößte Klitoris glitt eifrig über den Pferderücken.

Sie lachte die ganze Zeit, als sie Auberon auf einem seiner Pferde herausforderte, Stephen auf dem anderen und David auf ihrem eigenen Braunen. Sie selbst ritt den Grauen.

Nach einem schnellen Galopp erreichten sie das Ende des Strands, an dem unüberwindliche Felsen den Weg versperrten. Dahinter begann der öffentliche Strand.

»Wir drehen besser um«, rief Stephen außer Atem. Sein Pferd bäumte sich auf, als er die Zügel anzog.

Pennys Blick fiel auf seinen befreiten Penis, der sich zeitgleich mit dem Pferd aufzubäumen schien.

Wie er vorgeschlagen hatte, drehten sie um. Diesmal führte Penny die Hatz nicht an, sondern bildete die Nachhut. Sie reagierte auf ihre eigenen Gedanken, denn von hinten konnte sie ihre Art zu reiten sehen, diese gespannten Backen sowie die eleganten Bewegungen der Tiere.

Es war ein angenehmer Anblick, hinter diesen breiten Schultern und hüpfenden Backen zu reiten. David war stärker behaart als die beiden anderen. Wenn sie aufwärts federten, konnte sie für einige Sekundenbruchteile die Umrisse ihrer Bälle sehen, die wie gefüllte Geldbeutel zwischen ihren Beinen und den fleischigen Ärschen hingen. Während sie beobachtete, wurden ihr die eigene Erregung, die aus der Pussy aufsteigende Hitze und die flüssigen Feuchtigkeiten aus den Falten ihres pinkfarbenen Fleisches bewusst.

Tragbare Tanks mit frischem Wasser warteten schon auf die Tiere, als Penny eintraf. David hing gerade das letzte Heunetz um den Hals der Pferde.

Sie glitt vom Rücken des Grauen, und David nahm ihr die Zügel ab. Sie sah sich nach Alistair um. Sie legte eine Hand über die Augen, um den direkten Einfall der Sonnenstrahlen zu vermeiden, und blickte hinauf zu den Klippen. Dann drehte sie sich um und schaute zur See hinaus, bis zu der Stelle, wo die Sonne auf den sanften Wogen des Meeres tanzte.

»Ahoi da unten! Hier oben bin ich!«

Im Schatten einer Höhle, die das Meerwasser in die Klippen gefressen hatte, stand Alistair und schwenkte die Arme. Daneben befand sich ein breiter flacher Felsstein, der mit einer gestärkten weißen Tischdecke veredelt wurde, und das Sonnenlicht, das den Höhlenschlund nur ein bisschen kitzelte, fing sich so gleißend im silbernen Besteck und in den Bleikristallgläsern, dass sie ihre Augen mit den Händen schützen mussten.

»Das Essen ist zubereitet!«, hörte Penny ihn rufen. Der große bullige Körper des Chauffeurs tauchte auf und schlenderte hinunter zum Klippenweg, und kurz darauf verschwanden er und der Rolls-Royce irgendwo zwischen den Klippen. Jetzt waren sie unter sich.

»Ich kann es kaum erwarten«, sagte David mit einem letzten lüsternen Blick auf Pennys Schoß, als wäre dies die Köstlichkeit des Augenblicks. »Ich verhungere noch.«

»Ich kann den Nachtisch kaum erwarten«, meinte Stephen dagegen und sah David und Auberon an, ehe er Penny anschaute. Sexuelle Spannung lag in der Luft, und sie rieb kurz über die Innenseite eines Schenkels. Nachtisch, dachte sie, darauf würde sie sich auch freuen.

Geröstete Hähnchen, knackige Salate, frische Brötchen und

gesalzene Butter waren auf dem Felsen ausgebreitet worden. Gleich dahinter hörten sie Wasser tröpfeln; es floss in einem moosigen Bächlein über die Felsen und bildete einen kleinen Teich. Und dort standen drei Flaschen Wein. Weiße Servietten lagen auf den Bastkörben, in denen das Essen und der Wein transportiert worden waren.

Ihre nackten Füße versanken beinahe im weichen warmen Sand; sie konnten sie in der kleinen Mulde waschen, in der sich das Wasser sammelte. Die Weinflaschen, stellten sie fest, waren schon entkorkt.

»Das Mahl ist bereitet«, sagte Alistair, breitete die Arme aus und grinste breit. Die goldbraunen Haare wurden von der Brise erfasst und wirbelten über seine Stirn, und Penny nahm einen Hauch Aroma seines frischen männlichen Schweißes wahr. Ein Knoten gespannter Erwartung begann sich in ihrem leeren Bauch zu entwirren. Es war ein angenehmes Gefühl, als wäre es ein Knäuel aus dicker Angorawolle, die langsam aufgerollt wurde.

In diesem plötzlichen Moment, in dem seine Hand die Haare zur Seite strich und sie seine Männlichkeit einatmete, begegneten sich ihre Blicke. Er lächelte, und wieder betrachtete er sie lange von oben bis unten. Er tat das mit einer subtilen Leichtigkeit, als hätte er alle Zeit der Welt, ihre Brüste und die Nippel in den Fokus zu nehmen. Die kalte Gischt hatte sie hart und reif werden lassen. Einzelne Wassertropfen rannen auch jetzt noch über ihre prickelnde Haut, und ihr Atem ließ die Brust aufgeregt heben und senken.

Alistairs Blick glitt über ihren Bauch und die Hüften, bevor er sich wie die heimkehrende Brieftaube auf den Schwall ihrer Schamhaare konzentrierte, der sich in ihrem Delta ausbreitete. Der Venushügel war vom harten Galopp durch die Wellen geschwollen und feucht geworden.

Sie reagierte sichtbar auf seine Blicke. Ihr Atem kam schneller, ihre Haut zitterte, und sie strich mit der Zunge über ihre vom Salz getrockneten Lippen. Sie konnte den Unterschied in diesem Mann nicht glauben, seit seine Schwester nicht dabei war. Sie lächelten sich fröhlich zu, fast wie verknallte Teenager, die das erste Mal weg von zu Hause sein durften.

Aber Nadine war eine zu große Kraft. Selbst bis hierhin reichte ihr langer Arm, um ihren Bruder zu berühren und die Frau, die sie für ihn verwahren wollte. Es war Penny, als gehörten Alistair und sie zu einem Theaterstück. Sie waren wie Schauspieler auf der Bühne, die ihren Text nicht kannten.

»Dies ist wie ein Altar«, sagte Stephen, als sie gespeist hatten. Die Teller waren weggepackt, und das weiße Tischtuch war gefaltet und auf einen Korb gelegt worden.

»Bereit für das Opfer«, rief David. Seine Augen funkelten hell und ein bisschen boshaft, als sein Blick auf Stephens und Auberons traf.

»Bereit für ein Jungfrauenopfer«, fügte Auberon an. Er schaute zuerst auf Penny, dann erst auf seine Kumpane.

Versuchsweise berührte Penny den Fels. Die anderen konnten nicht wissen, was sie fühlte – sie war sicher, dass Nadine hier war, wenn nicht mit dem Körper, dann im Geiste. Sie blieb still und war vorbereitet. Greifarme schienen von unten nach ihr zu greifen und die letzten Hemmungen wegzureißen, die sie vielleicht noch gehabt hatte.

»Ich kenne keine«, sagte Alistair lachend, als er den letzten Schluck Wein trank, das Glas in einer Hand, die Flasche in der anderen. Zum Glück saß sein Chauffeur Broderick schlafend hinter dem Lenkrad. Außer Pulverkaffee aus der Thermosflasche hatte er nichts getrunken, deshalb konnte Alistair mit seinen Leuten feiern.

»Dann geben wir uns mit der zweitbesten Lösung zufrieden«, murmelte David. Seine dunklen Augen saugten sich an Pennys hellblauen fest. »Eine erfahrene Frau tut es auch.« Mit einer süßen Weichheit, die Schauer über Pennys Rücken schickte und das Wollknäuel in ihrem Bauch endgültig aufwickelte, strich er mit den Fingerkuppen von der Schulter zum Ellenbogen.

Ihre Resonanz ließ nicht auf sich warten. Ihre Augen glänzten, und der Enthusiasmus färbte ihre Wangen rot. Ihr Körper wand sich mit einer selten gesehenen Biegsamkeit. Sie schob ihre Sinnlichkeit zuerst auf den Wein, aber dann räumte sie ein, dass sie es war, die ihre verborgenen Tiefen ausloten wollte.

Kurz schaute sie hinüber zu Alistair, der heute viel entspannter war als sonst und auch attraktiver. Sein Anblick trug zu ihrer Erregung bei. Abstinenz war nicht seine Sache, das konnte sie in seinen Augen sehen. Und doch – wo eine harte Beule gegen den Hosenstall hätte drücken sollen, regte sich so gut wie nichts. Das verwirrte und enttäuschte sie.

Sie protestierte nicht, als David und Stephen ihr auf den flachen Fels halfen. Ihr nacktes Fleisch prickelte sowohl von der wachsenden Wollust wie auch von der Kühle des Felsens. Er war überraschend glatt, stellte sie fest, als sie sich auf den Rücken legte. Mit einem Seufzer schloss sie die Augen. Essen und Trinken hatte sie schon genossen; jetzt hatte sie sich andere Genüsse verdient, sagte sie sich.

Für einen Moment entstand Stille, dann realisierte sie, dass man ihre Hände über den Kopf gehoben hatte. Hände packten sie an den Knöcheln an und spreizten Pennys Beine. Es war eine seltsame Gefangennahme, aber unangenehm war sie nicht, besonders, als ein drittes Paar Hände – sie gehörten zu Auberon – ihre stolzen Brüste massierten und ihre Nippel neckten, bis sie härter und rosa wurden.

Sie stöhnte und öffnete die Augen. Der Tag verlief viel besser, als sie gedacht hatte, ob sie nun mit der Wette weiter kam oder nicht. Und was war mit Nadine und ihren geflüsterten Anweisungen auf dem Hof vor den Ställen? Sie ließ alles geschehen, was mit ihr angestellt wurde. Lege dich zurück und genieße, sagte sie sich fast hypnotisch.

Alistair saß auf einem Felsen, der Blick gebannt, das Weinglas in einer Hand, die neu geöffnete Flasche in der anderen. Penny konnte hören, wie schnell sein Atem ging. Er war bei ihnen, aber nur in Gedanken. Seine Augen genossen, was die Jungs und sie anstellten. Seine Lenden hielt er unter Kontrolle: Es sah nicht so aus, als wollte er mitmachen.

Die Männer halfen Penny auf die Füße. Sie wollte protestieren, aber Stephen gab ihr einen Klaps auf den Po.

»Du musst tun, was wir dir sagen.«

»Jetzt musst du mit uns spielen.« Das war Auberons Kommentar, und in seinen Augen brannte ein gleißendes Licht, das sie noch nie gesehen hatte.

»Knie dich hin«, ordnete Stephen an. »Mr. Harding hat recht: Du bist dran, mit uns zu spielen.« Er grinste sein freches Jungenlachen, das sie neugierig machte auf das, was ihr noch bevorstand.

»Auf das hier«, fügte Auberon hinzu, und mit einer Rücksicht, die ihr sehr gefiel, legte er die gefaltete Tischdecke in den Sand. Offenbar würde sie längere Zeit knien müssen.

Die drei nackten jungen Männer nahmen sie in die Mitte. Ihre Körper glänzten vom frischen Schweiß. Die kräftigen Muskeln waren angespannt.

Drei erigierte Penisse pendelten wenige Zentimeter vor ihrem Mund. Es waren drei beneidenswerte Exemplare;

eines erhob sich aus einem Nest hellroter Haare, eines war von hellen Härchen umgeben, und Davids stand aufrecht da wie eine junge Eiche. Der Stamm entsprang einem schwarzen Haarwurzelwerk. Zwischen den Beinen hingen die Beutel mit ihren wertvollen Füllungen. Wie weich sie aussahen, dachte sie, als sie die drei Doppelpacks betrachtete. Sie mussten sich wie Pfirsiche anfühlen, oder wie Samt, oder wie Creme.

Dazu kommen wir später, dachte sie. Für den Augenblick ging der Blick zurück zu den drei stolzen Gliedern. Jedes einzelne zuckte wegen der aufsteigenden Leidenschaft und ihrer Entschlossenheit. Alle drei Eicheln glänzten, und auf einer war die Tauperle zu sehen, die sich wie ein Diadem über dem Kopf ausbreitete. Ihre Reaktion bestand darin, die Zunge durch die vollen Lippen zu stecken, denn sie wollte so eine schöne Waffe unbedingt schmecken.

»Nimm einen in deinen Mund«, teilte Stephen ihr mit. Seine Hand strich langsam über ihren Kopf, als wäre sie ein kleines Kind oder ein Schoßhündchen. »Und einen in jede Hand.« Seine Stimme klang ein bisschen heiser.

Auch ohne Spiegel wusste Penny, dass ihre Augen glänzen mussten und ihr Gesicht vor Aufregung gerötet war. Ihre Augen öffneten sich weit, um jeden Penis besser betrachten zu können. Es war, als fänden drei Geburtstage gleichzeitig statt. Drei wunderschöne Schwänze, die sich aus Vorfreude streckten und auf ihre Lippen oder Finger warteten.

Es war eine Wahl, die sie nicht treffen wollte. Sie schloss die Augen. »Ich will das nicht entscheiden«, sagte sie atemlos. »Ich will auch niemanden beleidigen.«

»Das haben wir schnell geregelt«, rief Stephen. Das Linnentuch, das vorher eine Weinflasche verziert hatte, wurde ihr über die Augen gebunden. Es war kühl, ein wenig klamm und nicht unangenehm.

»Jetzt spielen wir Blindekuh«, sagte David lachend. »Wir gehen um dich herum, und wenn du die Hand ausstreckst, hast du dir den für deinen Mund ausgesucht, einverstanden?«

»Einverstanden«, erwiderte sie, froh, dass ihr die Entscheidung erspart blieb.

Mit dem Tuch vor den Augen war es völlig unmöglich, etwas zu erkennen. Sie zeigte auf den ersten, der vorbeiging. Ihr war es egal, wessen Glied sie ausgewählt hatte. Die Eichel saß wie ein gut schmeckender Champignon auf ihrer Zunge. Sie saugte daran, zog ihn voll in sich herein und nahm die Spur auf von der Krone über den Stamm zur Wurzel. Sie wollte mit einer Hand nach seinen Hoden greifen und mit der anderen Hand seinen Stamm umfassen, damit er nicht fliehen konnte.

Aber ihre Hände hatten andere Aufgaben. Sie wurden zu den übrigen beiden Ruten geführt, die sie sofort zu reiben begann. Sie drehte und drückte sie, erforschte sie mit ihren warmen Fingern. Die Spitzen waren feucht, und die Längen waren hart und vielversprechend.

Da kniete sie also, kniete vor ihnen, und wie die Göttin Kali, die sie auf indischen Bildern gesehen hatte, waren Mund und Hände gefüllt, aber mit viel angenehmeren Dämonen gefüllt als damals bei Kali.

Und doch war sie ein wenig enttäuscht. Der erste Penis kam schnell und wurde durch einen ersetzt, der in ihrer Hand pulsierte. Jetzt spürte sie ihn auf der Zunge.

»Genug«, rief sie, nachdem auch der zweite gekommen war, während ihr eigenes heißes Geschlecht auf eine Erleichterung wartete.

»Genug?« hörte sie Stephen rufen. »Das heißt, du musst mit einer Strafe rechnen. Solange kannst du das hier in die Hand nehmen.«

Ihr wurde die Augenbinde abgenommen, und sie konnte sehen, dass der Penis, den sie in der Hand hielt, zu David gehörte. Er griff in ihre Haare, während sie seinen steifen Penis in die Hände nahm und den feuchten Kopf küsste. War dieser bisher noch nicht in den Genuss ihrer Betreuung gekommen? Sie konnte nicht sicher sein, denn sie sah, dass auch Auberons Penis noch voll erigiert war.

In einem kurzen Moment von Panik fragte sie sich, ob Alistair noch zusah. Sekunden später kannte sie die Antwort. Sie sah ihn noch an seinem Platz auf dem Felsen sitzen. Glas und Flasche waren leer. Er sah aus, als hätte ihn das Gesehene fasziniert, aber er schien auch leicht verärgert zu sein, als hätte ihm jemand etwas gestohlen. Aber ihre Aufmerksamkeit wurde im nächsten Moment wieder abgelenkt.

»Ich bin bereit«, sagte David plötzlich und legte sich ausgestreckt auf den Boden. Penny betrachtete seinen muskulösen Körper, braun und mit schwarzen Haaren auf der Brust. Auch seine Gliedmaßen waren behaart, und um sein aufrecht stehendes Glied hatte sich ein dichter Haarwald gebildet. Sie sah auf seinen Penis, und der Schmerz der Leere zwischen ihren Schenkeln intensivierte sich. Labien und die feste Klitoris fühlten sich geschwollen und fast schmerzhaft an.

David war unwiderstehlich. Sie musste ihn haben. Und es gab immer noch die Aussicht auf einen Bonus – mit klopfendem Herzen fragte sie sich, ob dieses kleine Tableau schon ausreichen würde, um Alistair zu locken.

Sie grätschte über David und hielt sich über ihm, gerade mal einen Zentimeter über seinem aufragenden Schaft. Dann ließ sie sich auf seine starre Länge sinken.

Juchzende Laute drangen aus ihrer Kehle, als sie ihn in sich aufnahm. Sie konnte nichts anders und musste die Augen schließen.

Alistair wartete auf den rechten Augenblick. Er hatte den ganzen Nachmittag fasziniert zugeschaut, als Penny mit Bravour ausgeführt hatte, was für sie geplant worden war. Auch er war so naiv gewesen, dass er geglaubt hatte, Nadine wäre bei den Plänen nicht beteiligt gewesen. Er müsste es besser wissen: Nadine war immer beteiligt, man konnte sie nicht ausschließen, ganz egal, wo sie sich gerade aufhielt. Ob Penny das wusste? Ahnte sie, dass einige ihrer sexuellen Beziehungen in die Wege geleitet worden waren, um ihm einen Gefallen zu erweisen?

Natürlich konnte sie es nicht ahnen. Aber manchmal fing er einen Blick von ihr auf, und ihre Augen schienen Fragen stellen zu wollen. War ihr klar, dass ihre Freundin Ariadne sie empfohlen hatte? Und wusste sie, dass Nadine mit ihr spielte wie eine Konzertgeigerin mit ihrem Lieblingsinstrument?

Jetzt konnte er nicht länger warten. Er musste sie selbst fragen, auch wenn sein Penis unerträglich hart anschwellen würde, wenn er vor ihr stand und ihren nackten Körper aus der Nähe betrachtete. Aber er musste es wissen. Also wartete er, und dann folgte er ihr.

Es war später Nachmittag, und nach einem kurzen Sprung ins Wasser ging Penny hinter ein paar Felsen, die sie vor Blicken schützten, und erleichterte sich. Alistair musste lächeln. Sie konnte so widersprüchlich sein. In den letzten Stunden hatte sie sich den drei Männern gezeigt und ausgeliefert, aber als sie pinkeln musste, wollte sie ihre Intimsphäre wahren.

Er beobachtete sie, sah sie die Beine spreizen und in die Hocke gehen. Es war eine schöne, verführerische Position, als hätte sie sie eigens für ihn eingenommen. Auch wenn er in einiger Entfernung im Schutz anderer Felsen stand, konnte er die rosa Falten ihres Geschlechts sehen. Ja, was sie ihm unabsichtlich bot, war ein lüsternes Spektakel.

Obwohl er zuerst geplant hatte, sie in Ruhe pinkeln zu lassen, bevor er sich ihr zeigte, dachte er, dass die Überraschung oft für ehrliche Antworten sorgt,

»Miss Bennet, ich möchte Sie was fragen.«

Wie ein kleines Mädchen warf sie den Zopf auf die andere Seite, als sie Alistair über die Schulter ansah. Sie schien verdutzt zu sein, aber sie blieb stumm. Noch zischte es aus ihr, und der Sand unter ihr wurde feuchter. Auf Kommando konnte sie nicht aufhören, oder sie wollte es auch nicht.

Sie sagte nichts, aber weil sie in dieser Situation nicht wegrennen konnte, bedrängte er sie weiter.

»Zuerst möchte ich wissen, ob es Ihnen in Beaumont Place gefällt.«

Sein Blick war auf die festen Backen gerichtet und dann auf die gespreizten Schenkel.

»Ja«, sagte Penny nach einer kurzen Verlegenheitspause. Wie sollte er auch wissen, dass ihre Hand an der geschwollenen Klitoris gerade das letzte Zittern eines überraschenden Orgasmus auslöste? Ihre Hand machte weiter, aber ihre Konzentration war gestört.

»Sie haben keine Klagen?«, fragte er, während der Blick aus seinen hellblauen Augen auf ihren Rücken fiel und von dort auf die gerundeten Backen.

»Nein«, murmelte sie mit einem wissenden Lächeln und einem Blinzeln im Auge, während ihre Finger weiter tätig blieben.

»Gibt es irgendwas, was ich für Sie tun kann?«, fragte er und ging ein paar Schritte näher an sie heran. Die Heiserkeit seiner Stimme nahm zu, als er begriff, womit ihre Finger beschäftigt waren.

Penny lächelte. Dies, dachte sie ein wenig eigensüchtig, war ihre Chance.

»Ja, da gibt es was.«

Es war nicht nötig, dass sie ihm lange erklärte, was sie haben wollte. Obwohl sein Schaft gegen die Enge stieß, die ihn umgab, konnte er nicht widerstehen. Er musste sie anfassen, musste sie haben auf jede erdenkliche Art.

Seine Hand strich durch ihre Haare und über ihre Wange, als sie die Hand von der bebenden Klitoris zurückgezogen hatte. Er ließ seine Hand über ihre Brüste streicheln, und leise ekstatische Laute drangen über seine Lippen.

»Sie sind so schön, Penny. So begehrenswert.«

Sie schloss die Augen und hoffte, dass sie seine Hand auch auf dem Bauch spüren würde, ehe sie ihre Schamhaare streichelte, in ihre Spalte drang und die vorgewärmte Klitoris neckte und verwöhnte.

Als ob alle körperlichen Lüste und Erleichterungen miteinander verbunden wären, pinkelte sie weiter in den weichen gelben warmen Sand. Alistair rieb sie, dann zwickte er die Klitoris mit zwei Fingern, sodass der Kopf noch stärker hervorstand, umgeben von den Blütenblättern. Schließlich ließ er sie los, kitzelte sie noch mal und brachte ihr eine köstliche Erleichterung, die sich durch das Entleeren der Blase äußerte.

Sie stöhnte und schloss wieder die Augen. Impulsiv griff sie nach seinem Schoß. Aber ihre Hand fand nur leere Luft.

Gerade, als sie glaubte, ihn zu haben, war Alistair wieder zurückgewichen. Mit einem Stirnrunzeln schlug sie die Augen auf und erhob sich.

»Warum lassen Sie nicht zu, dass ich Sie berühre?«, fragte sie traurig. Sie hielt ihm ihre Brüste hin. »Sehen Sie, was Sie haben können, wenn Sie nur wollen? Gefallen Ihnen meine

Brüste nicht? Sind sie nicht schön? Männer und auch Frauen haben mir bestätigt, dass sie ihnen gefallen. Und schauen Sie sich meine Pussy an.« Sie hob ein Bein und stützte den Fuß auf einen hüfthohen Felsen. Sie ließ die Brüste sacken und benutzte ihre Finger, um die Lippen ihres Geschlechts zu öffnen. Rosa Falten ihres Fleischs wurden unter seinem starren Blick noch etwas dunkler. »Sehen Sie, wie nass Sie meine Pussy gemacht haben? Und doch vernachlässigen Sie sie. Warum ist das so? Sagen Sie es mir, bitte.«

Aber Alistair konnte nichts sagen. Er konnte nur hart schlucken, als er auf ihre schöne rote Rose schaute, die sie ihm so uneigennützig anbot. Wie schön die geschwollenen Labien waren, wie köstlich die pochende Klit.

Er musste seine ganze Willensanstrengung aufbringen und verschluckte den Schrei der Enttäuschung, der aus seinem Schlund herauswollte. Was konnte er sagen? Wie konnte er das erklären? Er konnte es nicht erklären, deshalb drehte er sich um und ging steif davon.

Sie starrte ihm nach. Heute Nacht, beschloss sie, würde sie sich trösten. Vor dem Essen würde Gregory sie baden und alle Wehwehchen laben. Heute Abend würde es ihr wieder gutgehen.

Zehntes Kapitel

Hinter dem Spiegel in Pennys Zimmer stand Nadine und schaute mit glitzernden Augen zu. Der Mund war nur ein dünner Strich. Auf der anderen Seite des Glases hob und senkte sich Gregorys Hintern in heftigem Tempo. Seine Hoden klatschten gegen Pennys hoch gereckten Po. Seine Backen spannten sich bei jedem Stoß an und entspannten sich auf dem Rückzug.

Wie schön sie sind, dachte Nadine, wie sie vom Öl glänzen, mit dem Penny sich und Gregory eingerieben hatte, und wie viel schöner sie erst wären, wenn ein paar rosa und purpurne Striemen kreuz und quer über ihr Fleisch liefen.

Normalerweise würde Nadine lächeln bei einem solchen Bild. Aber heute war kein guter Tag gewesen, und obwohl sie nicht daran zweifelte, dass Auberon und die Stalljungen ihre Anweisungen befolgt hatten, ärgerte es sie immer noch, dass sie nicht mit zur Küste hatte fahren können, um sich selbst davon zu überzeugen.

Es hatte sie geärgert, dass ihr Bruder ihr befohlen hatte, die verdammte Clarissa abzuholen, und obwohl er überzeugend vorgetragen hatte, warum es keine Alternative dazu gab, war sie misstrauisch gewesen. Sie hatte ihre eigene Selbstsicherheit hinterfragen müssen. Ob er ihr aus den Fingern glitt? Aber, tröstete sie sich, sie würde ihre Kontrolle wieder einsetzen, strenger als zuvor. Dominanz war unwiderstehlich. Wer sie einmal geschmeckt hatte, würde nie wieder von ihr lassen können. Der Einfluss der Domina bleibt. Wie das Wasser, das der Fluss ins Meer trägt. Heute war der Fluss nur kurz gestaut worden.

Normalerweise wäre die Szene, die sich jetzt auf der anderen Seite des Glases abspielte, unter ihrer Regie gelaufen, zum Entzücken ihres Bruders und zu ihrer eigenen Befriedigung. Aber jetzt ließen sich die beiden von der eigenen Hitze leiten; Gregory hatte Penny gebadet und massiert, und daraus hatte sich diese heiße Liebesszene entwickelt. Auf dem Bett frönten sie ihrer Lüsternheit; wild und voller Energie, deshalb fühlte sich Nadine vom Fenster angezogen, auch wenn sie ungehalten war, nicht dabei zu sein.

Nadine war nicht von Natur aus eine eifersüchtige Frau. Ihren Geschmack hielt sie für schlicht, und sie fand, dass ihre Forderungen einfach nachzuvollziehen waren. Aber damit waren die einfachen Dinge auch erschöpft. Sie verlangte, dass ihre Befehle sofort ausgeführt wurden. Sie hatten alle einen Sinn, und diesen Sinn legte sie fest.

Auch wenn der Anblick sie empörte, so konnte sie nicht verhindern, dass ihre Kehle ein wenig trockener wurde, wenn sie auf Gregorys phantastisches Gesäß starrte. Er pumpte voller Wucht in Pennys herrlich runden Po.

Nadine konnte sehen, dass Penny die Augen geschlossen hatte, während der Mund in ihrer Ekstase weit aufgerissen war. Ihre Brüste schwangen im Takt zu Gregorys Stößen. Sie lehnte sich auf ihre Ellenbogen, sodass ihre Nippel immer wieder vom rauen Gewebe der Bettdecke gerieben wurden. Die Nippel röteten sich und wurden härter und größer.

Nadine, die nackt im kleinen Turmzimmer auf der anderen Seite des Spiegels stand, konnte fast die Ekstase schmecken, die die beiden genossen. Selbst ihre unbehaarte Pussy schmerzte vor Verlangen.

Penny klammerte sich an seinen Händen fest. Gregory warf den Kopf zurück, den Mund weit geöffnet und die Augen geschlossen. Penny schüttelte ihre dunklen Haare. Beide gelangten in ihr sexuelles Nirwana.

Penny war unersättlich. Ihr Appetit hatte sich unglaublich gesteigert, seit sie auf Beaumont Place war. Sie war eine aufmerksame Schülerin und eine Schönheit dazu. Nicht wie Clarissa, dachte Nadine. Clarissa war zwar kein Mondgesicht, aber attraktiv war sie auch nicht. Sie war gewöhnlich und vielleicht ein bisschen langweilig. Was für ein hartes Wort, um jemanden zu beschreiben, dachte Nadine. Alles – hässlich, scheußlich, entsetzlich – war besser als langweilig.

Arme Clarissa. Dann lächelte Nadine. Clarissa spürte ein Sehnen in sich, und wenn es nach Nadine ging, würde sie bekommen, wonach sie sich sehnte, obwohl sie nicht sicher war, ob sie die Jungfrau war, für die sie sich ausgab.

Reggie, Clarissas Vater, hatte ihr einen besonderen Geburtstag versprochen und Nadine gebeten, dafür zu sorgen. Bisher hatte Clarissa eine Reihe von Enttäuschungen hinter sich, nachdem sie sich durch die Beziehungen gearbeitet hatte, die ihr Vater seit seinen Zeiten in der Armee gepflegt hatte. Nun gut, Nadine würde sich drum kümmern, oder besser gesagt: Sie würde dafür sorgen, dass Gregory sich um das Mädchen kümmerte. Mit geplanten Schelmereien im Kopf und Zufriedenheit im Herzen grinste Nadine vor sich hin.

Da sie zunehmend mit ihren eigenen Gedanken beschäftigt war, verlor Nadine das Interesse an der Szene in Pennys Zimmer. Sie drehte sich um und betrachtete die Kleidung, die sie für den Abend herausgelegt hatte. Eine hübsche Wahl, dachte sie, als sie die schwarze Seide des durchsichtigen Kaftans streichelte. Er würde hinter ihr den Boden fegen und nichts von ihrer Figur verdecken, denn darunter konnte man nichts tragen. Aber dann sagte sie sich, dass dies vielleicht doch nicht richtig war für den Abend, wie sie ihn sich vorstellte. Zu sanft und zu hübsch und zu sehr entblößend.

Aus dem Innern des dunklen Schranks in der Ecke des Zimmers holte sie ein viel strengeres Outfit, das zu ihren Lieblingen gehörte. Als sie es angezogen hatte, betrachtete sie sich im mannshohen Spiegel, der nichts anderes war als das – eben ein normaler Spiegel. Weiches Leder, das von Kopf bis Fuß an ihrem Körper klebte. Schwarz natürlich.

Der Kragen war nur ein schlichter Ring, beschlagen mit Metallspikes, in denen sich das Licht fing, wenn sie sich bewegte. Außerdem war der Kragen mit dünnen Lederriemchen mit dem Mieder verbunden, und im Mieder selbst gab es zwei Löcher, durch die ihre Nippel lugten.

»Ah, meine kleinen Hübschen«, gurrte sie, während sie jeden Nippel zwischen Daumen und Zeigefinger rieb, »seid doch nicht so schüchtern. Mummy möchte, dass ihr zum Spielen herauskommt.«

Gehorsam reagierten die Nippel und erhoben sich wie zwei rosa Knöpfe stolz aus dem schwarzen Leder. Nadine begutachtete den Rest der Kombination. Die Beine hatten Schlitze, die bis hoch zu den Hüften reichten. Eine Reihe von Nieten zog sich über ihre Hüften hin, und Silberketten liefen von den Schlitzen zu den Stiefeln, und natürlich waren die Absätze der Stiefel mit silbernen Nägeln beschlagen und mit passenden Sporen ausgerüstet.

»Sehr hübsch. In der Tat sehr hübsch«, quetschte Nadine gedehnt und befriedigt heraus, denn legte sie den Kopf nachdenklich auf eine Seite. »Vielleicht noch das i-Tüpfelchen«, sagte sie. Ihr natürliches Gespür fürs Dramatische verlangte das Außergewöhnliche. Aus einer Schublade ihres dunklen

Kleiderschranks nahm sie eine schwarze Augenklappe und eine Peitsche mit Silberknauf.

Mit der Wirkung war sie sehr zufrieden. Sie lächelte boshaft, legte beide Handflächen flach auf beide Seiten des Glases und lehnte sich vor, bis ihre eigene Reflektion nur noch eine Handbreit entfernt war.

»Oh, dunkle Herrin«, zischte sie leise gegen das Glas, und ihr Atem ließ das Glas beschlagen. »Nimm deinen Platz ein und lass die Puppen nach deiner Melodie tanzen.«

Gesättigt vom Sex und von Gregorys männlichem Geruch, der ihr in der Dusche leider zum Opfer fiel, zog Penny eine schlanke Hülle mit dünnen Trägern an. Sie liebte das Kleid, weil es etwas Jungfräuliches an sich hatte. Es war tief ausgeschnitten, hatte einen weiten Rock und reichte bis fast auf den Boden. Es schmiegte sich ihren Kurven an und versagte den sich hebenden Brüsten und den schön gerundeten Hüften nichts. Selbst die Form ihres Venushügels und ihres Bauchs wurden vom weichen blauen Stoff konturiert.

Als sie die Tür zu ihrem Zimmer öffnete, schaute sie über die Schulter zum Spiegel und lächelte. Ihr Po, erst vor kurzem von Gregory so kräftig durchgezogen, sah trotzig aus. Wie zwei Birnenhälften, dachte sie, die im Blaubeerensirup eingelegt sind. Dann schloss sie die Tür.

Beim Essen lernte sie Clarissa kennen.

Clarissa hatte die Haare kurz geschnitten, was nicht der jüngsten Mode entsprach. Ihr Gesicht war herzförmig, aber es war nicht mittig zentriert, und wenn sie lächelte, sah ihr Mund schief aus. Ein Auge schien auch noch eine Idee höher zu sitzen als das andere.

Abgesehen von den mandelförmigen braunen Augen gab

es sonst in diesem Gesicht nichts Bemerkenswertes. Clarissa war mittelgroß, sah bestenfalls mittelmäßig aus und war unglücklich gekleidet.

Wenn das, was sie trug, eine Abendgarderobe war, dann aber nicht für ein Mädchen ihres Alters. Die breiten Träger und der Gummizug um die Taille mochten eher zu einem Kleid für die übergewichtige Tante passen.

Sie tut mir leid, dachte Penny.

Clarissa wirkte nicht wie ein Mädchen auf der Schwelle zum Leben, eher wie ein kleiner Spatz, dem vorgegeben war, dass sich im nächsten Moment keiner mehr an ihn erinnern würde.

Je mehr Clarissa plauderte, desto mehr hatte Penny die Gelegenheit, die Reaktion der anderen Tischgäste auf Clarissa zu studieren. Was Clarissa von sich gab, stieß auf taube Ohren. Man hörte ihr nur noch aus Höflichkeit zu, aber es beteiligte sich keiner mehr an der Unterhaltung, und so war jeder mit seinen eigenen Gedanken beschäftigt.

Als Clarissa sich das Weinglas immer und immer wieder füllen ließ, wurden ihre Reden lockerer, und ihre Hemmungen schienen im warmen Bouquet der Chardonnay-Flasche ertränkt worden zu sein.

Nun, dachte Penny, unter diesem altmodischen Gefieder und dem Image von Papis kleinem Mädchen versteckte sich ein exotischer Vogel, reif zum Rupfen. Später am Abend fand sie heraus, dass Nadine auch über diese Möglichkeit nachdachte.

Es war nach dem Essen, als Penny Reggies heiße Hand von ihrer ebenso heißen Pussy geschoben hatte, dass Nadine mit einem strahlenden Lächeln Penny einlud, mit ihr und Clarissa die Männer allein zu lassen, »damit wir Mädchen uns in aller Ruhe unterhalten können«.

Das war eine Formulierung, die eigentlich nicht zu Nadine passte, dachte Penny, aber natürlich ging sie mit.

Als sie durch die schwere Tür gegangen waren, die den wirtschaftlichen Teil von Beaumont Place vom privaten trennte, reagierten Clarissa und auch Penny sprachlos ob der schieren Üppigkeit der mit Brokat behängten Flurwände. Offenbar kostbare Gemälde mit leuchtenden Farben in vergoldeten Rahmen erhöhten noch die glanzvolle Pracht.

Sie näherten sich Nadines Zimmer. Vergoldete Wandlichter, zu frivolen Schleifen gebunden, oder zu reifen Weizengarben zusammengefasst, warfen den Lichtschein auf schwere Spiegel und auf leuchtende Bronze.

Nadines sehr hohe Absätze versanken in den dicken blauen und roten Perserteppichen, und die Backen ihres nackten Pos schwenkten von links nach rechts. Sie ging vorweg, und Penny und Clarissa folgten ihr gespannt.

Nadine blieb vor einer dunklen Mahagonidoppeltür stehen, eine Hand auf der Hüfte. Ihr »heiles« Auge sah von Clarissa zu Penny und wieder zurück. Offenbar wollte sie damit eine besondere Wirkung erzielen, und das amüsierte Lächeln, das ihre Mundwinkel hob, schien eher Penny zu gelten als Clarissa.

»Ich habe ein Geschenk für dich, Clarissa«, sagte Nadine, und mit einem ungewöhnlich offenen Lächeln legte sie einen langen Arm um Clarissas fleischige Schultern.

»Für mich, Nadine?«, flüsterte das Mädchen, die Augen so hell wie die eines Kindes zu Weihnachten. Die Wangen glühten noch vom Wein. Je mehr Nadine sie an sich zog, desto mehr wich Clarissa zurück, und ihre Finger drückten sich in die eigenen Handballen, als verabscheute sie die Berührung von Nadines Lederkostüm.

»Für dich, mein Liebling Clarissa«, schnurrte Nadine und

kniff dem Mädchen sanft in die leuchtenden Wangen. »Aber zuerst musst du deine Kleider ausziehen.«

»Was?«

Clarissas Augen öffneten sich weit, und ihr Gesicht nahm eine dunklere Farbe an.

Penny hob fragend eine Augenbraue und wartete, um zu sehen, was Nadine vorhatte. Es hätte sie nicht überrascht, wenn sich Clarissa verabschiedet hätte. Aber das Mädchen blieb, und eine Idee von Sturheit ließ das Kinn kantig werden.

»Zieh deine Kleider aus, kleiner Spatz«, fuhr Nadine fort. Ihre Hände streichelten die Wangen, dann nahm sie das Kinn zwischen Finger und Daumen und schaute ihr in die Augen. »Ich werde dir helfen. Penny zieht sich auch aus.«

Nadine nickte Penny zu. Neugierig auf das Geschenk und auf das, was hinter der Doppeltür verborgen war – und wohl wissend, dass Nadine nicht öffnen würde, falls man ihr nicht gehorchte – ließ Penny das Seidenkleid raschelnd auf den dicken Teppich fallen.

Clarissa starrte sie offenen Mundes an. Fast ehrfürchtig sah sie auf Pennys cremige Brüste und auf den dunklen Wald der Schamhaare, der sich ihren Blicken bot.

»Komm schon, mein kleiner Spatz«, gurrte Nadine und begann, das weite, bauchige Kleid des Mädchens auszuziehen. »Hier sind wir Mädchen doch unter uns, nicht wahr?«

Clarissa konnte nicht antworten. Ihr Mund schien nicht in der Lage zu sein, sich zu schließen. Als Nadine sie aus dem weiten Kleid befreite, blieb Clarissas Blick auf Pennys glatte Haut gerichtet. Aber nur, bis ihr Kleid in einem Haufen zu ihren Füßen lag.

Jetzt war Penny erstaunt, und Nadine blickte amüsiert. Unter dem langweiligen Äußeren trug Clarissa den kleinsten roten Lederbikini mit einem schrittlosen Höschen, den Penny je gesehen hatte. Vorne wurden dunkelbraune gelockte Härchen entblößt, die durch die Öffnung drängten. Es sah so aus, als wäre die Füllung aus einem Kissen gebrochen.

Ihr BH war ähnlich überraschend. Er bestand aus Leder wie auch das Höschen, aber er war nicht geeignet, die Brüste zu halten. Er schmiegte sich nur an die Halbkugeln, und dunkelrote Nippel und große Aureolen starrten stolz nach vorn.

»Sieh mal einer an, Clarissa«, rief Nadine lachend. »Was für eine Überraschung du bist! Dabei bist du doch noch Jungfrau, heißt es!«

Clarissa errötete. »Ich weiß nicht, was mein Vater dir gesagt hat, aber ich habe nicht behauptet, dass ich noch eine bin.«

Zu Pennys Überraschung hatte Nadine entweder nicht zugehört, oder sie ignorierte sie. Jetzt war sie darauf konzentriert, dass alle drei durch die Doppeltür treten konnten.

»Künstliche Gegenstände können das echte Ding nie ersetzen, meine kleine Süße«, sagte Nadine. »Ich glaube, wir müssen das korrigieren. Penny, nimm ihre Hand, ich nehme die andere.«

Penny gehorchte. Nadine warf die Doppeltüren auf, aber es war Penny, die lauter keuchte als Clarissa. Im Zimmer stand Gregory ausgestreckt vor ihnen. Um seinen Hals trug er ein breites dickes Band mit Silbernieten bestückt. Vom Halsband hing eine Kette hinab; sie fiel bis auf den Boden und verschwand in einem halb geöffneten Schrank.

Gregorys Blicke trafen auf Pennys, bevor sie ihren nackten Körper verehrten. Sein Penis sprang erwartungsvoll hoch.

Scharfe Nägel gruben sich in Pennys Arm, und Nadine

murmelte flüsternd in ihr Ohr: »Diesmal, meine hübsche Pussy, bist du nur hier, um zu beobachten.«

Penny wandte ihren Blick von Gregory und sah in das kühle, blasse Gesicht, das ihrem so nahe war. Sie sah Triumph in diesen Augen. Sie sah auch so etwas wie Rache. Wieder sah sie zu Gregory. In seinem Gesicht sah sie keine Entschuldigung, dass er so spontan angesichts ihrer Nacktheit reagiert hatte. Wie Alistair schien auch er sich Nadine zu unterwerfen.

Auf ihrer anderen Seite stand Clarissa, die schwerer atmete als vorher. Gegen ihren Willen fühlte Penny ihr eigenes Geschlecht feucht werden. Ihre Blicke verfolgten die kleinen Bewegungen von Gregorys Stamm, der immer mehr wuchs, von der bewaldeten Wurzel bis zur glitschigen Eichel.

»Nur für dich, schöne Pussy«, hörte sie Nadine schnurren, während ihre kühlen Hände sich gegen Pennys Hals drückten. »Das ist nur für dich.«

Penny war so vertieft in den entspannten Körper Gregorys und so beruhigt von Nadines langen Fingern, dass sie kaum fühlte, wie sich der Kragen um ihren Hals legte, bis Nadine an der Leine zog, die am Halsband befestigt war. Jetzt stand sie flach gegen die Wand, und ihr blieb fast die Luft weg.

Nadine lehnte sich gegen sie und murmelte immer noch in ihr Ohr. Ihre langen Finger streichelten über das heiße Fleisch. Obwohl ihre Blicke vom glänzenden Körper auf dem dicken chinesischen Teppich angezogen wurden, konnte sie nicht verhindern, dass sie auf Nadines tröstende Hände und die forschenden Finger reagierte.

Dann verließ Nadine ihre Seite. Penny wollte ihr folgen, aber sie musste feststellen, dass ihre Hände so hart befestigt waren wie ihr Hals. Gregorys nackter Körper und Nadines

Finger hatten sie dermaßen abgelenkt, dass sie die Stahlklammern, die ihre Gelenke umgaben und an die Wand fesselten, gar nicht gespürt hatte. Jetzt war sie flach gegen die Wand gedrückt und konnte sich nicht bewegen.

Nadine wandte sich Clarissa zu.

Clarissa zitterte, aber das hatte vielleicht nichts mit Angst zu tun. Ihre großen Brüste zitterten wie Pudding gegen die unbehaglichen Einschnürungen des BHs, und der Honig ihrer Erregung erhöhte die Lust, die sie zwischen den Innenseiten ihrer Schenkel spürte.

»Nun«, sagte Nadine, während sie einen Arm um die Schultern des zitternden Mädchens legte, »Gregory ist zu deinem Vergnügen hier. Du kannst mit ihm anstellen, was du willst. Du allein entscheidest.«

Clarissa war sprachlos, und obwohl Nadine die Brüste des Mädchens koste – ihre Finger spreizten sich auf köstliche Weise von einer Brust zur anderen – waren Clarissas Augen auf den aufrechten Stamm Gregorys gerichtet, ebenso fasziniert wie eben noch Penny.

»Alles?«, fragte Clarissa, und dieses eine Wort zitterte genauso wie ihre Brüste.

»Alles«, murmelte Nadine.

Penny wollte ihr ein paar Vorschläge zurufen, aber ihre Kehle war wie ausgetrocknet, und außerdem ahnte sie, dass alles, was sie vorschlagen würde, nicht gerade Nadines Wohlgefallen fand.

Gregory warf Penny einen entschuldigenden Blick zu, bevor er auf das Ziehen an seiner Kette reagierte und sich auf die Füße erhob. Er stand vor Clarissa, nackt und verfügbar.

»Taste ihn ab«, sagte Nadine zu Clarissa und strich dem Mädchen durch die kurzen Haare. Als sie davon genug hatte, glitt sie über Clarissas Rücken und unter das rote Höschen mit den Lederstreifen.

Clarissas schielender Blick schien zu verschwinden. In ihrer Faszination sah sie wunderbar aus und entzückend. Zögernd streckte sie einen Arm aus und berührte die Härte seines glatten Brustkorbs.

Penny stellte sich die Wirkung dieser köstlichen Berührung auf Gregory und auf Clarissa vor. Ihre Hände verkrampften, als wäre sie es, die Gregory anfasste und nicht das kleine, leicht mollige Mädchen. Aber Penny wusste, dass Gregory sie genießen würde, und sie wusste, dass er in Nadines Netz nicht weniger gefangen war als sie alle.

Clarissas Augen leuchteten, und die schweren Brüste drängten gegen die wenigen Fetzen, die sie halten sollten. Sie strich nun mit der Hand über Gregorys harten Brustkorb, den engen Rippenbogen und den flachen Bauch. Die Hand hielt über den goldenen Locken inne, die den hüpfenden Penis wie einen Schutzschirm umgaben. Ihre Fingerspitzen kosten neckend die weichen Härchen, als wollten sie eine Entscheidung treffen. Plötzlich, als wäre die Entscheidung gerade gefallen, verschwanden die Finger in den krausen Haaren, bevor sie sich noch unsicher um den harten Schwanz legten.

Penny sah, wie seine Augen zuckten. Sein Mund öffnete sich weiter, damit er mehr Luft schöpfen konnte. Sein Bauch spannte sich, was man deutlich sehen konnte – ihr Bauch übrigens auch. Sie war nicht Clarissa, und doch war sie es. Jede Bewegung von Clarissa war auch ihre, jede Berührung gehörte ihr, als hätte sie ihn gerade berührt.

Penny wollte Clarissa mit ihren Gedanken zwingen, den nächsten Schritt zu gehen. Sie wollte seine Hand auf ihrer Brust spüren. Ihr Herzschlag beschleunigte sich, als sie sah, wie Gregory die Hand hob und einen von Clarissas Zwillingshügeln umfasste. Sie hörte Clarissa keuchen, und sie fühlte, was das Mädchen fühlte. Clarissa stöhnte auf, als er den Kopf beugte und sein Mund ihren Nippel einsaugte – und dieses Stöhnen hätte auch von ihr kommen können.

»Öffne deine Beine«, befahl Nadine. Clarissa gehorchte sofort, und Penny auch.

»Geh an ihr runter«, befahl sie nun Gregory und zog kräftig an der Kette, die an seinem Halsband befestigt war. Zur Überraschung von Nadine und Penny riss Clarissa die Kette an sich. Ihre Augen glänzten aufgeregt, und ihre bisherigen Aktionen waren alles andere als jungfräulich.

Gregory fiel fast auf seine Knie. Sein Mund reiste von Clarissas Brüsten über ihren Bauch. Mit den Händen knetete er ihre Pobacken.

»Runter zu ihrer Pussy«, ordnete Nadine an. Sie drückte seinen Kopf tiefer.

Sowohl Clarissa wie Penny spreizten ihre Beine, obwohl es Clarissa war, die ihren Kopf in den Nacken warf und ihre Ekstase auslebte, als seine Zunge zwischen die behaarten Falten ihrer Pussy drang und sich jetzt die Klitoris vornahm, damit sie aus dem Schlaf aufwachte.

Penny konnte jetzt nur zuschauen und warten. Eine unerträgliche Spannung lag in der Luft. Sie stöhnte protestierend, dass sie an dieser Szene nicht teilnehmen durfte und sie nur als Zuschauerin erlebte.

Nadines Wange rieb gegen ihre, dann berührten die Lippen kurz ihre gerötete Wange, aber ihre Stimme klang brutal.

»Du bist nur hier, um es zu bezeugen, meine hübsche Pussy«, sagte Nadine scharf. Sie lächelte zwar, aber das Lächeln schien ihr Gesicht aufzubrechen.

Nadine hakte Penny von der Wand los und befestigte eine dünne Kette an ihrem Halskragen. Sie zog Penny auf ihre Seite und befahl sie auf die Knie, während sie sich auf einen Stuhl fallen ließ. Obwohl Penny immer noch die Szene mit Gregory und Clarissa vor sich sah, war ihr auch bewusst, dass Nadine die Hand ausstreckte und die Lichter dämpfte.

Das Zimmer lag nun im Halbdunkel; nur ein einziger Lichtstrahl tauchte die Mitte in ein bernsteinfarbenes Licht, das den großen blonden Mann und das junge Mädchen mit den dunklen Haaren anstrahlte.

Auch wenn sie nicht wirklich allein waren, stattete die Tatsache, dass die Zuschauer sich jenseits des Lichtstrahls befanden, tief in den Schatten, das Paar mit Selbstvertrauen aus.

Clarissa und dann auch Penny hielten keuchend die Luft an, als Gregory aufstand und sich zu Clarissas Brüsten bückte. Er saugte zuerst an dem einen, dann am anderen Nippel.

Als sollte sie erinnert werden, dass sie keine Rolle spielte bei diesem Szenario, spürte sie ein kurzes Ziehen an der Kette. Ohne Worte teilte Nadine ihr mit, sie sollte ruhig sein, und Penny verstand auch warum. Nur der Laut einer einzigen Silbe konnte schon genügen, die fragile Erforschung zu zerstören, auf die beide Menschen zusteuerten.

Begleitet von heftigem Atem, schob Gregory eine gefügige Clarissa gegen den Plüschkomfort eines breiten, tiefen Sofas. Er spreizte ein Bein über den Sofarücken, während er das andere auf dem Boden beließ. Seine Hände strichen von den Brüsten bis hinunter zu ihrem schoßfreien Höschen. Es verbarg wirklich nichts, weder die Schamhaare noch die rosa Labien, die offen waren und feucht. Gregory reagierte sofort auf die Feuchtigkeit und kreiste mit den Fingern um Clarissas Klitoris, bevor er zurück zu ihrem klaffenden Eingang fand.

Penny wollte aufschreien, aber stattdessen atmete sie tief ein, beinahe so, als könnte sie den strengen Moschus riechen, der aus Clarissas willigem Körper drang. Sie wollte noch einmal aufschreien, als sie Gregorys Backen sah, die den pulsierenden Eingang verdeckten. Im Halbdunkel konnten ihre eigenen Finger in ihre Feuchtigkeit zwischen den Beinen durchdringen. Aber unsichtbare Hände, lang und kühl, schnitten ihr den Weg ab, packten ihre Gelenke und hielten sie fest.

»Nein«, flüsterte Nadine scharf.

So schaute Penny mit nassen Lippen und aufgerissenen Augen zu und wünschte, der ruckende Hintern hätte es auf ihre Pussy abgesehen, und dann wünschte sie noch, dass die stockenden Schreie, die den finalen Höhepunkt verkündeten, aus ihrer Kehle gekommen wären und nicht von dem gedrungenen Mädchen mit dem militärischen Haarschnitt und dem schiefen Lächeln ausgestoßen würden.

Das Paar lag schwitzend da; Gregory mit geschlossenen Augen, Clarissa mit ihren weit aufgerissen. Nicht einmal hatte Penny gesehen, dass Clarissa in Gregorys Gesicht geschaut hatte. Ihr Blick war ausschließlich auf seine Männlichkeit gerichtet, die zwar gerade erst im Einsatz gewesen war, sich jetzt aber schon wieder erhob.

Nadines Stimme echote in der Dunkelheit.

»Jetzt hast du deine Blume verloren, mein kleiner Spatz.« Sie stand auf und zerrte Penny mit sich. »Jetzt werde ich dir zeigen, auf welche andere Weise ein Mann dich nehmen kann.«

Gegenüber dem breiten Sofa stand ein tiefrotes Kniekissen. Im gedämpften Licht konnte man deutliche Wasserzeichen im schweren Taft erkennen, bevor Pennys heißes Fleisch die Kühle des Stoffs bemerkte.

Sie hielt die Luft an, als die Wärme ihrer Brüste von der seidigen Substanz unter ihr gekühlt wurde. Sie fühlte, wie ihre Hände auf den Rücken gefesselt und mit einer anderen Kette an den Halskragen gebunden wurden. Wie von selbst öffnete sie ihre Schenkel. Sie wollte, dass Gregory die Seite der undankbaren Clarissa verließ und seinen nach oben zeigenden Penis in ihre nasse Passage schlüpfte.

Entzücktes Murmeln fing sich in ihrer Kehle, und ihre Hüften kreisten um die Finger, die in ihrer Spalte rührten.

»Siehst du«, hörte sie Nadine in ihrer lang gezogenen Art schnurren, »siehst du, wie sehr du und der Mann sie erregt haben? Siehst du, wie nass ihre Pussy geworden ist, diese schöne Pussy, die unbedingt das will, was du schon gehabt hast?«

Penny hörte, wie Clarissa sich bewegte. Sie wünschte, es wäre Gregory, aber als sie das tiefe Atemholen hörte, ahnte sie, dass Clarissa auf Nadines Einladung reagierte, Pennys untere Regionen zu inspizieren.

»Wirst du ihr den Wunsch erfüllen?«, hörte sie Clarissa fragen, aufgeregt und fast ehrfürchtig.

Nadine antwortete nicht. Penny konnte sich ihr Lächeln vorstellen. Ihre Augen würden glänzen und ihre Zähne im breiten Mund weiß blitzen. Instinktiv wusste sie auch, dass Nadine den Kopf schütteln würde.

»Komm her, mein entzückender Engel«, hörte sie Nadine sagen.

Erregt vom Wissen, dass Gregory sich auf ihr herausgestrecktes Hinterteil zu bewegte, schloss Penny die Augen und hob ihren Po noch ein bisschen höher.

»Bereite sie vor«, hörte sie Nadine sagen. »Sie ist nass da unten«, fuhr sie fort und tunkte ihre Finger wieder in Pennys Geschlecht. »Verteile es vor allem hier, denn diese Stelle wirst du penetrieren.«

Nadines Fingernägel schmierten den runzligen Anus ein, und Penny wimmerte leise und wand sich auf dem roten Taft. Ihre Ketten klingelten wie helle Glöckchen.

Dickere Finger fuhren die Strecke ab, die Nadine eben bereist hatte. Gregorys Finger tunkten zuerst wie zur Probe, dann bohrten sie sich tiefer in ihr Portal.

Sie konnte sein Gesicht nicht sehen, war sich deshalb auch über seine Reaktionen nicht sicher, und doch wusste sie allein von seinem Atmen und von der Berührung seiner Finger, dass er erregt war und sehr willig, ihre heimliche Öffnung zu füllen.

Ihre eigene Flüssigkeit wurde zwischen die Backen geschmiert, gedrückt und gepresst. Sie klammerte ihre Muskeln um den eindringenden Finger, der die enge Passage weiten und befeuchten wollte. Dann, als er den Finger zurückzog, seufzte sie und miaute bedauernd.

»Nimm sie«, hörte sie Nadine sagen.

»Geh hart in sie rein«, sagte Clarissa mit einer Begeisterung, die Nadine bestimmt überraschen würde.

Die warme Eichel stieß zärtlich gegen die Öffnung, als wollt sie um Erlaubnis bitten.

»Ich sagte, du sollst sie nehmen!«, hörte sie Nadine schreien, und dann sirrte eine Peitsche durch die Luft, bevor sie auf Gregorys Hintern krachte.

Als die Peitsche landete, durchbrach er Pennys Schließmuskel und bahnte sich seinen Weg.

Penny schrie auf. Nadine lachte, und Clarissa hielt keuchend die Luft an.

Nadine hob wieder die Peitsche, das Gesicht eine boshafte Visage.

Clarissa rief plötzlich: »Lass mich das tun! Ich will ihn peitschen. Ich kann das wirklich gut!«

Penny hörte Nadine lachen und fühlte, wie Gregory sich spannte. Er bohrte seinen Schaft durch ihre Enge. Sein Schrei traf zusammen mit Pennys Schrei, aber Clarissa war noch nicht zufrieden.

Penny biss sich auf die Lippen, als Schlag auf Schlag den Rücken Gregorys traf. Sie schrie auf, als der Lederriemen absichtlich ihren Schenkel traf. Sie war froh, dass Gregory sich endlich in sie ergoss und noch einmal einen lauten Schrei direkt an ihrem Ohr ausstieß.

Penny wurde unter Gregory weggezogen, ehe das Licht die normale Helligkeit hergab.

Draußen auf dem Flur mit den dicken Teppichen und den prächtigen Gemälden schlang Nadine die Ketten fest um ihre Fäuste und zog sie dicht an sich heran. »Diesmal kein Orgasmus für dich, meine schöne Pussy. Nicht heute Abend. Aber warte nur. Das Hauptereignis wird etwas sein, was du nie vergessen wirst. Aber nicht heute Abend.«

Nadine erlaubte nicht, dass sie sich anzog, und das Zimmer, zu dem sie gebracht wurde, war zwar rund und offenbar auch im Turm, doch es war nicht ihr eigenes.

Es stand ein unwahrscheinlich großes Bett in diesem Zimmer; Fuß- und Kopfteil bestanden aus Gusseisen, und eingestreut waren mit Blattgold verzierte Blätter. Kissen aus demselben dunklen Stoff, der wie ein Baldachin von der Decke schwebte, lagen auf dem Bett verteilt.

Penny hatte keine Ahnung, was ihrer harrte. Das bleierne Gefühl in ihrem Bauch verstärkte sich. Nadine schob ihr einen Knebel in den Mund.

»Lege dich neben das Bett auf den Boden«, befahl Nadine.

Sie war neugierig, was sie erwartete, und hoffte, dass es etwas war, was die Leere in ihrem Schoß beendete.

Als sie auf dem Boden lag, fesselte Nadine ihre Fußgelenke.

»Beuge die Knie«, wurde ihr befohlen.

Penny gehorchte. Ihre Knöchel wurden nach hinten gedrückt. Eine lange Kette teilte die Backen, lief über den Rücken und wurde dann ebenfalls an ihrem Halskragen befestigt.

Als sie da lag, geknebelt und gefesselt, fiel Penny auf, dass die Gusseisenarbeiten an den Seiten des Betts wiederholt wurden. Zu ihrer Überraschung hob Nadine das Seitenteil an und sicherte es mit einem Haken am Kopfteil. Zuerst mit den Händen, dann mit der Stiefelspitze, schob sie Penny unter das Bett. Jetzt holte Nadine das Seitenteil zurück.

Es war ein schönes Bett, dachte Penny, aber nicht für sie. Ganz egal, wie künstlerisch wertvoll die Blätter waren, die das Gusseisen verzierten – für sie erfüllte das Bett den Zweck eines Käfigs.

Nadine lag auf allen vieren und lachte, als sie die Ornamente des Seitenteils bewunderte. Sie steckte einen Finger durch, rüttelte am Seitenteil und schnitt Fratzen, wie Leute das manchmal im Zoo taten. Penny fühlte sich wie ein Tier, das in die Falle gegangen war – nackt, gefesselt und stumm.

»Kein Sex für dich heute Abend, meine schöne Pussy«, sagte Nadine lachend. »Von deinem kleinen Käfig aus wirst du Gregory, unseren schönen Engel, stöhnen hören, wenn er seine Rute in Clarissas Pussy steckt. Du wirst sie in Ekstase schreien hören, wenn seine Hände ihre Brüste streicheln, und wenn er mit ihr wiederholt, was er eben erst bei dir ausgeführt hat. Ist das nicht das Beste, was dir je passiert ist? Wirst du es nicht genießen und großartig finden?«

Penny riss weit die Augen auf und murmelte irgendwas.

Nadine lachte nur. »Arme kleine Pussy«, sagte sie dann

und steckte eine Hand durch das Gusseisen. Ihre Finger griffen sich einen Büschel Schamhaare, die so stolz auf ihrem Venusberg wucherten.

»Ich werde an dich denken, wie du hier liegst, sorgfältig verschnürt, und mit den Ohren verfolgst, was sie alles treiben, was sie sagen. Und du kannst nichts dagegen unternehmen. Wie süß für mich, und wie unglücklich für dich.«

Nadine trat gegen das Seitenteil und lachte wieder, bevor sie das Zimmer verließ.

Wie lange es dauerte, bis die Tür wieder geöffnet wurde, konnte Penny nicht einmal annähernd schätzen. Ein schwaches Licht wurde eingeschaltet. Clarissas Stimme war leicht zu erkennen, während die Stimme von Gregory unklarer schien. Aber war seine Stimme nicht so süß, dass Penny sie mit dunklem Brandy verglichen hatte?

Warme Worte und nasse Küsse gingen der Besteigung der Matratzen voraus, und dann vereinigten sich die Körper direkt über Penny. Sie stellte sich alles vor, was sie taten, und sie brannte vor Eifersucht. Aber zu ihrem Erstaunen schrie Clarissa nicht auf, als Gregory in sie eindrang.

Als sie fertig waren, hörte Penny sie miteinander sprechen.

»Du hast dich nicht verraten?«, fragte die Männerstimme.

»Natürlich nicht, mein Liebling.«

»Hat es dir Spaß gemacht, Gregory auszupeitschen?«

»Es war gut, aber nicht so gut wie mit dir. Aber ich muss zugeben, es war eine Wonne zu sehen, wie Gregory Pennys Backen mit seinem Ding teilte. Nadine hat sie ziemlich fest im Griff gehabt, während er es Penny besorgte. Mich erinnerte das an das Festhalten einer Stute, bevor der Hengst eingreift. Das hat mir gut gefallen.«

Überrascht erkannte Penny plötzlich, dass der Mann bei

Clarissa gar nicht Gregory war. Sie hielt die Luft an und lauschte weiter. Die Stimme kam ihr bekannt vor, aber die Matratze dämpfte sie, deshalb konnte sie nicht sicher sein.

Ihr Atem normalisierte sich, und das Pärchen im Bett schlief ein.

Dreimal wurde sie in der Nacht geweckt, denn das Paar schien für eine Sex-Olympiade zu üben. Die Bettfedern gingen auf und ab, und manchmal fürchtete Penny um ihren Kopf. Zu den quietschenden Federn kamen das Schwirren der Peitsche und die Schreie eines gefesselten, gequälten Mannes.

Es war ein seltsames Gefühl, aus der Nähe Zeugin dieser Akte zu werden, fast so, als wäre sie selbst Teil der heimlichen Taten. Es war ein langer Tag gewesen, die Nacht hingegen schien viel zu kurz; kein Wunder bei den wiederkehrenden Aktionen.

Clarissa und der Mann standen schon in der Dämmerung auf. Sie sprachen darüber, auf nassen Wiesen herumzutollen, und er würde sich von ihr den Hintern versohlen lassen. Sie versprach ihm, seine Backen mit frisch gepflückten Brennnesseln zu bearbeiten.

Als sie gegangen waren, kam Nadine und befreite Penny.

Mit schmerzenden Gliedern und einem verringerten Verlangen im Schoß schlurfte Penny zurück zu ihrem eigenen Bett, um den Rest der Nacht auszukosten. Sie schlief ein, und obwohl das Ziehen in ihrer Pussy sie daran erinnerte, dass sie immer noch kein Dessert erhalten hatte. Sie bog die Fingernägel in die Handballen und überlegte die ganze Zeit, welchen Mann sie in der Nacht gehört hatte.

Gregory oder Alistair.

Nein. Einer Sache war sie sicher: Der Mann im Bett mit Clarissa war weder Gregory noch Alistair gewesen.

Elftes Kapitel

Bei schlechtem Wetter standen drei Hallen zur Verfügung, und draußen gab es drei weitere Freiluftarenen. In den Hallen bestand der Boden aus Rinden und Holzspänen. Draußen konnten die Pferde über das schillernd grüne Gras springen. Die Außenplätze wurden von hohen Pappeln eingefasst, deren Blätter in der warmen Brise raschelten. Auf einem dieser Plätze übte Penny an diesem Morgen.

Konstantes Training und nicht nachlassende Konzentration bescherten Penny fehlerfreie Umläufe – sowohl mit dem Braunen wie mit dem Grauen. Penny war zufrieden mit ihrer Leistung. Ihr Körper hatte sich abgekühlt, denn Nadine hatte vorgeschlagen, dass sie ihr Baumwolltop auszog und die Hindernisse mit nacktem Oberkörper zu nehmen.

Die Vorstellung hatte sie amüsiert. Die kühle Luft hatte ihren schwitzenden Körper wunderbar temperiert. Darüber hinaus hatte das ständige Klatschen der nackten Brüste gegen den Brustkorb ihr Timing verbessert. Nadine beherrschte ihren Job und wusste, wie sie das Beste aus ihren Schülern herausholen konnte.

Später blieb Penny zusammen mit Gregory in der Kühle der Ställe zurück. In der Abwesenheit eines Stalljungen hatte Gregory das Zaumzeug des Braunen abgenommen.

Ihr Kopf reichte ihm bis zur Schulter, als sie neben ihm stand. Der männliche Geruch seines verschwitzten Körpers stieg ihr in die Nase, als er die Arme hob, um den Sattel vom Rücken des Pferdes zu nehmen.

Seine Muskeln waren unter seinem schwarzen T-Shirt deutlich zu erkennen. Behutsam, als müsste sie befürchten, dass sie vor ihren Augen zu schmelzen begannen, strich sie mit den Fingerspitzen über die harten Beulen, die wie gegossen aussahen. Dabei glitt ihre Zunge über die leicht geöffneten Lippen. Sie ging näher an ihn heran und sah, wie seine Halsmuskeln sich anspannten; eine Reaktion auf ihren warmen Atem.

»Du bist unverbesserlich«, sagte er zu ihr und hob seinen Blick zum Himmel, als suchte er Hilfe, um dieser Verlockung zu widerstehen. Aber es gab nichts, was ihn vor dem Fall bewahren konnte, und wenn doch, hätte sie ihn aufgefangen.

»Ich hab's nötig«, flüsterte sie außer Atem gegen sein Ohr.

»Was hast du nötig?«, murmelte er in ihre Haare.

»Dich«, sagte sie. Ihre Hand glitt zwischen ihre beiden Körper, bis sie auf dem zuckenden Hügel lag, der sich gegen ihre verwaschene Jeans presste.

Er stöhnte, als hätte er Schmerzen, und sein Atem rauschte aus ihm heraus, bevor er sich bückte und sie küsste. Seine Lippen schmeckten ein bisschen salzig. Seine Zunge war fest und nass, als sie in ihren Mund drang und gegen ihre eigene Zunge stieß.

Seine Männlichkeit war hart, und der männliche Geruch war eine seltsame Mischung aus Salz, einer Süße und dem erdigen Aroma eines fruchtbaren Ackers, dazu noch der Geruch weichen Leders und einer animalischen Lust.

Gemeinsam und Hand in Hand verließen sie den Stall und gingen zum Heustall, in dem zu diesem Zeitpunkt niemand anzutreffen war. Unter ihren Füßen raschelte das gelbe Stroh.

Im ersten Augenblick verspannte sich Penny und blickte zurück über ihre Schulter.

»Nadine ist ausgegangen«, sagte Gregory, obwohl es ihm nicht leicht fiel, seine Küsse zu unterbrechen und für einen Moment nicht mehr mit ihren Nippeln zu spielen. Aber er kannte natürlich den Grund für ihr plötzliches Zaudern. »Als du deine letzte Runde beendet hast, ist sie in die Stadt gefahren. Sie muss irgendwelche Vereinbarungen treffen, hat sie jedenfalls ihrem Bruder gesagt. Es hat etwas mit einem Typen namens Dominic zu tun.«

Penny seufzte und schob ihre Hüften vor. »Bei ihr kann man nie sicher sein. Sie taucht immer dann auf, wenn du sie am wenigsten erwartest.«

Gregory grinste und zerzauste ihr mit einer Hand die Haare. Er nickte stumm, ein jungenhaftes Verstehen. »Oben auf dem Heustall sind wir bestimmt sicher«, murmelte er ihr ins Ohr.

»Das ist nicht erforderlich, falls Nadine nicht da ist.«

Seine Hände fingen ihre ab, die an seinem Körper weiter nach unten greifen wollten. Ihr fiel ein, dass sie ihm von Clarissa erzählen sollte, von ihrem Geliebten und von sich selbst, wie sie unter Clarissas Bett hatte ausharren müssen. Aber dann küsste er sie, und in der warmen Hingabe verdrängte sie die Geschichte. Sie konnte sie später erzählen.

»Wechsel der Aussicht.« Er lächelte, als er das sagte.

»Ja, gut, wenn du willst.« Sie ging voraus und stöhnte lustvoll, als seine Hände ihre Backen packten. Es war aber auch zu verführerisch, als sie die Leiter zum Heustall hinaufstieg.

Sie zogen sich gegenseitig aus. Stumm betrachteten sie jeden Zentimeter des fremden Körpers, mit dem sie sich bald vereinigen würden. Es sah so aus, als wollte er sich ihre Brüste für die Ewigkeit einprägen, ebenso ihren Bauch und die kräftigen Schenkel, die daunenweichen Schamhaare zwischen den Beinen. Sie konnte sich an seinen hellen Haaren nicht satt sehen, sie liebte seine braunen Augen, das starke Kinn und den muskulösen Nacken. Um seinen Nabel sah sie seine Bauchmuskeln zucken, und als sie tiefer schaute, sah sie auch den zuckenden Muskel, der sich aus dem hellen Nest aus goldenen Haaren erhob.

Darunter hingen seine Hoden wie zwei reife Pfirsiche. Sein Penis richtete sich in verworfener Schönheit auf, golden und fest wie alles an ihm.

Sein Blick musterte ihren Körper, aber dann konzentrierte er sich auf das schwarze Karo ihrer Schamhaare. Ihre Labien zuckten. Sie bewegte ihre Beine kaum merklich, und ihre inneren Blütenblätter und die harte Knospe ihrer Klitoris lugten durch die glitzernden Härchen.

Er langte nach dem schwarzen Band, das ihre Haare hielt, und löste es. Wie eine dunkle Wolke ergossen sich die Haare über Schultern, Rücken und Brüste. Dann legte er Penny hin, und ihre Haare bildeten einen starken Kontrast zum goldenen Stroh. Die Halme kratzten ihren Rücken, aber dieses Ungemach wurde kompensiert durch den Druck seines Brustkorbs auf ihrem. Ihre Brüste wurden von seinem Gewicht und seiner Leidenschaft flach gepresst.

Sie schnüffelte an seinem Hals und Nacken, labte sich an seiner Männlichkeit und glitt mit den Händen über seinen Rücken, bis ihre Fingernägel in die köstliche Härte seiner Backen graben konnten. Sie spannten sich an, als wollte er mehr Kraft in seinen Penis pumpen.

Er nuckelte an ihren Brüsten. Mund und Zunge zogen quälende Linien um die roten Nippel und das sie umgebende zitternde Fleisch. Sein Mund glitt weiter; die Zunge schleckte kurz in den Nabel. Als die Zähne an ihren Schamhaaren knabberten, stöhnte Penny und schloss die Augen. Sie hob die Hüften an und öffnete die Beine, um seiner Zunge mehr Platz zu bieten, die hinein in ihr schmerzendes Tal stieß.

Während sie den Rücken krümmte, hob sie die Hüften noch etwas mehr an. Seine Hände tauchten unter ihre Backen, klemmten sie fest und er stieß den Mund gegen ihr Geschlecht. Sie stöhnte auf, als seine Zähne an ihrem Hügel zu nagen begannen. Er knabberte an ihren äußeren Labien, bevor seine Zunge wieder gegen ihre Knospe strich. Im nächsten Moment setzte er sie wie einen kleinen Penis ein.

Als hätte sie Angst, in ihrem eigenen Verlangen zu ertrinken, wanden sich ihre Hüften in seinen Händen. Sie war sicher, dass seine Aktionen sie zum Orgasmus bringen würden. Er fasste sie fester an, und seine Daumen gruben sich in ihre Hüftknochen. Er hob sie hoch, als hätte sie überhaupt kein Gewicht, und brachte sie auf Hände und Knie.

Lippen und Zunge, so heiß wie zuvor, glitten jetzt ihr Rückgrat hinunter, bis sie die Kerbe zwischen den Backen erreicht hatten. Seine Zähne bissen verspielt in die Backen. Das Fleisch zitterte. Die Zähne hinterließen kleine rosa Kreise auf der cremigen Haut. Stöhnend bettelte sie ihn an, ihr mehr zu geben.

Er biss fester zu, und im Schmerz seiner Bisse erlebte sie ein köstliches Entzücken. Die Zunge übernahm die Stellen der Zähne, sie leckte, als wollte sie die Schmerzen lindern. Seine Hände zogen die Backen auseinander, und seine agile Zunge reiste der Kerbe nach.

Voller Überraschung miaute sie, als die Zunge den runzligen Ring ihres Anus zu penetrieren versuchte. Sie schwenkte den Po genüsslich hin und her. Sein Finger übernahm die

Arbeit der Zunge; er presste nach innen und überwand die ursprüngliche Barriere, dann zog er sich zurück und kam mit der nassen Zunge wieder. Er spielte abwechselnd mit den beiden Öffnungen, drang in die Falten ihrer inneren Labien ein und spürte Penny zittern, und die lustvollen Laute umfassten jetzt mehrere Oktaven.

Endlich legte er sich wieder auf sie, und sie stieß einen Seufzer der Erlösung aus, als wäre sie aus großer Not gerettet worden. Ihre Sinne machten sie schwindlig, Spätfolgen der Erregung, die seine Zunge ausgelöst hatte. Dann gurrte sie voller Dankbarkeit, als er in ihre nasse Höhle stieß.

Warm und weich klatschten seine Bälle gegen ihr zartes Fleisch. Penny schloss die Augen und stöhnte ihre Anerkennung hinaus. Ihre Brüste schwangen im Takt seines Stoßens auf und ab, und jeder Stoß verschlug ihr den Atem. Sie schnurrte vor Wonne, als seine Hände mit ihren Brüsten spielten; sie umfassten sie, und Daumen und Zeigefinger zwirbelten die Nippel.

Teils als Signal, um ihm ihre Wünsche mitzuteilen, und teils, weil sie nach ihrem Höhepunkt lechzte, glitt ihre Hand hinunter zum Bauch und von dort zwischen ihre Beine. Ihre Finger streichelten ein Geschlecht, das nass war, schmerzhaft offen und voller Sehnsucht.

Seine Hand legte sich auf ihre. Während er fortfuhr, sie durchzuziehen, verbanden sich ihre Finger, die in die glitschige Nässe ihrer Pussy glitten. Ihre Pussy war voll von Fingern, gefüllt von seinem Schaft. Sie hatte keine Möglichkeit, der Intensität der Gefühle auszuweichen. Sie ließ ein donnerndes Crescendo hören, als der Orgasmus sie überfiel; er versaute ihnen beiden die Hände, außerdem spannte er die Muskeln in ihrer Kehle an.

Die goldenen Schamhaare verfingen sich in ihren. Sie

fühlte, wie er zitterte, dann spürte sie, wie ihre eigene Flüssigkeit in die Härchen rann. Wie ein Bach lief ein Gemisch aus Samen und Sekret über ihre Innenschenkel.

Sie brachen in den letzten Kämpfen des hechelnden Atmens und zitternden Orgasmus zusammen; jetzt waren es nur noch die Bewegungen der Pferde, die die Stille störten.

Sie lag mit dem Rücken zu ihm und rollte sich in die einladende Kurve seines Körpers, das Rückgrat an seinem Brustkorb, ihr Po an seinem jetzt schlaffen Glied. Seine Arme umklammerten sie. Sie waren beide komplett erschöpft. Aber sie redeten.

Er erzählte ihr von der Nacht davor. Clarissa hatte Nadine gegenüber so getan, als könnte sie nicht erwarten, Gregory im Bett zu haben, aber dann hatte sie ihn ausgesperrt und ihm gesagt, sie würde Nadine nichts davon sagen, wenn er sie auch nicht verriet. Er hatte nichts gesagt.

Nachdenklich fuhr Penny mit einer Hand über seinen Rücken und verfolgte die Striemen, die von Clarissas heftigem Auspeitschen herrührten. Er zuckte zusammen.

»Sie hat noch ein paar zusätzliche Hiebe ausgeteilt, als du gegangen warst.«

»Und das hast du zugelassen?«

Er lächelte. »Diese Extraschläge hatten eine unübersehbare Wirkung, die dir bestimmt gefallen hätte. Eine sehr beeindruckende Erektion.« Dann seufzte er. »Der Nachteil war, dass Clarissa nicht beeindruckt schien. Ich dachte, sie wollte mich in diesem Zustand zurücklassen, und das wollte sie tatsächlich. Dann aber änderte sie ihre Absicht. Ich musste schwören, nie etwas zu sagen. Nur für diesen Fall würde sie mir einen blasen.«

»Und dann?«

Er grinste. »Sie hat es gut gemacht.«

»Dann muss ich dir jetzt auch erzählen, wo ich die Nacht verbracht habe, und wer bei Clarissa war.«

Er hob die Augenbrauen und sah verdutzt drein. Diese Reaktion gefiel ihr. Es war gut, Geheimnisse abzuladen, die sie eh nicht hatte wissen wollen. Also erzählte sie ihm, was sie in der Nacht erlebt hatte.

»Und wer war bei Clarissa?«, fragte er.

Als sie es ihm gerade sagen wollte, raschelte Stroh, und unter ihnen hörten sie Stimmen.

»Was war das?«, wisperte sie.

»Was?«

Sie stieß ihn an, und er gehorchte und blieb still.

»Hast du dich wirklich entschieden?«, fragte eine klar erkennbare Männerstimme.

»Ja. Eindeutig. Ich schätze mal, dass Daddy nicht allzu erfreut sein wird, aber es ist schließlich mein Körper, und deshalb werde ich die Entscheidung treffen.«

Die Frauenstimme war Clarissas.

Gregory und Penny rutschten auf den Knien zum Rand des Heustalls. Von dort konnten sie alles sehen, was unten in der Scheune geschah, ohne selbst gesehen zu werden.

»Dein Vater wird nicht erbaut sein«, stellte Auberon fest.

Clarissa lachte kurz auf. »Wen kratzt das schon? Ich weiß, was ich will. Und du weißt es jetzt auch.«

»Er kennt dich nicht gut, was?«

»Nein«, bestätigte Clarissa. »Aber du kennst mich gut, mein Liebling. Und jetzt beweise mir, dass dir wirklich was an mir liegt, gehe auf die Knie und küsse mich.«

In selbstverständlicher Unterwerfung gehorchte er; er hob ihren Rock und küsste sie durch die Lederstreifen des Höschens.

»Jetzt will ich dir das hier anlegen.«

Weder Penny noch Gregory hatten schon mal einen solchen Harnisch für den Penis gesehen. Schweigend schauten sie zu, wie Clarissa die Apparatur um Glied und Hodensack schnallte, nachdem Auberon seine Hose hatte fallen lassen.

Als sie das Gerät befestigt hatte, gab sich Clarissa hoch entzückt. Sie führte ihn am Harnisch auf den Knien durch die Scheune, und als er auf ihren Befehl nicht schnell genug seinen Pulli ausgezogen hatte, zog sie ihm einen Hieb mit der Peitsche über.

Penny schob sich einen Finger in den Mund. Die Szene da unten erregte sie, und auch Gregory, der neben ihr hockte, reagierte auf die Bilder, die das Pärchen ihnen bot.

Als Clarissa ihren Partner fest gegen die Wand drückte – immer noch auf den Knien –, hatten Gregorys Finger schon begonnen, Pennys Körper neu zu erforschen.

Auberons Kopf wurde von Clarissas Hüfte fest gegen die Wand gedrückt. Penny und Gregory konnten das Schlürfen seiner Zunge hören, mit der Clarissa zu gefallen wusste. Sie revanchierte sich, indem sie wie verrückt an dem Lederstück rieb, das über seinen Schaft gestülpt war.

Da sie Auberon und seine Vorlieben kannten, fiel es ihnen nicht schwer, sich vorzustellen, welche Ekstase er in diesen Momenten erlebte.

Gregory und Penny erlebten ihre eigene Ekstase.

Penny positionierte sich über ihrem schönen Engel auf allen vieren. Ihre Lippen saugten hungrig an seinem Kolben, während ihre Pussy in köstlicher Nässe über ihm hing. Während ihre Lippen auf und ab glitten, neckte er sie mit Fingern, Daumen und Mund. Er kaute auf ihrer Klitoris, öffnete die samtenen Falten und tauchte in ihre Vulva.

Im Takt mit den ausgedehnten Hüften, die gegen Auberons Mund pressten, wischte Pennys Zunge von der Spitze über den prächtigen Stamm. Die Zungenspitze fuhr an den blauen Adern entlang und nahm dann die geschwollene Eichel so tief wie möglich in den Mund.

Seine Zunge war wieder in ihr, seine Lippen bedeckten ihre samtenen Rüschen, die sich um das Herz ihres Geschlechts rankten. Gregorys Finger spreizten die äußeren Lippen, dann strichen sie die schwarzen Löckchen glatt, die den Sitz ihrer Leidenschaft krönten.

Gregorys Zunge hörte nicht auf, sie zu entzücken. Hinzu kam, dass Visionen dessen, was sie gerade gesehen hatte, ihre eigene Geilheit anstachelten. Sie floss wie glühende Lava durch sie, und als er mit dem Daumen rhythmisch gegen ihre Klitoris stieß, löste er ihren bebenden Orgasmus aus.

Penny öffnete die Kehle und nahm Gregory noch tiefer in sich auf, bis die heiße Flüssigkeit rasch hintereinander herausssprudelte. Wieder erschöpft, lauschten sie der Unterhaltung, die eine Etage tiefer stattfand.

»Und jetzt bist du bereit zu gehen?«, hörten sie Auberon fragen.

»Ja, mein Liebling«, antwortete Clarissa.

»Dann sollten wir uns auf den Weg machen.«

Sie lagen ungestört in ihrem Versteck und labten sich seufzend an den letzten heißen Gefühlen, die sie mit geschlossenen Augen erlebten.

Penny rollte sich auf den Bauch, das Stroh hart aber warm unter Bauch und Brüsten. Sie legte den Kopf auf ihre gefalteten Arme.

»Ich glaube nicht, dass dies ein gutes Ende nimmt.«

Gregory strich mit einer Hand über ihren Rücken. »Ganz und gar nicht. Sir Reggie wird es gar nicht gefallen, dass sie einfach so abhaut, und Nadine wird wütend sein.«

Penny lutschte auf einem Strohhalm herum und schwenkte

die Hüften gegen die Wärme seiner Hand. Gestern Abend hatte Nadine ihr den Sex verwehrt, und sie hatte auch geglaubt, dass sie sich eine schlimme Folter für Penny ausgedacht hatte. Wenn sie erfuhr, dass ihr Plan von Sir Reggies Tochter sabotiert worden war, würde sie noch wütender sein.

Penny musste lachen. »Nadine wird mich für ein verdorbenes Mädchen halten und dich für einen bösen Jungen.«

»Du weißt, was mit verdorbenen Mädchen geschieht«, sagte er schelmisch, bevor er sich über sie rollte und dann über einen Strohballen drückte. Er verabreichte ihr ein paar Schläge mit der flachen Hand auf den Po. Sie quietschte, strampelte mit Füßen und Beinen, aber sie kam nicht frei. Ihr Po fühlte sich an, als stünde er in Flammen.

Sie war überzeugt davon, dass ein solches Verhalten nur seine Zuneigung verriet, und so wand sie sich lustvoll gegen seine Griffe. Ihre Brüste rieben bei jedem Schlag über das Stroh. Zuerst nahm er sich die eine Backe vor, dann die andere.

Die brennende Haut quälte ihre erogenen Zonen. »Hör auf, hör auf!«, rief sie, obwohl sie eigentlich das Gegenteil rufen wollte. »Ich habe genug.«

»Wer sagt das?« Gregory hielt seine Hand hoch, direkt über ihrem Po, und wartete auf ihre Antwort.

»Ich sage das!«, keuchte sie und schwenkte den Po.

»Da bin ich anderer Meinung. Noch drei. Einverstanden?«

»Ja«, sagte sie mit einem gespielten Jammern. Drei weitere Schläge ließen ihr Fleisch glühen und röteten die cremefarbene Haut. Noch nie war sie so gezüchtet worden, dass sie ihre Scham genoss, dass sie genoss, das Gegenteil einer starken, dominanten Frau zu sein, wie es von der Gesellschaft erwartet wurde. Sie war immer diejenige gewesen, die gewinnen wollte. Sie wollte oben sein. Wann sich dieser Wechsel vollzogen hatte, konnte sie nicht sagen, aber sie hatte das Gefühl, dass nichts mehr so sein würde wie vorher.

Zum ersten Mal seit ein paar Tagen dachte Penny an die Wette, an den Hengst und an Alistair. Die Wichtigkeit der geplanten Verführung hatte nachgelassen, auch wenn sie insgeheim wusste, dass Beaumont Place eine ultimative Rolle in ihrem Leben spielen würde.

Jetzt ging es nicht mehr nur darum, die Wette zu gewinnen. Viel eher wollte sie herausfinden, wie sehr er sie begehrte und warum er sich weigerte, sie zu nehmen. Es musste was mit Nadine zu tun haben.

Zwölftes Kapitel

Weder Nadine noch Alistair waren glücklich darüber, dass Clarissa und Auberon sich aus dem Staub gemacht hatten, aber sie schienen es zu akzeptieren. Bis Penny mit der Tatsache herausplatzte, dass sie schon seit der Nacht, in der Nadine sie gefesselt, geknebelt und unters Bett geschoben hatte, Bescheid wusste, weil sie das Paar im Bett gehört hatte. Nadines Gesicht wurde starr vor Wut, als sie das hörte. Alistair befand sich auf einer Geschäftsreise, deshalb würde er es erst später erfahren.

»Das wird ihn nicht erfreuen«, fauchte Nadine und machte ihrem Ärger Luft, indem sie Pennys Po mit der Peitsche traktierte. Sie war eine Notlösung, denn Auberons Hintern stand nicht mehr zur Verfügung.

Penny hütete sich vor Protesten, und außerdem waren ihre Handgelenke schon gefesselt. Später genoss sie eine süße Kompensation, wenn sie in Nadines Armen lag und vor Entzücken zitterte, wenn die große Frau mit ihren langen Fingern Pennys brennendes Fleisch berührte.

»Meinem Bruder wird das nicht gefallen«, sagte Nadine. »Zu gegebener Zeit wirst du ihn für vieles entschädigen müssen. Vergiss das nicht. Selbst jetzt ist sein Verlangen nach dir gewaltig. Es staut sich, bis ich den richtigen Moment bestimme; erst dann wird er dich nehmen. Er wird dir Lust verschaffen und dich atemlos zurücklassen, erfüllt vom Sex. Diese Aussicht darfst du nicht aufs Spiel setzen.«

Während die Finger über ihre Haare streichelten, sah Penny Alistair und seinen wahrscheinlich mächtigen Penis vor sich. Jetzt wusste sie mit Gewissheit, dass Alistair sie begehrte und dass er, die Wette und der Hengst ihr gehören würden.

Sie hatte Angst, Fragen zu stellen zu den Dingen, die Nadine gesagt hatte. Sie befürchtete, ein falsches Wort könnte alles zerstören, was Nadine versprochen hatte. Deshalb kuschelte sie sich näher an sie heran und ließ ihre Phantasien darüber schießen, wie sehr Alistair sie erfreuen würde.

Wenn es in der Beaumont-Familie hieß, dass man auswärts essen gehen wollte, hieß das nicht, dass man in einen Pub oder in ein Restaurant ging und dort irgendwas mit Fritten bestellte und schnell verschlang. Auswärts essen hieß, stilvoll zu speisen und den besten Ort dafür auszuwählen.

Weißes Linnen und feines Glas waren der Standard in dem Restaurant, das von einem berühmten Küchenchef geführt wurde. Der Chef war für seine exquisite Küche ebenso bekannt wie für seine Wutausbrüche an den Herden.

Kellner warteten im Hintergrund, alle mit weißen Jacketts ausgestattet. Sie trugen die Haare flach und glatt auf dem Kopf liegend, und sie hatten sich ihren französischen Akzent bewahrt. Obwohl sie den Blick stets gesenkt hatten, fiel Penny ein gelegentliches Flackern in den Augen auf, und so wusste sie, dass ihnen ihr fast nackter Körper nicht entgangen war. Das rote Kleid schmiegte sich an ihre Kurven an; eine Farbe, die gut zu ihren schwarzen Haaren und zu ihrer cremigen Haut passte.

An diesem Abend wurden ihre Haare von der Krone bis zum Nacken mit einem perlenbesetzten Kamm gehalten, sodass die Haare in Wellen hinab fielen, fast wie eine Pferdemähne. Ihr Kleid war aus Seide und sehr kurz, dazu trug sie hohe Stiefel aus weichem rotem Wildleder.

Sie hatte bei Nadine geklagt, dass sie ungeeignet waren, um damit auswärts essen zu gehen, aber Nadine hatte sich neben sie gekniet und ihr geholfen, die Stiefel anzuziehen, und dabei hatte sie jedes Knie geküsst, bevor es unter dem Wildleder verschwand. Wie sich herausstellte, passten die Stiefel gut zum Rot des Kleids.

Außer Alistair, Nadine, Gregory und Sir Reggie fand Penny sich auch noch in der Gesellschaft von Dominic. Seine Gesichtszüge deuteten auf eine slawische Abstammung hin, und die dunklen mandelförmigen Augen verliehen ihm ein orientalisches Aussehen. Seine Haare waren dunkel und in einem Pferdeschwanz zusammengefasst. Breite Schultern versprachen eine Physis, die ein Hinschauen wert war. Die engen Hosenbeine verrieten stabile, stämmige Schenkel.

Alistair stellte den Mann vor. »Ein Mitarbeiter von mir, Dominic Torsky.«

Instinktiv wusste sie, dass Alistair auf ihre Reaktion wartete; ein Wechsel in der Gesichtsfarbe, ein neues Funkeln in den Augen. Nun gut. Sie würde es ihm zeigen. Wenn er wollte, dass sie diesen Typen vernaschte, würde sie es tun.

»Dominic«, sagte sie mit Begeisterung in der Stimme und mit einem breiten Lächeln. »Wie schön, Sie kennenzulernen. Alistair hat mir so viel von Ihnen erzählt.« Sie begleitete ihr Lächeln mit einer völlig veränderten Körpersprache.

Sie sah, wie die beiden Männer Blicke tauschten. Dann lächelte auch Dominic – wie eine Katze, die sich vorgenommen hat, den Vogel einzufangen oder zu konsumieren – aber sie war nicht beunruhigt und zuckte mit keiner Wimper.

»Tatsächlich?« Man hörte seinen amerikanischen Akzent. Die Augenbrauen hoben sich. Der Mund weitete sich noch mehr.

Er war ein Mann, der gut aussah und das auch wusste, dachte Penny. Ihn zu vernaschen, würde keine schwierige Aufgabe sein. Trotzdem warf sie einen Blick auf Alistair, um zu sehen, wie ihre Reaktion auf ihn gewirkt hatte. Seine Augen leuchteten. Darüber hinaus schien er unbewegt zu sein. Irgendwie ärgerte sie das. Sie beschloss, noch ein bisschen mehr Gas zu geben.

»Ja, natürlich! Alistair ist wirklich ein Lieber und erzählt von seinen Erlebnissen oder beschreibt die Menschen, die er auf der ganzen Welt kennengelernt hat, besonders in Amerika. Aus welchem Teil der Staaten kommen Sie?«

Die ganze Aussage war eine einzige Flunkerei, aber das war ihr egal. Sie wollte Alistair reizen, damit er endlich eine Reaktion zeigte.

»La Jolla, San Diego. Nicht weit entfernt von der Grenze und von Tijuana.«

»Ah, Sonnenschein ohne Ende.«

»Die meiste Zeit, mein Schatz, die meiste Zeit.« Seine Augen zwinkerten, als sie ihren Körper abtasteten, dann zuckten seine Lippen mit dem Anflug eines Lächelns.

Penny blickte kurz zu Alistair. Er starrte geradeaus, aber seinen Ausdruck konnte man nicht erkennen.

Stattdessen schaute sie zu Nadine. Ihr Ausdruck war wie Feuer – mächtig und alles verzehrend. Innerhalb einer Sekunde war Pennys Überschwang eliminiert, fast so, als hätte es ihn nie gegeben. In plötzlicher Panik irrten ihre Blicke im Restaurant umher. Sie hatte das Gefühl, dass jemand auf sie zeigte, weil sie fast nackt war, mal abgesehen vom dünnen Kleid und den hohen Stiefeln. Sie saß wie ein begossener Pudel da, beugte den Kopf und starrte auf eine Stelle zwischen ihren Füßen.

Den Rest des Abends blieb sie ruhig. Obwohl sie nicht eingeladen wurde, sich an der Konversation zu beteiligen, war sie oft das Thema der Gespräche. Es gab Kommentare über ihre Haare, über die sehr blauen Augen und ihren gut geformten Körper. Ihre Verlegenheit schwoll noch an, als Nadine und Sir Reggie die Sexszenen beschrieben, an denen Penny seit ihrer Anwesenheit auf dem Beaumont-Hof teilgenommen hatte. Aber es war seltsam, wie sehr ihre Verlegenheit schwand, je mehr sie erzählten. Man hörte eine glühende Bewunderung in ihren Stimmen. Sie sprachen davon, sie benutzt zu haben, dies und jenes mit ihr angestellt zu haben, aber die Bewunderung tanzte weiter auf ihren Zungen.

Dominic mochte nicht glauben, was er da zu hören bekam, und so forderte er Nadine auf, das zu beweisen, was sie berichtet hatten. Lächelnd wandte sie sich an Penny, die jetzt auf ihr Besteck starrte.

»Öffne deine Beine, meine schöne Pussy«, sagte Nadine, als die Kellner nicht mehr in der Nähe waren. Wer am Tisch saß, hörte es. Penny tat wie befohlen. Ihr war bewusst, dass der Saum ihres sehr kurzen Kleids die Schenkel hinauf rutschte und ihr Sex völlig entblößt war. Nadines Hand schob das Kleid sogar noch ein bisschen höher. Ihre Fingernägel kratzten an Pennys Innenseiten.

»Hebe deinen Hintern an«, befahl Nadine.

Wieder gehorchte Penny. Das Kleid rutschte höher; die Backen und die Pussy wurden entblößt und waren der Kälte des Stuhlbezugs ausgesetzt.

Dominic trat um den Tisch herum, weil er ein Streichholz für seine Zigarre brauchte. Unauffällig verschob er das Tischtuch und schaute auf Pennys Schoß. Penny fühlte, wie sie wieder errötete, besonders, als er geräuschvoll seinen Atem einsaugte. Ihre Blicke galten dem Restaurant jenseits ihrer eigenen kleinen Gruppe, aber niemand schien auf sie zu schauen.

Als Dominic genug geschaut hatte, strich er mit einer Hand über ihren Rücken, und unbemerkt von den anderen, hob er ihr Kleid an. Er stieß einen leisen, liebevollen Knurrlaut aus, dann ließ er den Saum wieder fallen und ging zurück an seinen Platz.

»Wunderschön«, murmelte Dominic. »Und sehr unterwürfig.«

Bin ich wirklich unterwürfig?, fragte sich Penny. Aber sie wusste, dass es zutraf. Sie schwelgte in dem Geschehen, das ihr so neu war. In diesem engen Kreis war sie das Zentrum der Beachtung. Sie war entblößt, und sie würde tun, was man ihr auftrug. Wann war dies geschehen? Wann war sie zum bereitwilligen Opfer geworden? Und wieso fühlte sie sich in diesem Kreis sicherer als in jedem anderen?

»Sie muss noch zugeritten werden«, sagte Nadine, nachdem sie eine blaue Rauchwolke ausgestoßen hatte. Die anderen Gäste am Tisch lächelten fröhlich.

»Gut«, rief Dominic. Der Kellner schenkte ihm Wein ein, und als er gegangen war, fügte Dominic hinzu: »Das freut mich zu hören.«

Sogar Gregory, der ihren Blicken fast den ganzen Abend ausgewichen war, schien bei dieser neuen Wendung besonders erregt zu sein.

Für einen kurzen Moment traf ihr Blick den des Weinkellners. Er starrte auf ihren Ausschnitt. Nadines Hand strich über ihren Schenkel, und ihre Finger spielten mit den Schamhaaren. Penny wandte sich Nadine zu und sah sie an. Obwohl kein Befehl ausgesprochen worden war, wusste Penny, was von ihr erwartet wurde. Sie schlang die Arme um sich, als wäre ihr kalt. Ihre Nippel lugten über ihr Kleid.

Die Weinflasche zitterte in der Hand des jungen Kellners. Nur mit Mühe gelang es ihm, den Wein einzuschenken. Als er gegangen war, applaudierten die Tischgäste und gratulierten Nadine zur gelungenen Aktion. Seltsam, dachte Penny, dabei war ich es, die ihn aufgegeilt hat.

Sie ließen die Wärme, die gedämpften Lichter und den ausgezeichneten Service zurück. Draußen tauchte der helle Mond, der am wolkenlosen Himmel stand, das Land in einen silbernen Schein. Die Brise war warm, dem Sommer treu ergeben, obwohl der Herbst nur noch einen Monat entfernt war.

Gregory war der Fahrer. Alistair saß neben ihm, und Penny quetschte sich im Fond zwischen Reggie und Nadine. Die Scheinwerfer von Dominics Mietwagen, einem Range Rover, leuchteten durch die Heckscheibe.

Bald hatten sie die Straßenlampen und Häuser hinter sich gelassen. Jetzt befanden sie sich in der weiten Landschaft, und nur selten drangen Lichter von einem Bauernhof in die Dunkelheit.

Nadine küsste Pennys Ohr. Sie legte eine Hand mit den langen Fingern auf Pennys entblößtes Knie, dann stießen die Finger unter das kurze rote Kleid. »Öffne deine Beine noch etwas weiter, Pussycat«, befahl Nadine und zog ein Knie auf sich zu.

Die zu Kopf gehende Mischung aus altem Wein und sanftem Streicheln stimmte sie melancholisch, daher folgte sie der Anweisung. Nadines Hand zog das rechte Knie noch weiter an sich, Reggie das linke. Hier gab es keinen Tisch, unter dem man was verstecken konnte.

Ihre Hände schoben sich unter das Kleid und legten es in

Falten, sodass der süße Moschusduft in die Nacht entweichen konnte. Nadine und Reggie begannen sie zu streicheln.

Plötzlich stoppte das Auto, das Streicheln aber nicht. Gregory stieg aus. Durch die Windschutzscheibe konnte Penny sehen, dass er ein hohes Eisentor aufschloss. Kräftige Buchstaben warnten: *PRIVAT! Unbefugtes Betreten wird angezeigt – es ist möglich, dass auf Sie geschossen wird!*

Sie fuhren durch, aber schon nach ein paar Metern stieg Gregory wieder aus, um das Tor zu schließen. Das Auto hüpfte über einen unebenen Weg, der mit Kieselsteinen ausgelegt war. Manchmal wurde der Mondschein von hohen Fichten und Kiefern geblockt, die wie stumme Wächter entlang des schmalen Weges standen.

Die beiden Hände von Nadine und Reggie krochen höher über die sanfte Haut der Innenseiten ihrer Oberschenkel hinauf, die jetzt weit geöffnet waren. Heiße Lippen nagten an ihrem Hals und stießen feuchten Atem gegen ihr Ohr. Ihre Arme hatte Penny nach rechts und links über den Sitzrücken gestreckt. Im Innenspiegel sah sie das erregende Funkeln in den Augen von Alistair Beaumont. Ihre eigenen Augen verengten sich, als ein glückliches Sehnen über ihre Lippen kam.

Während die vorwitzigen Finger sie erforschten, nutzten Nadine und Reggie die freien Hände, um das Mieder ihres trägerlosen Kleids nach unten zu ziehen, bis die Brüste entblößt waren, frei für ihre saugenden Münder.

Unfähig, ihre eigenen Reaktionen zu kontrollieren, stöhnte sie laut, als zwei Hände ihre überflutete Pussy manipulierten. Nadines Finger hielten die eine Schamlippe zurück, Reggie die andere. Zwei Daumen – einer lang und mit schwarzem Nagellack, der andere dicker und auch sehr gepflegt – brachten sich seitlich des rosa Knopfes in Position.

Als hätten sie es abgesprochen, drückten sie gemeinsam gegen die Klitoris.

Sie dämpfte ihre Schreie, indem sie den Mund gegen die Schulter presste. Sie warf den Kopf zurück und schloss die Augen. Sir Reggie und Nadine gewannen so viel Spaß an Pennys Reaktionen, wie sie auch dabei empfanden, Penny mit den Fingern zu verwöhnen.

»Du bist ja so nass«, gurrte Nadine dicht an Pennys Ohr, bevor sie sich wieder bückte, um an ihren hart gewordenen Nippeln zu saugen.

Die Lippen saugten, und sie nahm die Zähne zurück, damit das empfindliche Fleisch nicht gestört wurde. Hart und lange saugten die Lippen an den Warzen, und Penny hätte fast aufgeschrien. Aber sie schrie nicht. Sie biss sich auf die Lippen, hielt die Stimme zurück und ließ alles ohne Protest geschehen.

Auch Alistair schaute zu, und selbst von ihrem Platz aus konnte Penny hören, wie schnell sein Herz schlug. Sie konnte beinahe schmecken, wie sehr er sie begehrte.

Durch halb geschlossene Augen sah sie, wie er sich in seinem Sitz umdrehte. Sie spürte die Intensität seiner Blicke, bevor er wieder auf die beiden Köpfe starrte, die an Pennys Brüsten lutschten. Er keuchte und schaute zwischen ihre Schenkel; ihr Geschlecht war entblößt.

Penny empfand keine Scham, dass er in ihre Pussy schauen konnte. Die glitzernde Klitoris schwoll an, weil Nadine und Reggie sie nach vorn drückten. Sie wollte, dass Alistair das sah; sie wollte ihm eine Freude bereiten und ihn erregen.

Gerade, als sie glaubte, die leckenden Münder würden sie zum Höhepunkt bringen, hielt das Auto an.

Sie wollte ihr Mieder wieder über ihre Brüste ziehen, aber Alistairs zitternde Stimme hielt sie davon ab.

»Nein, lasse deine Brüste entblößt. Es ist eine warme Nacht.«

»Eine sehr warme Nacht«, fügte Nadine an, dann beugte sie sich noch einmal hinunter und nagte ein letztes Mal an den geröteten und in die Länge gezogenen Warzen. »Einen Moment noch«, befahl sie plötzlich.

Nadine hielt einen Kragen in der Hand. Selbst im trüben Licht des Autos konnte Penny erkennen, dass es sich um einen Lederkragen handelte, mit Samt bezogen und mit Steinen verziert; sie sahen wie Diamanten aus, aber Penny schätzte, dass es eher Bergkristalle waren.

»Für dich, schöne Pussy«, sagte Nadine, und während sie ihr den Kragen umlegte, küsste sie Penny auf die Wangen. Der Kragen war mit einer kräftigen Schnalle versehen. »Und das hier ist für mich.«

Eine Kette war am Kragen befestigt. Sie war mit dem breiten Lederband verbunden, das Nadine um ihr Handgelenk trug.

Wie gewöhnlich war Nadine schwarz gekleidet, aber für sie recht unauffällig. Plötzlich zog sie sich aus. Darunter zeigte sie das, was eher ihr Stil war, es ähnelte den römischen Gladiatoren oder Wagenlenkern, mal abgesehen davon, dass ihre metallenen Brustplatten eine Öffnung für die Nippel enthielten. Sie lugten glänzend rot hervor.

»Folge mir«, sagte sie zu Penny, die ihr Kleid immer noch um die Hüften trug. Der Saum war nach oben gezogen worden, sodass man ihren runden Po und das nackte Geschlecht sehen konnte. Ihr Kleid war kaum mehr als ein rotes Band um ihre Körpermitte, aber natürlich passte es immer noch zu den roten Stiefeln.

Die Absätze ihrer roten Wildlederstiefel versanken im weichen Boden, aber als Nadine sie zu dem Weg geführt hatte, wurde sie sicherer, auch wenn die ersten Schritte denen einer Ballettschülerin glichen, die das erste Mal auf Spitze geht.

Der Halskragen an der Kette, Brüste, Po und Sex entblößt, folgte sie Nadine, aber als Dominics Auto vorbeifuhr, bedeckte sie rasch ihre Brüste.

»Mädchen, zeig deine Brüste«, bellte Alistair. »Nadine!«, rief er dann, und es hörte sich wie ein Tadel an, als wäre sie nicht konzentriert gewesen. Für einen kurzen Moment flackerte Panik auf Nadines Gesicht auf, aber dann kehrte ihre Selbstbeherrschung wieder zurück.

»Die Hände auf die Hüften, mein kleines Fohlen«, rief Nadine, und Penny fragte sich für einen Augenblick, warum sie jetzt das Fohlen war und nicht die schöne Pussy. Ohne Vorankündigung fühlte sie das Brennen eines Peitschenschlags quer über den Po. Sie stieß einen Schrei aus, obwohl das Glühen des Schlags von der Abendbrise gemildert wurde.

Sie gehorchte und stützte die Hände auf die Hüften. Wegen der kleinen Schritte und der Hände auf den Hüften ergab es sich von selbst, dass Penny den Po provozierend schwenkte. Ihre Brüste zeigten schwingend nach vorn, und der kühle Nachtwind stellte die Nippel steil auf.

Diese Nacht, dachte Penny, gehörte ihr, ganz egal, was geschah. Und was für eine schöne Nacht es war. Die Düfte der Pinien und der wilden Blumen wirkten auf ihre angeborene Sinnlichkeit wie ein natürliches Aphrodisiakum. Das silberne Mondlicht verlieh den Pinien scharfe Konturen, und den Personen und Gegenständen um sie herum natürlich auch.

»Zieh dein Kleid aus«, befahl Alistair.

Sie zögerte, ihre Hände hielten sich noch auf Brusthöhe, und ihre Blicke huschten von dem gut aussehenden, starrenden Dominic und der allmächtigen Gegenwart von Alistair Beaumont hin und her.

»Weg damit, schöne Pussy.« Nadines Hände auf der einen und Reggies auf der anderen Seite, und schon lag ihr Kleid zu ihren Füßen. Im Mondschein sah ihre Haut durchscheinend aus. Sie lehnte sich mit dem Gesäß an einen Baumstamm, dann bückte sie sich und hob das Kleid auf. Die raue Baumrinde kratzte die sanften Backen.

Ihre Arme hingen an den Seiten hinab, und ihre Finger bohrten sich in ihre Handballen. Sie wollte ihr Schicksal nicht in den Augen der Leute sehen, die sie umgaben, deshalb schaute sie auf ihre hohen roten Stiefel.

Sie dachte an Nadine, die nicht erfreut sein konnte über Clarissa und Auberon, und auch nicht über Gregory und sie. Was hatte sie gesagt? Sie muss noch eingeritten werden. Dazu passte, dass sie eben, als sie aus dem Auto gestiegen waren, von Nadine »Fohlen« genannt worden war.

Ihr kam ein angenehmer Gedanke in den Kopf, der sie in Erregung versetzte. Heute Abend konnte es geschehen. Vielleicht würde Alistair sie endlich nehmen. Wenn nicht heute, dann konnte die Zeit nicht mehr lange dauern. Der Triumph musste ganz nahe sein.

»Gehen wir.« Wieder hatte Alistair die Kontrolle übernommen. Wie ein römischer Imperator war er der Herr der Spiele. Wenn Haltung und Kleidung einen Hinweis boten, würde Nadine die Zirkusdirektorin sein, die Mittlerin zwischen denen, die für Unterhaltung sorgten und denen, die unterhalten werden wollten.

Der Weg zwischen den Bäumen war zuerst fest, aber dann wurde der Boden weicher, da die hohen Bäume das Mondlicht nicht durchließen. Der Boden gab unter ihren Füßen ein wenig nach, und lange Grashalme kitzelten ihre Schenkel.

In der Dunkelheit griffen anonyme Hände nach ihr, während sie weitergingen. Selbst ohne die Hände drehte sie fast durch, weil die Erfahrung, nackt bis auf die Stiefel durch den Wald zu gehen, eine Katastrophe für ihre Sinne war. Trotzdem – ihre Brustwarzen stellten sich erwartungsvoll auf, und dieser vertraute Schmerz zwischen den Beinen schwoll an. Was auch immer sie von ihr erwarteten, sie selbst erwartete auch eine Menge.

Bald würde ihre Erregung nicht mehr zu ignorieren sein. Ihr Fleisch bebte, und Honigtau sickerte aus ihrer Pussy und breitete sich wie silberne Fäden durch die Dunkelheit ihres Schamhaarbuschs aus.

Schließlich erreichten sie eine kreisrunde Lichtung, auf der ein silberner Mond das Gras in ein kristallenes Glühen badete.

Penny, deren Brüste sich mit jedem Atemzug hoben, versuchte alles um sie herum zu erkennen, als Nadine sie an der Kette vorwärts zog. Ihr drängte sich der Eindruck auf, dass sie eine Arena betrat, und dieser Eindruck verstärkte sich noch, als sie so etwas wie Hindernisse entlang der Lichtung sah. Keiner der Hürden war höher als einen Meter, niedrig genug für ein Pony oder auch für einen Menschen. Und das, erkannte Penny, sollten die Hindernisse auch sein – Hürden nicht für Tiere, sondern für Menschen.

»Keine schlechte Anlage, Alistair, altes Haus«, hörte sie Dominic sagen. »Feine kleine Hindernisse. Hübsches kleines Fohlen.«

»Jetzt geht es los, meine schöne Pussy«, sagte eine vertraute Stimme. »Hier liegt deine große Chance.« Sie hatte die Worte geraunt.

Die Männer hatten einen Halbkreis um sie geformt, während Nadine etwas über Pennys Kopf legte. Sie schüttelte sich, als sie merkte, dass es sich um ein Zaumzeug handelte, der für den menschlichen Kopf angefertigt worden war. Für den Fall, dass sie protestierte – woran sie nicht dachte –, würde Dominic mit seinen starken Händen Pennys Arme packen und sie hinter ihr festhalten, bis Nadine das Zaumzeug über ihrem Kopf befestigt und das Metall zwischen ihre Zähne gedrückt hatte. Sie konnte nur geradeaus schauen, dafür sorgten Scheuklappen.

Dominic küsste sie aufs Ohr. »Braves Mädchen. Du wirst das mit Bravour meistern.«

Sie beruhigte sich und erinnerte sich daran, dass die Worte, die er benutzt hatte, beinahe identisch waren mit denen, die sie bei ihren eigenen Pferden verwendete, wenn sie sie fürs Springreiten testete. Die Nähe zu Dominic war schon Beruhigung genug. Er roch gut, er war exquisit gekleidet, und zusammen mit seiner Männlichkeit bildete er ein natürliches Aphrodisiakum.

Ihre Hände waren gefesselt und hoch auf ihren Rücken gebunden worden, und von dort hatte man sie an ihren Lederkragen gehakt, den sie immer noch trug.

Die Kälte des Metalls stieß hart gegen ihre Zunge. Eine Lederkonstruktion mit einer Kette, die über ihre Schultern gehängt wurde, hatte die Umrisse eines normalen BHs, aber ohne Körbchen. Ihre Brüste wurden nach oben gedrückt. Penny keuchte auf, denn die Lederriemen unter den Brüsten stießen sie obszön hoch. Sie keuchte erneut, als die Schulterträger festgezurrt wurden und die Brüste noch runder aussehen ließen.

Penny schaute zu, als Nadines zarte Finger die Nippel reizten und sie dann in die Länge zog, ein dunkles Rosa im Schein des Mondes. Die Kette, die von jeder Schulter nach unten hing, durfte da weiter baumeln. Wieder wurde etwas an ihren Halskragen gehakt, aber sie konnte nicht sehen, was es war.

Gregorys Augen funkelten, sah Penny, als er Dominic die Peitsche reichte. Penny wusste sofort, was von ihr erwartet wurde. In der anderen Hand hielt Dominic das Ende der Zügelleine, die man an ihrem Kragen befestigt hatte. Sie würde aufgefordert werden, um ihn herum zu kreisen, und die Peitsche sollte ihr Beine machen. Ihr Magen ballte sich zusammen, und sie zitterte vor ängstlicher Spannung. Auf ihren Beinen bildete sich eine Gänsehaut.

»Weitergehen.« Das war Dominics Stimme. Er stand etwa vier Meter von ihr weg, in der Mitte des Rings; eine übliche Distanz, wenn man ein unbelecktes Pferd an den Springsport heranführen wollte. Die Peitsche war lang genug. Das dünne Ende klopfte sanft gegen ihre Backen. Es brannte ein bisschen, und sie hielt den Atem an.

Sie ging, wohin er sie führte, etwa drei Meter vor das erste Hindernis. Sie hatte keine Ahnung, wo die anderen waren, denn sie konnte nur sehen, was unmittelbar vor ihr lag, und außerdem musste sie sich jetzt auf ihre Aufgabe konzentrieren, auf den Sprung, den sie zu bewältigen hatte. Jetzt wusste sie, wie Pferde sich fühlten.

»Traben.« Das dünne Ende der Peitsche verzierte ihren Po, und ein Schrei der Überraschung drang aus ihrer Kehle. Ihre Brüste wurden geschüttelt, obwohl sie in der harten Ledereinfassung steckten.

Sie sprang über das erste Hindernis, wie es ihr befohlen wurde, und das dicke Ende der Peitsche unterstützte sie bei der Konzentration und klatschte quer über ihr Gesäß. Als sie auf der anderen Seite aufkam, geriet sie ins Stolpern, aber sofort richtete sie sich wieder auf. Sie konnte froh sein, dass die Stiefel mit den Konturensohlen ausgestattet waren.

»Jetzt aber höher!«, rief Dominic. Das Brennen des Peitschenschlags fühlte sich intensiver an. Sie war getadelt worden, und obwohl ein dünner Schweißfilm auf ihrer Haut ausbrach, prickelte ihr Fleisch.

Seltsam, aber sie besaß einen Stolz, das ordentlich abzuleisten, was man ihr auftrug. Sie konnte springen, ob mit oder ohne Peitsche, aber sie musste zugeben, dass die Peitsche ihre Leistung in einem pikanten Licht erscheinen ließ.

Sie übersprang eine weitere Hürde, sogar eine noch höhere. Diesmal beging sie keinen Fehler, aber sie wusste, dass ihr das nicht helfen würde. Sie presste ihre Backen zusammen, um auf das Unvermeidliche vorbereitet zu sein, aber sie liebte die Wärme und die Anerkennung ihrer Landsleute. Der Schlag war heftiger als vorher, aber ihr Schrei verlor sich in der aufkommenden Brise. Drei weitere Hindernisse konnte sie noch überspringen, und alle wurden von Peitschenschlägen begleitet.

Wie rot ihr Po inzwischen sein musste! Ihr war warm. Wenigstens das konnte sie fühlen. Ob man das Pink im weißen Mondlicht klar erkennen konnte? Wahrscheinlich ja. Das war auch der Grund für den Beifall. Die Zuschauer bewunderten nicht ihre Fähigkeit, die Sprünge zu meistern, sondern die stärker werdenden Reaktionen ihres cremigen Fleisches. Als sie den letzten Sprung geschafft hatte, applaudierten die Leute wieder. Hände streckten sich nach ihrem Po aus, entweder als eine Art Gratulation oder aus Neugier: Sie wollten die Hitze fühlen.

»Wollen wir sie jetzt in voller Fahrt erleben?« Gemurmelte Zustimmung war die Antwort auf Dominics Frage. Penny verkrampfte, und ihre Brüste hoben und senkten sich deutlich verzweifelter. Hatten sie wirklich vor, was sie befürchtete? Ein Pferd in voller Fahrt zu erleben, bedeutete, das Tier ans volle Geschirr zu gewöhnen. Dafür brauchten sie aber eine Karre oder einen Wagen. Hier stand nichts herum, abgesehen von den Hindernissen.

»Er ist zusammengeklappt in Doms Auto. Kann jemand mit mir gehen, um ihn zu holen?« Nadine wies dann Gregory an, sie zu begleiten.

Ein paar Minuten später hörte Penny sie zurückkehren.

»Verbinde ihr die Augen, dann können wir ihr die Sorge ums volle Geschirr ersparen.« Das sagte Alistair.

Der Beginn ihrer Panik wurde niedergerungen durch ihre Neugier. Wie würde es sich anfühlen, einen Wagen nach seinen Befehlen zu ziehen, sein Lasttier zu sein, ins volle Geschirr eingespannt zu sein?

Und Nadine übernahm wie üblich die Leitung der Aktion. Ein Ledergurt wurde um Pennys Taille geschlungen. Sie fühlte einen weiteren Gurt, der von der Mitte nach unten fiel. Andere Hände griffen nach diesem Gurt und zogen ihn zwischen ihren Beinen hoch.

»Öffne deine Beine, schöne Pussy. Zeige uns, woran wir uns erfreuen können.«

Penny gehorchte. Trotz der Einengungen der Lederriemen war ihr Geschlecht nass von den Exzessen ihrer eigenen Phantasien.

»Bück dich, Pussycat.«

Eine große schwere Hand legte sich auf ihren Kopf – es konnte nur eine Männerhand sein – und zwang den Kopf nach unten. Ihr Hintern streckte sich hoch. Sie spürte den Eindringling in ihre Pussy und schwenkte den Po hin und her. Alles andere war vergessen.

»Ein bisschen Öl, glaube ich.« Das war Reggies Stimme, die sie zurück in die Wirklichkeit holte. Sie spürte den Umfang seines Fingers, als er Öl um ihren Anus rieb. Er tauchte tief hinein, um sie gründlich einzuölen. Sie stöhnte auf, als er das tat; sie beugte die Knie, und ihr Kopf drückte gegen die Hand, die sie festhalten sollte.

Sie keuchte. Ihr Kopf wurde immer noch gehalten, als die Pobacken geteilt wurden, damit der Ledergurt weiter befestigt werden konnte. Sie hakten ihn in den Gurt ein, den sie um ihre Taille gelegt hatten.

Penny stöhnte, und ihre Brüste hoben und senkten sich wegen ihres schnellen Atems. Sie konnte nichts sehen, stellte sich aber anhand der Druckstellen der Ledergurte vor, wie eingezwängt sie war.

Der Riemen, der vom Taillengurt ausging, teilte die fleischigen Lippen ihres Geschlechts und die Kerbe zwischen den Backen. Sie konnte es nicht sehen, aber sie schätzte, dass der Riemen auf dem Rücken ebenfalls in den Taillengurt eingehakt war.

Weil sie nichts sehen konnte, waren alle anderen Sinne besonders geschärft. Sie spürte winzige Berührungen, die von Haaren oder Federn stammen konnten. Es war eine Brise, die sie gegen ihre Haut wehten.

Sie spürte Bewegungen auf jeder Seite des Ledergurts. Penny wusste, dass man ihr rechts und links die Zuggurte einer kleinen Karre umgelegt hatte, und als sie sich ein wenig bewegte, spürte sie die rollenden Räder.

»Bleib auf der Stelle stehen.« Sie schätzte, dass dieser Befehl von Dominic kam, und saugte die Luft durch die Zähne ein, als er die Peitsche über ihren Bauch zog.

»Sie sieht wunderbar aus, findest du nicht auch, Bruder?«, schnurrte Nadines dunkle Stimme.

»Bisher ist alles okay«, hörte Penny ihn mit einer knarrenden Stimme sagen. Er schien von den Vorbereitungen völlig hingerissen zu sein und die Erfahrung zu genießen.

»Aber jetzt kommt es darauf an, wie sie sich anstellt. Wenn Dominic den Fahrersitz einnimmt, solltest du sie blind führen. Sie muss sich daran gewöhnen, dass sie einen Karren zieht.«

Das war über alle Maßen verrückt. Sie ließ es zu, dass man ihr eine Augenbinde umlegte und nackt in eine provisorische kreisförmige Arena mitten im Wald geschickt wurde, angeschirrt wie ein Pferd und eingespannt vor einen kleinen Wagen, in dem der Kutscher saß, Zügel und Peitsche in der Hand.

Sie spürte den Druck der Zügel, dann hielt eine Hand die Zügel dicht vor ihrem Mund und führte sie auf der Lichtung herum.

»Geh los, schöne Pussy. Mein Bruder hat dich im Auge.« Die Stimme klang leise und versprach ihr viel, wenn sie das noch durchzog, was von ihr erwartet wurde.

Die Peitsche klatschte auf ihren Rücken, und Penny trat an. Der Wagen war leicht, aber sie spürte das Gewicht im Wagen. Sie konnte sich nicht bücken, um ihn zu ziehen; ihr ganzer Körper blieb aufrecht, was an den Gurten lag, an die man sie gebunden hatte.

Der Riemen, der ihr Geschlecht und die Kerbe teilte, zog sich immer fester, und sie spürte, wie das Leder über die Labien rieb. Die Säfte rannen üppig, ihre Beine zitterten, und die Emotionen rasten wie elektrisches Licht durch ihren Körper.

Die Peitsche klatschte wieder auf ihren Rücken, und das dünne Ende strich über eine Pobacke. Sie keuchte angesichts des angenehmen Schocks. Ihre Brüste pressten noch mehr vor, weil sie den Rücken streckte.

»Geh weiter.«

Sie hörte den Befehl und spürte, wie sie geführt wurde. Die

Räder rumpelten hinter ihr, und sie spürte wieder das Gewicht im leichten Wagen.

»Ein sehr schönes Fohlen. Sehr schön.« Das musste die Stimme von Sir Reggie sein.

»Hörst du, wie sie dich mögen, mein wildes kleines Fohlen?« Penny spürte, dass Nadine ihren Po tätschelte.

»Weiter im Trab.«

Nadines warnender Unterton, sowie die Stimme und die Peitsche von Dominic veranlassten Penny zum Gehorsam. Ihre Brüste wurden gerüttelt und der Lederriemen, der ihre Pussy teilte – nun, sie hatte bald den Punkt erreicht, von dem es keine Wiederkehr geben würde, und sie war auch sicher, dass sie ihren Orgasmus nicht geheim halten konnte.

Als ob Nadine etwas gespürt hätte, packte sie das Zaumzeug und ließ sie innehalten. »Die kleine Stute kommt.«

»Hört auf. Sie ist genug eingeritten.«

Der Klang von Alistairs Stimme ließ sie zittern. Sie fühlte, wie ein Schweißtropfen zwischen die Brüste rutschte, der plötzlich kalt wurde. Zwischen ihren Schenkeln waren die fließenden Säfte immer noch warm.

Sie wollte weitergehen, um das Reiben des Lederriemens zu spüren, aber für den Moment verwehrte man ihr die Bewegung. Ihre Sinne blieben geschärft, aber die sexuelle Erleichterung fand nicht statt.

Nadine trat zurück. Die Peitsche klatschte auf Pennys Po, zuerst auf die eine Backe, dann auf die andere. Sie begann nach vorn zu gehen und spürte, wie der Wagen ihr folgte. Warum, fragte sie sich, schossen die Tränen des Schmerzes in ihre Augen, wenn sie nichts als Lust empfand? Sie empfand eine Dankbarkeit, dass sie keine Entscheidung für sich selbst treffen musste.

»Es wird noch besser sein, wenn sie ganz eingeritten ist.

Ich werde sie das nächste Mal einen Trab versuchen lassen.« Ohne auf die Peitsche zu warten oder auf irgendwelche Aufforderungen von Dominic, fiel Penny in einen Trab und gratulierte sich dazu, die Peitsche vermieden zu haben.

»Hüh!«, brüllte Dominic. »Hüh!«

Er zog die Zügel an, und sie spürte es an der Kandare in ihrem Mund. Ihr Kopf wurde herumgerissen.

»Ich habe dir nicht gesagt, du sollst loslegen, du dumme Stute!« Die Peitsche klatschte drei- oder viermal auf ihren Rücken, und die Lederriemen erwischten auch ihre verschnürten Arme. Dann bedachte er ihre birnenförmigen Backen mit jeweils drei Schlägen. Jeder Schlag raubte ihr den Atem; sie verdrehte die Augen, und ihr Körper zitterte.

Sie kehrte zu einem normalen Gehen zurück und wartete auf den Befehl, der garantiert kommen würde. Als die Peitsche auf ihre Backen klatschte, brach sie wieder in einen Trab aus.

Der Wagen schien erstaunlich leicht zu sein, und selbst bei dieser Geschwindigkeit blieben die Zuschauer immer auf der Höhe von Penny. Alle klatschten, was Penny mit Stolz erfüllte. Sie hob ihre Knie höher und fühlte, dass die Nippel zu zittern begannen.

»Sehr gut«, rief Reggie. »Wirklich sehr gut!«

Penny hielt an. Es fiel ihr nicht leicht, das Durchschütteln zu verbergen oder abzustellen, denn es wurde vom Lederriemen verursacht. Wann würde man ihr einen Orgasmus erlauben?, fragte sie sich. Wann?

»Sehr gut.« Hände tätschelten sie, Finger zwickten ihre Nippel, und jemand hakte den Lederriemen auf, der zwischen Pussy und Kerbe verlief.

»Und jetzt zu deiner Belohnung«, sagte Dominic, als er vom Wagen stieg und sich neben sie stellte.

Sie stand noch eingespannt da, und nun zitterte sie in einer Mischung aus Erschöpfung und Erregung. Sie fühlte alle Augen auf sich gerichtet, aber sie konnte immer noch nicht den Kopf wenden. Sie glaubte, dass alle auf Alistair warteten, damit er irgendeine Anweisung erteilte. Wie der Schmerz zwischen ihren Schenkeln gelindert werden konnte, lag nur an ihm. Darauf freute sie sich. Sie hatte ihn wieder beeindruckt, hoffte sie, und bald würde er sie nehmen. Vielleicht sogar schon heute Abend. Aber darauf hatte sie sich schon einige Male gefreut, bisher jeweils vergebens. Egal, die Aussicht erregte sie.

»Da, meine schöne Pussy. Das war doch nicht so schlimm, oder?«

Sie starrte Nadine an. Sie versuchte etwas zu sagen, es drangen auch Geräusche aus ihrem Mund, unkenntliche Geräusche durch die Kandare. Sie fühlte, wie ihre Hände losgebunden wurden.

»Klatschnass«, sagte Nadine, nachdem sie eine Hand zwischen Pennys Schenkel geführt hatte. Dominic löste den Gurt um Pennys Taille. Das Zaumzeug blieb, wo es war.

Sie erinnerte sich an den Baum; sie waren daran vorbeigekommen. Der Stamm war glatt wie bei einer Silberbirke, aber der hier war größer, und die unteren Äste waren blattlos und glitzerten im Mondlicht. Nadine und Dominic banden Pennys Handgelenke an die Äste, und um die Fußgelenke banden sie Lederschlingen, an denen jetzt gezogen wurde. Ihre Gliedmaßen bildeten ein X.

»Augen.« Das war alles, was Alistair sagte.

Jemand schob ihr Scheuklappen vor die Augen. Aber es war gar nicht nötig, dass sie etwas sah – sie wusste, was auf sie zukam, sie wusste nur nicht, von wem es kam.

»Oh, meine Liebe, wie entblößt du jetzt bist. Wie unterwürfig die hochnäsige Reiterin nun ist, die bisher geglaubt hat, alles besiegen zu können. Aber man kann nicht immer gewinnen. Selbst ich weiß das. Jeder von uns lernt die Demut kennen. Es tut gut, einen Teil von sich einem Anderen zu unterwerfen. Es tut gut, sich auf einen anderen Menschen verlassen zu können.«

Sie wusste, dass es Alistair war, der mit ihr redete. Tief in ihrem Innern wusste sie genau, worüber er sprach. Die Frau, die ihn halb nackt zur Mittagszeit durch die Stadt begleitet hatte, wusste heute mehr als damals. Sie hatte ihr reales Ich gefunden und auch den Ort, an dem sie ihr Ich ausleben konnte.

Allein seine Stimme ließ ihre Hüften unauffällig kreisen. Sie bettelte ihn an, sie zu nehmen. Sie wollte seinen Schaft in sich spüren. Auch wenn sie dabei stammelte und stotterte und sich kaum verständlich äußerte, begriff er, was sie wollte und was er ihr nicht geben wollte – oder konnte.

»Geduld, meine liebe Miss Bennet«, sagte er mit seiner sanften Stimme, die sich um sie legte wie eine wärmende Decke. »Geduld. Du hast mir gegeben, was ich heute Abend haben wollte. Jetzt sollst du deine Belohnung erhalten.«

Sie hörte, dass er wegging, und sie hörte ihn mit den anderen sprechen. Sie redeten darüber, wie groß ihre weißen Brüste im Mondlicht aussahen, wie ihre Schenkel glänzten, die mit einem leichten Schweißfilm überzogen waren. Und was für ein herrliches Pink ihre Schatztruhe dazwischen zeigte, die nach individueller Beachtung lechzte.

Dicht bei ihr hörte sie jemanden atmen. Finger zwickten ihre Nippel. Sie stieß leise Schreie der Ekstase aus, auch wenn sie wegen des Metallstabs über der Zunge gedämpft klangen. Heiße Lippen küssten die Stellen zwischen Hals und Schultern. Der Körper, den sie fühlte, war heiß und nackt.

Brusthaare kitzelten ihre Brüste, und im nächsten Moment stieß ein ungeduldiger Penis gegen ihren Bauch.

Ihr Mund wehrte sich gegen die Kandare, aber niemand schien sie davon befreien zu wollen. Sie wollte laut aufschreien, als der Penis ihre Labien teilte, er drückte sie zu den Seiten wie ein Pflug, der die Furche zieht.

Aus ihrer Kehle drangen tiefe Laute. Sie spürte, wie der Fleischstab in ihre Pussy eindrang, die bisher an diesem Abend nur den Lederriemen kennengelernt hatte. Sie ruckte ihm ihre Hüften entgegen und hieß den Eindringling aus Fleisch und Blut willkommen.

Sie antwortete auf seine Stöße, und ihre Schamhaare verwickelten sich, ein großes Nest gegen das andere. Seine Hände bedeckten ihre Brüste und zogen an den Nippeln. Sie reagierten sofort, aufgeschwemmt vom Blut des Verlangens, wuchernde Ausdehnungen des Feuers, das zwischen ihren Beinen brannte. Der Schwanz, beschloss sie, gehörte entweder zu Alistair oder Dominic. Es musste einer von ihnen sein, obwohl sie mit beiden keine Erfahrungen gemacht hatte.

Sie spürte, wie sich die Lenden des Mannes anspannten, hörte, wie sich der hechelnde Atem einem raschen Orgasmus näherte und fühlte, wie er kam. Ihm war es gekommen, aber ihr immer noch nicht.

Penny wand sich, als er aus ihr glitt. Das war ihr einziges Zeichen des Protests, bevor sie einen anderen Mann spürte. Er hatte glatte Schenkel und einen harten Schaft, der ohne vorbereitendes Fummeln in sie eintauchte. Mit dem Oberkörper hielt er sich zurück, deshalb fühlte sie ihn nur von der Taille abwärts.

Sie schrie auf. Erregung brach in ihr aus, als sie fühlte, wie kühle Finger über ihre Nippel glitten. Verdutzt achtete sie auf die Technik des Mannes, aber Penny kannte sie nicht. Die

Scheuklappen ließen keinen Blick auf den neuen Mann zu. Lenden und Schenkel stießen in gleichmäßiger Geschwindigkeit gegeneinander. Ihr Atem fing sich in der Kehle, ihr war schwindlig und ließ sich gern von seiner Härte füllen, besonders, weil der Mann sich beim Zustoßen weit nach vorn lehnte und ihre Klitoris reizte. Dies war der beste Mann bisher, sagte sie sich. Das musste Alistair sein.

Er ahnte ihren nahen Orgasmus und erhöhte das Tempo seines tief bohrenden Penis, während seine Finger noch härter ihre Nippel quetschten. Sie spürte, dass es keinen Weg zurück mehr gab; sie stöhnte laut und lange gegen die Kandare, als Ströme der Erleichterung wie eine glühendheiße Fontäne aus ihrem Geschlecht sprühten.

Der Körper des Mannes, der mit ihr kopulierte, zuckte kurz hintereinander und erlebte seinen eigenen Orgasmus. Penny schrie wieder auf, als der Penis tief in sie hineinrammte, immer und immer wieder, als hätte er eine neue Kraftquelle gefunden. Sie schüttelte sich vor Lust und bedauerte jetzt schon, dass er sich bald aus ihr zurückziehen würde. Noch ein harter Stoß, dann war alles vorbei.

»Und wie war das, meine schöne Pussy, mein zugerittenes kleines Fohlen?«

Überraschung und Erniedrigung überwältigten sie. Nadine hatte sie vor all diesen Menschen genommen, und sie hatte entsprechend reagiert. Wie hatte sie sich nur derart täuschen lassen können? Sie hatte Nadine für Alistair gehalten.

Sie murmelte über ihren Schmerz, der noch größer wurde, als sie das Klatschen und den Beifall der Zuschauer hörte.

»Sie wusste es nicht, sie wusste es wirklich nicht«, rief Nadine, aber das rief nur Kichern hervor. »Aber es war gut«, gurrte Nadine in Pennys Ohr, bevor sie einen Kuss auf die rosa Wangen hauchte. »Das musst du doch zugeben. Und

Alistair hat es gefallen«, flüsterte sie. »Er ist fast auf der Höhe. Und wenn ich urteile, dass er endgültig auf der Höhe ist ...«

Penny fühlte sich wieder belebt. Sie war dankbar für den Kuss auf die Wange. Er beruhigte sie, und Nadines Worte hoben ihre Hoffnung. Wenn es stimmte, was Nadine gesagt hatte, würde die Zeit mit Alistair bald kommen. Sie würde die Wette gewinnen – und den Hengst.

Dreizehntes Kapitel

»Du bist fast da, mein lieber Bruder«, sagte Nadine, und ihre Finger strichen über den kleinen Schlüssel hinter ihrem Ohrring.

»Und Miss Brennet?«, fragte er, während er die Wirtschaftsberichte las, die auf seinem Schoß lagen. Sie fuhren über die Autobahn, nachdem sie sich in Heathrow von Dominic verabschiedet hatten.

Nadine lächelte ihrem Bruder zu. »Ich glaube, sie ist auch fast da. Ich will nur sicher sein, dass sie dir gegenüber total offen ist. Und sie braucht Ausdauer, um mit dir mithalten zu können. Ich will überprüfen, ob sie diese Ausdauer hat.«

»Ariadne hat gesagt, dass sie über diese Ausdauer verfügt, und nach dem, was ich bisher von ihr gesehen habe …« Alistair starrte seine Schwester fast anklagend an, als wäre die weitere Behandlung von Penny eher zur Befriedigung ihrer eigenen Lust und nicht ihres Bruders.

Nadine sah ihn an, hielt seinem Blick aber nicht stand. Stattdessen schaute sie aus dem Autofenster, als übten die Industriebetriebe zwischen Reading und London eine plötzliche Faszination auf sie aus.

Er lächelte wissend und wandte sich wieder der Financial Times zu. »Ich werde dich nicht verurteilen, weil du ihren Körper genießt. Ich glaube, sie genießt deinen Körper nicht weniger, auch wenn du so derb zu ihr bist.«

Überrascht sah Nadine ihren Bruder an. »Unsinn! Sie ist

Wachs in meinen Händen, weil sie Angst vor mir hat. Ich habe sie total unter Kontrolle. Total!«

Das letzte Wort spuckte sie so heftig aus, als könnte sie es selbst nicht glauben. Alistair sagte nichts, aber das Lächeln, das Grübchen in seine Mundwinkel zauberte, sagte ihr, dass er ihr nicht glaubte und dass seine Beurteilung der Penny Bennet von ihrer abwich.

»Alles wird so ablaufen wie vorher. Sobald du sie gehabt hast, schicken wir sie zum Kofferpacken.«

Alistair raschelte ungeduldig mit seiner Zeitung. »Irgendwie«, sagte er, ohne den Blick von dem Artikel zu nehmen, den er dabei war zu lesen, »glaube ich nicht, dass es so ablaufen wird wie bisher. Ich bin der Meinung, dass unsere Miss Bennet tiefere Neigungen verspürt, als wir ihr zuerst zugetraut haben.«

Diesmal war es Nadine, die nicht antwortete.

»Dir hat es gefallen, schöne Pussy. Du kannst es nicht abstreiten«, sagte eine träge herumliegende Nadine. »Ich kann es in deinen Augen sehen.«

Penny streckte sich, lächelte vor sich hin und schloss die Augen, damit sie die Darbietung im Wald noch einmal erleben konnte. Niemals hätte sie vor ihrem Besuch des Beaumont Place gedacht, dass sie sich gern erniedrigen ließ. Irgendwas war in ihr geweckt worden, und sie hielt es für unwahrscheinlich, dass sie es jemals wieder unterdrücken konnte.

Sie fühlte Nadines Zähne hart auf ihren Nippeln.

»Wie kannst du das sagen? Du weißt doch nicht, wie ich mich fühlte. Das weiß nur ich, und nur ich hatte ...«

»Lust? Lege dich zurück, schöne Pussy«, befahl Nadine

und schob sie zurück gegen die Kissen. »Lege dich zurück und erinnere dich an die Lust.«

Nackt und anschmiegsam gehorchte Penny; sie streckte die Arme über den Kopf, und die Brüste starrten an die Decke. Ihre Haut schüttelte sich vor der bloßen Anspannung; ihre Hüften hoben und senkten sich.

Nadine küsste sie, versprach ihr Vergnügungen und versprach ihr Alistair.

Sie fühlte die Hitze von Nadines Geschlecht aufsteigen, als die langen Schenkel über Pennys grätschten. Die warmen Handflächen und die langen Finger spielten mit ihren Brüsten und neckten sie, bis sie wuchsen und hart wurden. Nadine schob Pennys Brüste zusammen, sodass sie fast eine Masse bildeten. Sie schwollen an und sahen wie reife Melonen aus.

Nadine ließ Pennys Brüste wieder zurückschwappen, schob sie auf ihr Gesicht zu und bot ihr an, die stattlichen Rundungen zu lecken. Mit etwas Geschicklichkeit gelang es Penny, sie abwechselnd in den Mund zu nehmen. Ihre Haut fühlte sich weich und seidig auf ihrer Zunge an.

Ein Schub von Nadines sanfter, aber fester Hand brachte Penny zurück auf die Kissen. Sie sehr sie auch schätzte, was Nadine ihr gewährte, gab es doch etwas, was sie mehr mochte, und weil sie es nicht hatte, verlangte sie umso mehr danach. Das war das Problem, wenn man immer ein Sieger war – dann musste man immer der Sieger sein.

»Wann bekomme ich Alistair?«, stöhnte Penny.

»Wenn du alles hinter dich gebracht hast. Wenn du dich ganz der eigenen Sexualität unterworfen hast. Ich muss sicher sein, dass du dazu bereit bist.«

»Wann? Wo? Geht das nicht schneller?«

Nadine versteifte sich. Unbewusst spreizte sie die Hände.

»Du bist tatsächlich ungeduldig, meine kleine Pussykatze. Viel zu ungeduldig. Du willst galoppieren, bevor du das Traben gelernt hast.« Es war klar, dass sie auf das Erlebnis im Wald anspielte.

»Aber ich werde dir helfen, schneller ans Ziel zu kommen. Ich helfe dir, Geduld zu lernen.«

Sie bedauerte es, als Nadine von ihr abstieg. Ihr Grätschen war angenehm gewesen.

»Setz dich einen Moment auf.«

Penny tat, was ihr gesagt wurde. Aus dem Kleiderschrank, der mit geschnitzten Nymphen und übergroß ausgestatteten Satyren verziert war, holte Nadine ein Hundehalsband, das Penny schon mal gesehen hatte.

»Knie dich auf den Boden«, verlangte Nadine. Ihr Körper freute sich schon auf alles, was jetzt geschehen könnte, und so kniete sich Penny gehorsam neben das Bett. Nadine legte ihr das Halsband an. Mit ihrer veränderten, weil befehlenden Stimme änderte sich auch ihr gesamtes Verhalten.

Das Leder fühlte sich rau an, die Schnalle kalt, und doch spürte Penny jetzt schon, wie ihre Säfte flossen. Ihr Bauch spannte sich vor lauter Erregung an.

Als willige Mitwirkende hielt Penny ihre Arme hoch, als Nadine einen Seidenschal um ihren Rücken wand und die Enden zunächst unterhalb der Brüste auskommen ließ. Dann nahm sie die Enden und führte sie durch das Tal der Brüste und band den Schal im Nacken zusammen. Ihr Busen war geteilt und nach oben gepresst, was wirklich gut aussah; eine Sinnlichkeit, die nach körperlicher Beachtung schrie. Penny wölbte den Rücken und sah, wie sich ihre Brüste deutlich spannten.

»Steh auf«, verlangte Nadine.

Sie ahnte, dass noch mehr auf sie wartete; wahrscheinlich

Dinge, die sie mit Freude an sich ausprobieren würde. Deshalb zögerte sie nicht.

In der langen Kommode mit den vielen Schubladen, die alle die herrlichen Schnitzwerke mit den akrobatischen Beischlafszenen enthielten, gab es offenbar eine ganze Sammlung mit Nadines Seidenschals.

»Hierhin!«, befahl Nadine. »Jetzt sofort!«, rief sie, als Penny einen Hauch von Widerstand zeigte, denn sie wusste noch nicht, welche Rolle sie spielen sollte.

Nadine zeigte auf den Hocker, der normalerweise vor dem Frisiertisch stand, von ihr aber gegen die Wand gestellt worden war. »Grätsche drüber.«

Penny wollte sich auf den Hocker setzen, die Beine weit gespreizt. »Nein, so nicht. Ich will, dass du dich hinstellst«, fuhr Nadine sie an.

Penny gehorchte und nahm die Stellung ein, die Nadine befohlen hatte. Ihre Beine streckten sich über die Breite des Hockers, deshalb war es unmöglich, die Beine zu schließen. Nadine band die Beine mit den Seidenschals an den Hocker, der ziemlich breit, sodass ihre Muschi über der Sitzfläche balancierte. Fasziniert von der Verletzlichkeit ihrer Position, strich Penny mit den Händen über ihren Bauch und berührte dabei für einen Moment das rote Hütchen der Klitoris. Sie verlangte plötzlich nach einem Orgasmus, hatte aber das Gefühl, dass Nadine ihn nicht erlauben würde.

»Hör auf damit. Es ist meine Aufgabe, dich zu berühren, nicht deine!«

Nadine gab ihr einen Klaps auf die Finger.

»Hände über den Kopf«, sagte sie. Penny gehorchte.

Ihre Blicke verfolgten Nadine, die wieder zur Kommode ging. Es gab ein metallisches Klirren, etwa so, wie wenn eine Kette gegen die andere stößt.

»Noch mehr lernen, noch mehr Disziplin«, sagte Nadine, als sie wieder vor Penny stand, das Gesicht so nah, dass sie sie küssen könnte. Aber sie küsste nicht, und Penny war enttäuscht. Stattdessen hakte sie mit flinken Fingern feine dünne Ketten an Pennys Halsband. Sie fühlten sich kalt aber leicht an. Nadine warf sie über Pennys Schultern.

»Du kannst die Hände senken.«

Penny nahm die Hände herunter und blickte auf den Boden, als Nadine die Ketten nahm und auf dem Rücken befestigte, die Enden fest um ihre Handgelenke.

»Sehr schön«, sagte Nadine, als sie einen Schritt zurückging, einen Finger über die Lippen legte und ihr Werk bewunderte.

Penny war gefesselt, die Hände konnten sich kaum bewegen, und ihre Brüste waren genau in der Position, in der Nadine sie haben wollte. Ihre Beine waren gespreizt.

»Was für ein köstlicher Anblick, meine schöne Pussy«, schnurrte sie. Ihre Finger zwickten in Pennys Wangen, bevor sie die Hände auf die Brüste fallen ließ.

»Wenn du das meinst«, gab Penny mit einem Seufzer zurück.

»Schweig!«

Nadine schlug in Pennys Gesicht. Sie biss sich auf die Lippe. Wo Nadines Hand gelandet war, entstand Hitze. Der Schlag selbst überraschte Penny nicht. Inzwischen kannte sie Nadines Spiele und auch die Rolle, die ihr dabei zugedacht war. Trotzdem ertappte sie sich bei einem Gedanken, der ihr nicht das erste Mal kam: Wer war eigentlich die Herrin? Sie oder Nadine?

»Du sagst nichts! Ist das klar?« Die Hand klatschte auf die andere Wange, und nun brannte auch diese.

»Ja ... ja.«

»Nichts!«, rief Nadine und schlug ihr wieder ins Gesicht. »Du kannst nicken. Oder besser noch – verbeuge dich.«

Penny verbeugte sich. Sie wusste, dass eine Verbeugung genau das war, was Nadine schätzte. Dabei schwangen ihre Brüste auf verführerische Weise. Penny war sicher, dass Nadine der Verlockung nicht widerstehen und sie in die Hände nehmen würde. Aber zu ihrer Überraschung tat sie das nicht. Also richtete sie sich wieder auf und hoffte, dass Nadine ihr Programm weiter durchzog. Ihre Erregung war schon so sehr fortgeschritten, dass ihr Geschlecht nass geworden war, und ihre Knospe der Leidenschaft war aufgebrochen und harrte der sexuellen Erleichterung.

Während sie sich verbeugt hatte, war Nadine nicht untätig geblieben und hatte eine weitere Kette vom Halsband an die Wandlampe über Pennys Kopf angeschlossen. Sie war jetzt an diesen Fleck gebunden.

Nadine strich mit einer Hand über Pennys Brüste, über ihren Bauch bis hinunter zum Dreieck des schwarzen Pelzes. Penny schluckte schwer und bemühte sich, dass kein Ton über ihre Lippen kam. Die einzigen Laute, vor denen sie sich fürchtete, waren Stöhnen und Juchzen, und die hingen davon ab, was Nadine alles mit ihr anstellen würde.

»Nass, meine Liebe«, sagte Nadine, als ihr Zeigefinger über Pennys Labien strich und dann die lechzende Klitoris umkreiste. »Sehr nass. Sehr bereit. Nein, nein, nein!«, schrie sie plötzlich und fuchtelte mit einem nass glänzenden Finger vor Pennys Gesicht herum. »Noch nicht, meine schöne Pussy. Du hast noch Zeit zum Nachdenken.« Ihre Zähne leuchteten weiß, und ihre Augen glitzerten wie Eiswürfel.

Penny verspannte sich, als Nadine sich hinter sie stellte, und sie schüttelte sich zwanghaft, als die langen Finger über ihr erwartungsfrohes Fleisch streichelten. Ihre Muskeln pressten sich zusammen, denn jetzt glitten die glitzernden Finger zwischen ihre Pobacken. Nadine drückte die Backen auseinander. Ein Finger stieß zu ihrem Anus vor, der heftig zuckte.

»Bleib ganz ruhig stehen, meine schöne Pussy«, murmelte Nadine. »Meine Lust ist deine Lust. Mein Wunsch ist dein Wunsch.«

Sie stellte sich jetzt an Pennys Seite, und die beiden Gesichter waren dicht beisammen. Penny schaute auf die blasse Hautfarbe und auf die hellen Augen, die manchmal so aussahen, als wären sie völlig farblos.

»Nun«, sagte Nadine in einem Ton, der Penny glauben ließ, dass die Fesselungsszene noch nicht vorbei war, »folgt die komplette Meditation. Die brauchst du. Ich werde sie dir geben, und du wirst mir dankbar sein.«

Penny öffnete den Mund, aber dann erinnerte sie sich des Gebotes zu schweigen.

»Zuerst«, sagte Nadine voller Selbstbewusstsein und Vergnügen, »Schweigen.«

Der Schal, den sie um Pennys Mund band, war aus roter Seide.

»Und«, fügte Nadine hinzu, wobei ihre Zungenspitze über ihre Lippen strich, was Penny ein bisschen nervös machte, »Dunkelheit.«

Penny versuchte zu protestieren, aber ihre Worte wurden vom Schal gedämpft, der wie ein Knebel in den Mund ragte. Der nächste Schal verband Pennys Augen. Völlige Dunkelheit, komplette Fesselung. Sie zitterte aus einer Vorahnung heraus. Furcht war ein Teil davon, Erregung der andere Teil.

»Ein bisschen Ausruhen«, wisperte Nadine in ihr Ohr. »Eine Zeit zum Nachdenken. Ein paar Momente, in denen du dir überlegen kannst, was ich mit dir anstelle, wenn ich zurückkomme.«

Penny wollte fragen, wohin sie denn ging, aber ihre Worte kamen nur als murmelnde Laute heraus, die im weichen Stoff stecken blieben. Sie hörte, wie eine nahe Tür leise geschlossen wurde.

Sie versuchte sich zu bewegen, aber das war nicht möglich. Ihr Kopf wurde fest gegen die Wand gehalten, wofür die kurze Kette sorgte, die mit ihrem Halsband verbunden war. Ihre Hände befanden sich zwischen Rücken und Wand, und die Beine grätschten über den Hocker. Ihr Geschlecht klaffte weit auseinander.

Die Zeit verstrich nur langsam, und ihre Beine begannen zu schmerzen. Sie lauschte angestrengt nach Schritten, aber sie hörte nur raschelnde Laute von draußen – Nachtvögel sowie das Dröhnen des Autobahnverkehrs in der Ferne. Ihre Erregung nahm ab.

Ihre Sinne waren mit einem Schlag wieder da, als sie hörte, wie eine Tür geöffnet wurde. Sie spürte einen kühlen Windzug. Zitternd vor neuer Erregung versuchte sie sich zu strecken und die Brüste herauszudrücken, als wollte sie Nadine zu einer Berührung einladen, ganz egal, wie grausam sie vorgehen würde.

»Nun, Pussycat, bist du bereit für mehr?«

Penny nickte eifrig. Sie hielt unwillkürlich den Atem an, als etwas Kaltes auf ihre Nippel gepresst wurde. Metallklammern für ihre Brustwarzen.

»Wie fühlt sich das an, meine Schöne?«, fragte Nadine schnurrend.

Penny raunte etwas in ihren Knebel.

Nadine reagierte sofort, denn sie lechzte nach der Chance, jeden Anflug von Rebellion zu bestrafen, auch wenn Penny mehr als ein williges Opfer war. Fast glaubte Nadine, dass Penny selbst noch stärkeren Druck auf die Klammern ausübte. Penny verzog das Gesicht, und Schweiß legte sich wie ein dünner Film auf ihre Haut, als Nadine zwei Finger unter das Lederhalsband schob.

»Kein Wort«, verlangte Nadine streng. »Schiebe deine Hüfte vor, wenn du ja sagen willst, und bewege sie im Kreis, wenn du nein meinst.«

Penny stieß die Hüfte vor.

»Gute kleine Pussy«, lobte Nadine. Wie schon zuvor, strich sie mit einer Hand über Pennys dunkles Dreieck. Mit der Fingerspitze lockte sie die Klitoris heraus.

»Wieder nass?« Ihre Hände streichelten über den Rücken und kitzelten Wirbelsäule und Pobacken.

Penny fühlte, wie die Finger in ihre Kerbe glitten und die Nässe aus der Pussy über den Anus rieben, als wollte sie ihn für künftige Arbeiten vorbereiten.

Dann spürte sie nichts mehr, keine Berührung, keine Bewegung, und sie hörte auch keinen Laut. Nur noch das Krachen der Tür.

Sie ließ die Hüften kreisen und wünschte, sie könnte die Schenkel zusammenpressen und hätte die Hände frei, um sich selbst Lust zu verschaffen.

Es hatte keinen Sinn. Sie war so hart gefesselt wie vorher und ebenso unfähig, ihr entzündetes Geschlecht anzufassen. Ihre Nippel schmerzten und spiegelten den Schmerz zwischen ihren Beinen wider.

Erneut zog sich die Zeit zäh dahin. Diesmal verging die Hitze nicht völlig, dafür sorgten schon die Nippelklammern. Wie zwei Außenstellen ihrer feuchten Pussy klopften sie vor Erregung und schickten Botschaften durch ihren ganzen Körper.

Eine Welle der Erregung überkam sie, als sie hörte, dass die Tür geöffnet wurde.

»Ich bin wieder da.« Nadines Lippen waren heiß und feucht an Pennys Ohr. Sie schien immer noch komplett angezogen zu sein, während Penny nackt war.

Sanft glitten Nadines Finger und ihre Handflächen über die strotzenden Brüste, bevor sie über Pennys Bauch streichelten und dann zum feuchten Geschlecht vordrangen. Penny murmelte ekstatisch in ihren Knebel. Es störte sie nicht, dass sie ihre Quälerin nicht sehen konnte; es genügte zu wissen, dass sie da war und sie nicht vergessen hatte.

Tränen der Frustration quollen hinter der Augenbinde auf, als Nadine ihre Finger herauszog und noch einmal über Pennys Rücken strich. Penny fühlte, wie Nadine wieder Nässe von der Pussy zur kleineren Öffnung verrieb. Ihre Backen wurden auseinander gezogen, und Sekunden später spürte Penny eine Invasion in beide Öffnungen.

Was für ein Bild muss ich abgeben, dachte Penny und war froh, sich nicht anschauen zu müssen. Sie stöhnte immer lauter in ihrer Ekstase, als Nadine das Sexspielzeug immer schneller in sie hinein schob.

»Jetzt habe ich dich, Penny. Du gehörst mir, mir allein.« Nadine kreischte fast, und sie wuchtete so heftig in Penny hinein, als wollte sie der jüngeren Frau einen männlichen Orgasmus besorgen.

Penny hatte die Augen geschlossen, um sich besser auf die Gefühle konzentrieren zu können. Selbst als die Zuckungen nachließen, blieb die Hitze, die sie zu verzehren schien.

Trotz des Knebels schrie Penny voller Entzücken auf. Nadine stieß das Spielzeug immer noch hinein, aber nicht mehr so entschieden wie zuvor, denn jetzt rieb sie dabei auch die eigene Klitoris.

Vierzehntes Kapitel

Es war ein guter Tag gewesen. Im Pferdetransporter, auf dem Heimweg von der Royal Forest Show, waren alle lustig, sie erzählten sich Witze oder schmetterten die Schlager mit, die aus dem Radio dröhnten. Es gab einen Grund für die gute Stimmung. Die Beaumont-Mannschaft hatte die höchste Punktzahl erzielt und die meisten Pokale abgeräumt. Kein anderes Team hatte so viele Qualifikanten für die nächste Saison.

Penny fühlte sich nicht weniger glücklich. Sie hatte den Blick in Alistairs Augen gesehen, als sie den größten Preis des Tages eingeheimst hatte. Obwohl sie nur den Rücken des Pferdes zwischen ihren Beinen gespürt hatte, war es ihr in dem kurzen Moment des Blickkontakts, als reite sie Alistair.

Nadine blies ihr einen Kuss vom Rücksitz des Rolls-Royce zu, der einen Bogen um den Pferdetransporter schlug, um sie und Alistair zurück nach Beaumont Place zu bringen.

»Kuh«, knurrte Alf, der unten im Dorf wohnte und ab und zu für die Familie fuhr.

Alf hatte sandfarbene Haare und Augenbrauen. Er trug eine flache Kappe, die seine Haare begrub.

»Ich schätze mal, dass du Nadine nicht magst«, sagte Penny, denn man sah Alf deutlich an, was er von ihr hielt.

»Ich soll sie mögen?«, knurrte er wieder und spuckte aus dem Fenster. »Kann die verdammte Frau nicht ausstehen. Sie ist nicht ganz dicht. Sie manip... eh, sie bringt dich dazu,

Dinge zu tun, die du gar nicht tun willst. Es gibt auch eine Belohnung, verspricht sie, wenn alles erledigt ist. Aber dann ist alles erledigt, und sie hat die Belohnung vergessen.«

»Ach, du bist nur neidisch, Alf.« Gregory lachte nervös und warf einen Seitenblick auf Penny. Er reagierte nervös, als hätte er sie im Stich gelassen – schon seit der Nacht im Wald, und obwohl sie ihm zugeflüstert hatte, dass sie das Erlebnis genossen hatte, glaubte er immer noch, in ihrer Schuld zu stehen.

»Keine Sorge«, hatte sie ihm versichert und hatte ihre Zunge in sein Ohr gesteckt. »Du kannst es ja wieder gutmachen.« Sie überlegte schon wie.

Seit sie in Beaumont Place war, hatte sie Nadine nachgegeben. Nadine hatte sich als Herrin gefühlt, aber das stimmte so nicht. Wenn Penny erst Alistair auf ihre Seite gebracht, die Wette mit Ariadne für sich entschieden und den Hengst gewonnen hatte, war sie die Siegerin und hatte alles erreicht, was sie erreichen konnte. Es war unglaublich, wie gut sie sich in Beaumont Place eingelebt hatte, als wäre sie ein Korken, der den richtigen Flaschenhals gefunden hatte.

Unruhe hatte sich in ihr breitgemacht, nachdem sie gehört hatte, dass die meisten Reiter nach einem Jahr wieder gehen, die meisten auch gern. Ihre Abreise wurde ihnen durch einen Geldbetrag, Landbesitz oder ein Pferd versüßt.

Sie wollte ihr Glück nicht strapazieren, aber die Unruhe war auch nicht zu ignorieren. Noch am Abend wollte sie zu Nadine gehen und sie fragen, wie man es mit den Reitern nach einem Jahr hielt. Tief in sich wusste sie, dass weder Geld noch irgendwas anderes sie für die Gefühle entschädigen konnten, die sie hier erlebt hatte. Sie wollte ein Teil von Beaumont Place bleiben, sie wollte viel länger als ein Jahr bleiben, vielleicht sogar für immer. Ja, sie würde mit Nadine reden.

Sie duschte zuerst und genoss den warmen Seifenschaum, der in perlenförmigen Tropfen von den Brustspitzen auf den Bauch rann und sich in den Schamhaaren verfing, eher er über die Innenseiten der Schenkel verschwand.

Als sie angekleidet war, duftete sie nach Narcisse, und ihre Haut fühlte sich gegen den hellgrünen Leinenstoff wie Seide an. Keine Unterwäsche natürlich, nur das Kleid mit seinem Seidenfutter, das für einen coolen Körper sorgte.

Ihre Beine waren so schön gebräunt wie immer, und die Waden wirkten länger und gespannter, als sie in hochhackige Sandalen stieg, die grünlich schimmerten und deshalb besonders gut zum Kleid passten. Sie legte eine schlichte Goldkette um den Hals und ließ ihre Haare frei schwingen.

»Und nun«, rief sie aus und musterte die schöne Frau, die ihr aus dem Spiegel entgegen schaute, »nun geht es in die Höhle des Löwen.«

Die Privaträume der Beaumonts lagen im Westflügel des Hauses, ungewöhnlich luxuriös ausgestattet und ungewöhnlich dekadent, wie sie sich erinnerte. Alistairs Büro lag auch auf dieser Seite; an ihrem ersten Tag war sie hier gewesen, als er verlangt hatte, dass sie halb nackt mit ihm durch die Stadt ging.

Seither war viel Wasser die Themse hinuntergeflossen, und viele Hemmungen hatte sie seit ihrer Ankunft in Beaumont Place abgelegt. Der erste Tag hatte sie auf das vorbereitet, was noch kommen sollte.

»Gehst du zur Party?« Gregory sah frisch geduscht und lässig gekleidet aus. Seine Bluejeans waren hell, sein Hemd leuchtete weiß und bildete einen starken Kontrast zur gesunden Bräune seines Teints. Sie betrachtete ihn ausgiebig und fühlte, dass ihre Pussy prickelte. Er glänzte wie eine frisch gepresste Münze, dachte sie. Seine Haare fielen wie Satin von seinem Kopf, und im Nacken wurden sie von einem dünnen schwarzen Lederband gehalten.

»Natürlich«, antwortete sie. Ihre Blicke trafen sich. Sie fragte sich, wie lange er brauchen würde, um ihre Gegenwehr zu brechen, sie gegen eine Wand zu stellen und seinen prächtigen Schwanz in ihr zu versenken.

»Hast du was dagegen, wenn ich mit dir gehe?«, fragte er mit einer Stimme, die vage Verehrung ausdrückte.

Ihre Blicke trafen sich wieder. »Ja«, sagte sie, »ich habe was dagegen.« Dann sah sie schnell weg. Sie hatte eine Aufgabe im Kopf, und er, sein Körper und ihre eigene Sexualität konnten sich ihr dabei in den Weg stellen. Am besten vermeiden, dachte sie bedauernd. »Wenn du gestattest, möchte ich gern ein wenig allein sein.«

Ihm blieb nichts anderes übrig, als es zu gestatten, aber er sah verletzt aus, und das Verlangen in seinen Augen brachte sie fast dazu, ihre Meinung zu ändern.

Aber sie spannte das Kinn, sah starr geradeaus und sagte: »Ich brauche etwas frische Luft.« Sie zögerte und wusste instinktiv, dass der Blick auf seinem Gesicht sie instinktiv als Lügnerin entlarvte. »Wir sehen uns später.«

Er schwieg, und sie fühlte sich schuldig. Aber sie hatte sich entschieden. Nadine war keine ehrliche Bettpartnerin, und das ärgerte Penny. Die Beziehung von Bruder und Schwester hatte noch eine Komponente, die sie bisher nicht durchschaut hatte. Sie nahm sich vor, genau herauszufinden, was sich zwischen den beiden abspielte.

Ihre Hand lag auf der Messingklinke der breiten Doppeltür, die sich zu den Apartments der Beaumonts öffnete. Die Fenster waren hoch, sie erstreckten sich von der Decke bis zum polierten Boden.

Die Wände waren in Terracotta gehalten; sie bildeten einen

dramatischen Kontrast zu den Goldrahmen der Gemälde an den Wänden. Es gab Louis-XIV-Mobiliar mit Brokatbezügen sowie dicke persische Teppiche.

Sie sah sich die gut genährten Rubens-Frauen mit den festen Brüsten und den gerundeten Bäuchen an, und Männer mit ausgeprägten Muskeln und Gliedern, die nicht zum übrigen Körperbau passten, scharwenzelten um sie herum.

Sie leckte sich über die Lippen und studierte die einzelnen Gemälde. Es gab andere, deren Stil nicht so klassisch war, aber was sie darstellten, konnte man auch nicht für zeitgenössisch halten: Satyrn mit Ziegenfüßen stießen enorme Penisse in weit geöffnete weibliche Tore.

Die meisten Frauen schienen unterwürfig zu sein. Aber ein Gemälde ließ Penny im Schritt verharren.

Da war ein Wagen zu sehen, dem auf der Waldlichtung nicht unähnlich. Eine Frau war – wie Penny – an die Deichsel gebunden, und ihre Gesichtszüge zeigten, dass sie sich in großer Ekstase befand.

Penny schaute genau hin. Was sie am meisten faszinierte, war ein Paar, das sich sehr ähnlich sah. Die Augen glichen sich, ein dumpfes Grau, und sie waren beide schlank. Sie kosten sich. Das Mädchen hielt den Penis des Mannes in der Hand, und irgendwo zwischen ihren Beinen schienen seine Finger aktiv zu sein. Penny wusste, dass sie Bruder und Schwester waren, und sie sollten nicht das tun, was sie gerade taten.

Trotz der hohen Fenster wurde es im Zimmer dunkler, denn ein wolkenreicher Nachmittag ging in eine frühere Dämmerung über.

Penny sah die Tür, die hinaus auf den Korridor führte. Nur ein kleines Fenster mit dunkelblauem Glas ließ gedämpftes, getöntes Licht herein. Drei Wandlampen kompensierten den

Mangel an natürlichem Licht. Wie im Zimmer, das sie gerade verlassen hatte, lagen auch hier dicke persische und chinesische Teppiche.

Ihre Schritte waren völlig lautlos. Ihre Absätze versanken im seidenen Plüsch und in den prächtigen Farben der Teppiche. Als sie ein schwaches Klicken hörte, das von einem Türschloss kommen konnte, drückte sie auf die Klinke der einen Tür und fand sich in einem kleinen Zimmer. Es gab Stuhlreihen wie in einem Kino, aber eine Leinwand war nicht zu sehen. Es gab nur ein Fenster, eine einzige große Glasscheibe, durch die man in das Zimmer nebenan schauen konnte.

Zuerst duckte sie sich, als sie Alistair und Nadine sah, aber dann wurde ihr klar, dass die beiden sie nicht sehen konnten. Sie waren in ein intensives Gespräch vertieft und saßen sich in einem Durchgang zwischen zwei Sitzreihen gegenüber.

»Also heute Abend?«

Nadine erhob sich plötzlich und stemmte ihre langen Hände in die schmalen Hüften. Sie sah ihren Bruder fragend an. Der stand jetzt auch auf und begann auf und ab zu gehen, die Hände in den Hosentaschen. Er schien in Gedanken versunken und starrte meistens auf seine schwarz glänzenden Schuhe oder auf den dicken roten Teppich.

»Hmm.«

»Was denn?«, fragte Nadine mit einem Anflug von Ungeduld.

»Ja. Wenn du dir sicher bist.«

»Ich bin mir sicher.«

Sie sah Nadine lächeln, ein klares, helles Lächeln in den Augen, das Penny schon so oft bei ihr gesehen hatte, aber nie mit den blitzblanken Zähnen so wie jetzt.

»Sage es mir noch einmal«, forderte Alistair sie auf. Er erinnerte Penny an ein kleines Kind, dem man eine Geschichte erzählt hatte, die es nun immer wieder hören wollte. Die Erregung brachte Unruhe in ihren Bauch. Irgendwie hatte sie das Gefühl, dass sie es war, über die sie redeten. Die Zeit war reif, ihre Wette zu gewinnen, obwohl es gar nicht mehr ihr oberstes Ziel war, zu gewinnen.

Nadine schwankte leicht auf den hohen Absätzen ihrer schwarzen Lackstiefel, zu dem der kurze Lederrock gut passte; er bedeckte kaum die schneeweißen Halbkugeln ihres Pos. Sie seufzte, als hätte sie keine Lust, das alles noch einmal zu wiederholen.

»Total unterwürfig, absolut in meiner Kontrolle. Sie ist fast bereit für dich. Nach dem heutigen Abend wird sie völlig gefügig sein. Es gibt nichts, was sie nicht tun wird.«

»Bist du sicher? Bist du sicher, dass nicht du auf sie abfährst und nicht umgekehrt?«

Nadine sah ihn wie ein gereiztes Kind an, und rosa Farbe überzog ihre gewöhnlich blassen Wangen. Das ließ Penny lächeln. Auch wenn Nadine es nicht als Tatsache anerkannte – Penny wusste es. Nur seltsam, dass auch Alistair es wusste.

»Natürlich bin ich sicher! Du wirst es ja sehen.«

»Gut.« Alistair lächelte, und Nadine ging zu ihm wie ein Mädchen, das eine Belohnung erwartete, weil es eben ein braves Mädchen gewesen war.

»Bist du zufrieden mit mir, Aly, Darling?«, fragte Nadine auf eine sehr kokette Weise.

Alistairs weiße Zähne blitzten auf, und plötzlich konnte Penny sehen, wie ähnlich sie sich waren und wie sehr sie sich aufeinander verließen.

Penny erinnerte sich an das Paar im Gemälde. Es stand auf der Seite und beobachtete die Frau, die das Zaumzeug trug und den Wagen ziehen sollte, und um sie herum tanzten die Satyrn, die ihre übergroßen Glieder wie Baseballschläger schwenkten.

»Wunderbarer Hengst«, hörte sie Nadine miauen. Dann lachte sie, warf den Kopf zurück und schlang die Arme um ihren Leib, aber die Augen blieben auf ihrem Bruder. »Ariadne hatte recht. Sie bringt alles, was wir erwartet haben. Miss Bennet wird einen Hengst mehr kriegen, als sie glaubt. Und danach suchen wir uns wieder eine Neue aus, nicht wahr, mein lieber Bruder? Es gibt immer wieder etwas Neues.«

»Immer wieder«, bestätigte Alistair.

Penny fühlte, dass seine Erregung fast zu schmecken war, aber sie fragte sich auch, auf wen dieses ganze Szenario zurückging.

»Wenn du mit ihr fertig bist, lassen wir sie ziehen. Es gibt immer wieder eine, die auf dein Geld wartet und mehr als bereit ist, auf deine Bedingungen einzugehen. Ich weiß, dass sie noch nicht ein ganzes Jahr hier ist, aber sie war eifriger als irgendeine sonst. Deshalb ist sie schon lange genug hier.«

Nadine hatte das alles mit einem Lächeln gesagt. Ihr Bruder reagierte nicht sofort, und der Blick seiner Augen hatte nichts mit dem Blick seiner Schwester zu tun. Man konnte den Eindruck gewinnen, dass er andere Pläne hatte.

»Ja.« Er zögerte, dann: »Ja, kann man so sehen. Aber ich glaube nicht, dass Miss Bennet sich mit den paar Monaten zufrieden gibt. Sie ist ein Naturtalent bei dem, was sie macht, meine liebe Schwester. Es ist so, als hätte sie einen besonderen Trieb in sich.«

»Sie wird es akzeptieren müssen«, gab Nadine zurück.

Alistair hob die Augenbrauen und starrte seine Schwester in seiner ruhigen Art an. »Oder auch nicht.«

»Na und?« Nadine hob die Schultern und zündete sich ein Zigarillo an. »Sie hat keine Chance.«

»Wir werden sehen«, sagte Alistair mit einem Lächeln, das Penny zum Schmelzen brachte. Ihr Mund sehnte sich nach seinem Kuss und ihre Lenden nach seinem Körper. »Wir werden sehen«, wiederholte er.

Es stimmte also! Sobald Alistair sie genommen hatte, musste sie gehen. Aber das war doch Unsinn, sagte sie sich, absoluter Unsinn. Wie konnte sie in ihrem Sport jemals zur Spitze gelangen, wenn sie nicht permanent unter diesen Bedingungen trainieren konnte? Aber das war nicht der Grund, warum sie länger bleiben wollte. Andere Leidenschaften waren entfesselt worden, und in Beaumont Place wollte sie sie ausleben – mit Gregory, Alistair und sogar mit Nadine.

Ariadne hatte sie ins Spiel gebracht, und vielleicht würde es Ariadne sein, die sie herausholte.

Penny ließ die Geschwister zurück, sollten sie doch ihre gemeinsamen Pläne schmieden. Plötzlich wollte sie sich um ihre eigenen Pläne kümmern.

Sie ging wieder über den Korridor, der sie zurück in die weniger privaten Räume von Beaumont Place bringen würde.

War sie wirklich erst seit ein paar Monaten hier? Es kam ihr viel länger vor. Sie wusste, dass sie nicht gehen wollte, und in ihrem Kopf überschlugen sich die Gedanken.

Sie wollte bleiben. Sie war glücklich hier, aber um zu bleiben, musste sie etwas Drastisches unternehmen, und sie brauchte Hilfe, um ihren Plan auszuführen. Zuerst musste sie Ariadne anrufen, um sich Klarheit zu verschaffen. Wenn sie alle Fakten hatte, konnte sie beginnen.

Das Telefon klingelte eine halbe Ewigkeit, bevor Ariadne sich meldete. Sie hörte sich außer Atem an, und Penny hatte den Eindruck, dass ihre schöne blonde Freundin nicht allein war.

»Ich bin's, Penny Bennet.«

»Penny?« Wenn Ariadne eine Freundin war, hörte sie sich in diesem Moment wirklich nicht danach an, dachte Penny. Aber ihr blieb keine Wahl.

»Es geht um unsere Wette. Und um Alistair.«

Ariadne zögerte, bevor sie etwas sagte. »Wie kommst du zurecht?«

»Viel zu gut. Ich glaube, ich stehe kurz davor, die Wette zu gewinnen.«

»Jetzt schon? Verdammt!«, rief Ariadne, wieder etwas mehr außer Atem. »Du gehst wirklich schnell auf deine Ziele zu, was? Dann ist der Hengst dir, mein Schatz.«

»Ja, das weiß ich. Aber eigentlich war er das immer schon, nicht wahr?«

Durch die Leitung kam nur Schweigen.

»Du weißt also Bescheid?«, fragte Ariadne, die Stimme kaum mehr als ein Wispern.

»Dass der Hengst nicht dir gehört, sondern Alistair?«

»Wie hast du das herausgefunden?«, fragte Ariadne verdutzt.

»Ich habe es geraten.«

Penny hatte tatsächlich nur geraten. Wenn Ariadne so klug wäre, wie sie glaubte, hätte sie erkannt, dass Penny nur mal auf den Busch klopfen wollte. Und Ariadne war sofort in die Falle getappt. Außerdem war Penny überzeugt, dass jemand bei ihrer Freundin war, die sie beim Telefonieren ablenkte.

»Es ist wie ein Aphrodisiakum«, fuhr Ariadne fort, und plötzlich kamen ihre Worte schnell und wie gestoßen. »Er ist ein mächtiger Mann. Er hat viel Einfluss und viel Energie.

Nadine lenkt seine Energien und verstaut sie in den lustigen Gummihosen, die er auf ihr Geheiß anziehen muss.«

»Ja, richtig«, gab Penny laut zurück. »Du machst Witze«, wäre eher ein Kommentar gewesen, der ihr auf der Zunge lag, aber ihre Replik sorgte dafür, dass sie ihre Unwissenheit verbergen konnte.

»Deshalb trägt sie auch die großen Ohrringe, weißt du, diese kreuzförmigen schwarzen Dinger. Dahinter hat sie einen Schlüssel versteckt, mit dem sie seine Hose aufschließen kann. Ohne ihre Hilfe kommt er nicht an seinen schönen Schwanz heran. Sein Trieb ist abgewürgt, wenn du so willst. Stell dir nur mal vor, wie sein Gerät hüpft, wenn es mal ins Freie gelassen wird. Ich frage mich, was seine Geschäftspartner dazu sagen würden, wenn sie die Wahrheit wüssten«, fuhr Ariadne fort. »Ich wette, er würde lieber tot umfallen.«

»Glaube ich auch«, sagte Penny. »Er wäre entsetzt, wenn jemand das herausfindet.«

»Verheerend«, sagte Ariadne hechelnd.

Penny kannte Ariadne lange genug, um zu vermuten, dass irgendein Kerl ihre Pussy leckte oder seinen Schaft in sie hineinstieß. Und aus Erfahrung konnte sie sich vorstellen, dass Ariadne am liebsten den Hörer weggelegt hätte, um ihren Mund mit irgendwas zu füllen, was besser schmeckte.

Wieder schlug Penny zu, bevor Ariadne geradeaus denken konnte.

»Er hat dich nicht gefragt zu bleiben?«, fragte Penny.

»Nein. Ich wäre gern länger geblieben, aber auf solchen Dingen steht er nicht. Ich glaube, Nadine will nicht, dass sich Alistair mit jemandem über einen längeren Zeitraum beschäftigt. Und außerdem hat es sich für mich gelohnt. Ich habe jetzt meine eigene Pferdezuchtfarm.«

»Stuten und Hengste?«

Ariadne keuchte, als hätte ein dicker Schaft sein Ziel in einer ihrer Öffnungen gefunden. Aber offenbar nicht ihren Mund, dachte Penny, denn Ariadne lachte atemlos ins Telefon. »Nur ich«, gurrte sie mit unverhohlener Lust, »und eine Auswahl feiner, junger Hengste.«

Penny nahm an, dass ihrer Freundin das Telefon aus der Hand geglitten war. Ein wütendes Summen attackierte ihr Ohr.

Aber sie hatte auch keine Fragen mehr, nur noch die eine, die in ihrem Kopf herumschwirrte. Alistair trug also eine abschließbare Gummihose, die sein Geschlechtsteil absicherte. Das Bild verwirrte und erregte Penny. Nadine kontrollierte ihn mit dieser Gummihose. Wenn Ariadne davon wusste, dann vielleicht auch andere Leute. Hatten sie sich deren Schweigen eventuell erkaufen müssen?

Die internationalen Geschäftspartner würden den Respekt vor Alistair verlieren, wenn sie von seinem seltsamen Liebesleben erfuhren.

Die Saat eines Plans ging in ihrem Kopf langsam auf. Auch wenn sie unbedingt eine Stabilität für ihre Reiterkarriere erreichen wollte, musste sie diesen Plan verfolgen. Sie wollte keine anderen als die Weiden von Beaumont Place kennenlernen.

Ariadne hatte nicht länger bleiben wollen, und wahrscheinlich hatte sie auch nicht alles erduldet, was Penny ertragen hatte.

Beaumont Place hatte ihr die Art Sicherheit gegeben, von der sie in der Vergangenheit nur hatte träumen können. In Nadines langen schlanken Fingern spürte sie Zuneigung. Penny hatte viele Arten von Zuneigung kennengelernt. Und unter Alistairs Zurückhaltung, die ihm durch eine Gummihose und eine dominante Schwester auferlegt worden war, zeichnete sich eine ungewöhnliche Leidenschaft ab. Sie galt ihr, diese Leidenschaft, deshalb wäre es besonders schlimm, wenn sie Beaumont Place verlieren würde.

Die Knöchel weiß vor Entschlossenheit, nahm Penny einen tiefen Atemzug und versprach sich selbst: Mit Gregorys Hilfe würde sie sicherstellen, auf Beaumont Place zu bleiben, vielleicht sogar für immer.

Fünfzehntes Kapitel

Sie waren im privaten Theater, in das Penny schon vorher gestolpert war, aber diesmal war sie auf der anderen Seite der Scheibe. Wie sie schon geahnt hatte, war es ein Einwegspiegel. Wie unter Zwang öffnete sie die Augen weiter, als sie auf das Glas starrte. Dann studierte sie den Rest des Zimmers, die rosa Wände, die roten Teppiche und die Tatsache, dass der Raum keine Fenster hatte, aber von viereckigen Laternen mit orientalischen Ornamenten in den vier Ecken des Zimmers angestrahlt wurde.

In der Mitte des Zimmers befand sich ein Holzrahmen, den man für einen Webstuhl hätte halten können. Aber Penny war nicht unbedarft; sie hatte eine Menge gelernt und kannte sich auf vielen Gebieten aus.

»Wie schön du aussiehst, meine schöne Pussy«, schnurrte Nadine. Ihre Haare sahen weißer aus, und ihre Augen glitzerten wie Scherben eines harten Glases.

Penny sagte nichts, auch nicht zu Nadines Hand auf ihrem Rücken und Po. Es mochte sein, dass sie sich angespannt fühlte, aber das Licht der Erregung leuchtete hell in ihren Augen. Obwohl Heiterkeit und ein Gefühl potenziellen Triumphs wie tanzende Blätter in ihrem Bauch herumwirbelten, senkte sie demütig den Kopf und studierte die tiefe Röte des Teppichs.

Penny hatte an diesem Abend wenig gegessen und noch weniger getrunken. Zweifellos hing etwas in der Luft, und dieses Etwas würde entscheiden, ob sie sich am Ende des Abends als Bettlerin oder als Prinzessin fühlen konnte.

Nadine hatte ihr beim Ankleiden geholfen, und sie hatte auch das Kostüm ausgesucht. Es war nichts Berauschendes, nur ein Kaftan aus schwarzer Seide, besetzt mit schwarzem Bernstein und Silber. Unter dem Kaftan trug Penny nur ihre cremige Haut, die von Gregory gebadet, eingeölt und massiert worden war. Ihre Haare fielen in glänzenden Wellen über den Ansatz der schwarzen Seide.

Sie waren nur zu zweit in diesem Zimmer, Nadine und sie.

»Wird sonst niemand erwartet?« Penny stellte die Frage, die man als provokant oder neugierig bezeichnen konnte.

»Mein Bruder war vorhin schon hier«, schnurrte Nadine. »Jetzt sind nur wir beide hier, meine schöne Pussy. Aber er wird zurückkommen.«

Nadine grinste und streckte sich wie eine biegsame Katze. Sie schien maßlos selbstsicher zu sein, höchst zufrieden mit dem, was vorher in diesem Zimmer abgelaufen war.

Unter gesenkten Lidern sah Penny, wie Nadine einen großen schwarzen Ohrring befingerte. Schwarze Ohrringe, schwarzes Outfit, weiße Haare. Nadine war ein Geschöpf des Kontrasts und war süchtig nach dramatischen Effekten. Auch jetzt bestand ihre Kleidung hauptsächlich aus einem fünf Zentimeter breiten Lederstreifen, der am Taillengürtel ansetzte, zwischen ihren Schenkeln verlief und ihren jungenhaften Hintern in zwei schneeweiße Hälften teilte.

Sie trug auch eine silberne Brustplatte zwischen den Brüsten. Sie wurde von Ketten gehalten, die zu einem Halsband mit Nieten führte. Die Augen waren schwarz angemalt, und silberne Dolche hingen von ihren Ohren hinab.

Wenn sie neben ihr stand, fühlte sich Penny seltsam verletzlich und beinahe von einer unschuldigen Schönheit.

»Lass mich dir damit helfen«, sagte Nadine, und ihre langen Finger öffneten die Verschlüsse von Pennys schwarzem Kaftan. Sie streifte ihn ab und warf ihn irgendwo auf die Seite, bevor sie Penny zu dem Holzgestell führte, was sie nicht überraschte.

Ihre langen Finger wickelten Lederbänder um jedes Handgelenk, und auf jeder Seite befand sich ein Metallring. Nadine befestigte Haken an die Ringe und verband sie mit dem Holzgestell. Ihre Fußknöchel wurden auf ähnliche Weise befestigt. Sie stand gespreizt und gestreckt da, und wieder bildete ihr Körper ein großes X.

Einige Male zögerte Nadine bei ihrer Arbeit und schaute Penny unsicher an, ein unsicheres Lächeln um den breiten Mund, als könnte sie nicht glauben, wie einfach es war, Penny in diese Position zu bringen. Ihre Hände zitterten.

»Du bist ungeheuer willig, meine schöne Pussy.« Sie tunkte einen Finger in Pennys Scheide. »Oh, Mann. Du bist aber mehr als bereit, was?«

Penny wusste, dass sie sich die Antwort sparen konnte. Sie wollte nicht sprechen. Sie wollte Alistair – mehr, als sie je für möglich gehalten hatte. Heimlich erlaubte sie sich, den gesenkten Blick zu heben, um in den Einwegspiegel sehen zu können, und als spielte sie vor einem unsichtbaren Publikum, streckte sie ihren Körper und stöhnte und ließ die Hüften kreisen.

Nadines Lachen klang laut und kehlig, besonders, als sie das Zaumzeug über Pennys Kopf zog und die Kandare zwischen die Zähne drückte.

Pennys Brüste stießen ungeduldig vor, und auf Armen und Beinen bildete sich Gänsehaut. Nadine zog ein rotes Samttuch zurück, unter dem eine Vielzahl von Peitschen lag. Nadine grinste Penny an, als sie eine Peitsche in die

Hand nahm und auf sie richtete. »Soll ich die benutzen?« Ihre Stimme klang in einem albernen Singsang, der absolut nicht zu ihr passte. »Oder lieber diese hier? Was meinst du?«

Penny konnte nicht antworten, also traf Nadine die Entscheidung selbst.

»Ja, gut, diese soll es sein«, rief sie schließlich.

Penny klemmte die Pobacken zusammen, als Nadine die Spitze des Bambusgriffs ihrer Peitsche über Pennys entblößte Haut führte. Sie zitterte wieder und biss auf das Metall in ihrem Mund. Immer wieder schaute sie zur Tür, durch die sie Alistair erwartete, und dann zum großen Spiegel.

Nadine wandte sich plötzlich von ihr ab, öffnete die Tür und ließ Alistair ein.

Zum Glück waren die Scheuklappen diesmal nicht fest; sie ließen sich verschieben. Sie konnte Alistair sehen, aber so hatte sie ihn noch nicht gesehen. Der Gucci-Anzug, das ägyptische Baumwollhemd, die Seidenkrawatte und die handgearbeiteten Lederschuhe waren verschwunden. Er trug nur ein seltsames Wäschestück aus glänzendem Gummi. Unter dem dicken Latex war nicht mal zu erkennen, ob er einen Penis hatte.

Aber obwohl sie zum ersten Mal mehr von seinem Körper sah, war ihr Blick auf seine Augen gerichtet. An diesem Abend leuchteten sie. Sie glitzerten vor Hitze, als er ihren Körper mit seinen Blicken abtastete. Er wollte sehen, was ihn erwartete.

Sein Atem hörte sich schwer an, als verschluckte sich seine Lunge an der Luft.

»Alles für dich«, rief Nadine, als sie den winzigen Schlüssel hinter dem Ohrring hervorholte und die Gummihose aufschloss. Sein Glied sprang in voller Größe heraus.

Der Anblick füllte Pennys Augen, und ihr Mund öffnete

sich vor Überraschung. Es war ein schöner Anblick, wie der Penis pochte, zuckte und den Kopf hob, als wäre er wild und unzähmbar. Sie wollte diese pochende Länge in sich spüren, sie wollte gefüllt werden von dieser Stärke. Die Enthaltsamkeit hatte den Penis vor Verlangen anschwellen lassen. Jetzt war er frei und wild entschlossen.

Nur kurz warf sie einen Blick in den Spiegel, und dabei leckte sie sich über die Lippen, als freute sie sich auf ein Gourmet-Essen.

Alistairs Brustkorb, besprenkelt mit dunklen Haaren, war so hart wie sein Schaft. Seine Hände waren nicht zu sehen. Um den Hals trug er einen Lederkragen, und erst jetzt erkannte sie, dass die Hände auf den Rücken gefesselt waren, vielleicht von hinten an den Lederkragen gebunden.

Sein Körper war mit Öl eingerieben, und seine Haut hatte die Farbe von Honig. Ein Zügel war ebenfalls am Kragen befestigt. Nadine hob das Ende auf, und lächelnd führte sie ihn zu der nackten Frau.

Er sah pulsierend vor Leidenschaft aus und konnte kaum noch an sich halten.

Penny war fasziniert. Ein elektrischer Strom schien durch ihren Körper zu fließen, als sie seinen harten Körper betrachtete und den noch härteren Penis. Er stand stolz vor ihm und zuckte, als er ihren Körper anschaute.

Begleitet vom lauten Atem, schwang Alistair auf sie zu, den Kopf gebeugt, die Lippen fest auf ihren Brüsten, die Zähne scharf auf ihren Nippeln.

Sie stieß einen Schrei gegen die Kandare aus, aber zugleich krümmte sie auch den Rücken so sehr, dass ihre Brüste noch provozierender hervortraten und sich nach seinem Mund drängten.

»Nein! Noch nicht!«

Die Reitpeitsche landete mehrere Male auf Alistairs Rücken, dann wurde er rüde nach hinten gerissen, was Nadine nicht schwerfiel, denn sie zog ihn wie an einer Hundeleine von Pennys Brüsten weg.

»Auf deine Knie!«, befahl Nadine.

Ihr Bruder gehorchte.

»Bleib da«, fauchte sie ihn an.

Sie ging zu Penny.

»Und jetzt, meine schöne Pussy«, murmelte sie durch ihre großen weißen Zähne, »werde ich dich vorbereiten, damit du ihn noch besser genießen kannst.«

Es dauerte nicht lange, bis sie sich nach ihrem Bruder umdrehte. »Mein schöner Junge, komm her und tu dein Bestes«, sagte sie lachend.

Nadine half ihm auf die Füße, dann brachte sie ihn wieder zu Penny.

Ihre großen Augen zeigten das Entzücken, als sein pochender Penis vor ihren Augen zuckte, als wollte er sie anspringen. Ihr ganzes Sehnen, das sich seit dem ersten Tag, als sie fast nackt neben ihm durch die Straßen gegangen war, in ihr aufgestaut hatte, wollte nun heraus. Sie lechzte nach ihm. Sie stöhnte über das Zaumzeug und zerrte an ihren Fesseln, die sie so hartnäckig an den Holzrahmen banden.

Wie froh sie war, dass es keine Scheuklappen für sie gab! Da stand er in seiner ganzen Größe vor ihr, weich die Haut und doch so fest. Zwanzig Zentimeter sprangen ihr entgegen, und die weiche rosa Krone küsste sanft ihre Lippen.

»Öffne deinen Mund!«, befahl Nadine.

Ohne zu zögern gehorchte Penny. Sie legte den Kopf schief und nahm ihn auf. Meeresbrise und Tang konnte sie sofort schmecken. Die Hormone seiner Erregung füllten ihre Nase und ihren Kopf.

Ihr ganzer Körper reagierte. Ihre Nippel schmollten, und ihr Geschlecht weinte heiße Tränen der Lust.

Sanft. Langsam. Hin und her. Seine Hüften bewegten sich vor und zurück. Der Wald seiner seidigen Schamhaare hüllte ihren Atem ein und kitzelte ihre Lippen.

Nadine stand nicht mehr in ihrem Blickfeld. Nicht, dass es Penny gestört hätte. Sie war verloren in Leidenschaft und Triumph. Die Wette war gewonnen, aber irgendwie schien das nicht länger von Bedeutung. Mit Alistair im Mund, glitt ihr Blick an ihm vorbei zum Spiegel, der fast die ganze Wand einnahm.

Wenn ihr Mund nicht so voll gewesen wäre, hätte sie gelacht. Es gab nun Dinge, die wichtiger waren als Alistair und auch wichtiger als eine Wette. Selbst Ariadnes Hengst spielte keine Rolle mehr.

»Zieh dir mehr von ihm rein«, rief Nadine. »Du kannst es doch, du Luder!«

Penny zuckte vor Lust und Schmerz zusammen, als die Peitsche zuerst auf die eine Backe klatschte und dann auf die andere. Jetzt wusste sie genau, wo Nadine sich aufhielt. Gehorsam nahm sie mehr von Alistairs Schaft in den Mund. Nadine bereitete es offenbar Spaß, nacheinander ein Dutzend Schläge auf ihre immer wärmer werdenden Pobacken zu geben.

Aber die Schläge waren nicht allein für sie bestimmt.

Nadine trat jetzt wieder in Pennys Blickfeld. Das enge Leder und das Metall ihres Outfits ließen ihre Brüste größer aussehen. Der nackte Schamhügel sah seltsam bedrohlich aus; wie Blütenblätter legten sich die Labien über den dünnen Lederstreifen, der zwischen ihren Beinen verlief. Ihr Gesicht war gerötet, aber ihre Augen blickten besorgt. Was sah sie?, fragte sich Penny.

Konnte es sein, dass Alistair zu lustvoll auf Pennys Mund und Körper reagierte?

Entweder aus Leidenschaft oder aus Angst hob Nadine wieder die Peitsche und verteilte erneut Schläge, erst auf Pennys Rücken, dann auf Alistairs.

»Gib ihr mehr, du Tier, gib ihr mehr!«

Als die Peitsche wieder auf seinem nackten Hintern landete, stieß Alistair den Schaft tief in Pennys Mund.

Wenn Penny den Kopf nicht noch ein wenig schiefer gelegt hätte, wäre es unmöglich gewesen, den Schaft aufzunehmen. Aber sie schaffte es. Die Krone bohrte sich tief in ihren Gaumen.

Alistair rief: »Hör auf damit! Keine weiteren Schläge!«

Nadine gehorchte sofort. Ihre Augen glänzten glasig und glitzerten vor Erregung. Sie hatte den Mund leicht geöffnet. Dies war ihre Domäne. Sex war ihre Waffe, und Macht war ihr Lieblingsspiel.

»Schweig!«

Nadine hob etwas auf und trat dicht vor Alistair. Dann ging sie einen Schritt zurück.

»Fertig! Jetzt musst du schweigen wie sie. Ich habe euch beide an die Kandare gelegt.«

Wichtig ist nur, dass er einsatzfähig bleibt, dachte Penny. Sie spürte, wie er in ihrem Mund noch weiter anschwoll. Er kommt, dachte sie. Nein, nein, nein! Er darf noch nicht kommen! Was ist denn mit mir? Aber das konnte sie nicht aussprechen; ihr Mund war so voll.

»Nimm es!«, rief Nadine, und dann explodierte er auch schon. Tränen schossen ihr in die Augen, als sie von der Flut überrascht wurde. Wie konntest du nur?, wollte sie schreien.

»Keine Sorge, meine schöne Pussy«, gurrte Nadine, während sie mit der Hand durch Pennys Haare raufte. »Er ist noch nicht fertig. Er hat viel nachzuholen. Ich will dich jetzt für die nächste Runde vorbereiten.«

Nachdem sie nicht mehr an den Wagen gespannt war, stand sie da, die Arme über dem Kopf, die Beine weit gespreizt. Sie wurde auf den Boden gelegt, und ein Bänkchen mit einem Polster aus Samt wurde unter ihre Hüften geschoben, danach noch zwei Kissen, die die Krümmung ihres Körpers weiter verstärkten. Sie war gespannt wie ein Bogen. Ihre Brüste fielen ihr fast ins Gesicht, ihre Schenkel waren erhöht und weit gespreizt.

Ein Brunnen der Lust sprudelte in ihr. Sie war nass für Alistair und begierig auf seine Penetration.

Als Nadine ihn nach vorn zerrte, trat Alistair in das V, das ihre offenen Schenkel bildeten. Seine Hände waren immer noch auf den Rücken gefesselt. Er brauchte sie nicht. Als wüsste sein Phallus den Weg auswendig, stieß er kurz gegen die nass glänzenden Labien, bevor er voller Lust in das offene Geschlecht stieß.

Penny stöhnte und keuchte gegen die Kandare; sie krümmte den Rücken noch stärker und brachte ihre Pussy eine Idee höher, um ihm zu begegnen.

Er war schon wieder zur kolossalen Größe geschwollen, und er fing an, in sie hineinzupumpen. Er füllte sie mit seinem mächtigen Muskel. Seine eisenharten Schenkel fühlten sich eigenartig tröstend an gegen die seidige Weichheit ihrer inneren Schenkel.

Bei jeder Bewegung schlugen die hängenden Bälle einen steten Rhythmus gegen ihren aufgestockten Po. Sie waren weich und waren fest, sie waren warm und lieblich, samten wie Pfirsiche und hart wie Gummi.

Kein gewöhnlicher Mann hätte so in ihrem Mund agieren können und so kurz danach schon wieder das zeigen, was er ihr jetzt vorführte. Alistair war in der Tat ein mächtiger Mann, und seine jetzige Form konnte man nicht genug bewundern, weil er so vielfältig eingeschränkt war – eingeschränkt durch sein eigenes Wollen, und es war seine liebende Schwester, die ihre eigenen Tricks noch ergänzt hatte.

Belebende Zuckungen mit der Kraft eines Bergbachs liefen durch Pennys Körper. Die Ausmaße seiner Erektion schienen jedes Nervenende in ihr zu erreichen. Sie bäumte sich auf unter ihm, presste gegen die Hand- und Fußfesseln und gegen die Erniedrigung des Zaumzeugs.

Er war in ihr. Sie besaß ihn. Von der Wette und dem Hengst gar nicht zu reden. Aber Alistair und Nadine würden nicht wissen, dass diese Dinge für sie keine Bedeutung mehr hatten. Nur Gregory wusste es. Er schaute ihnen zu und wartete auf der anderen Seite des Spiegels.

Sie kamen gemeinsam. Ihr Orgasmus klang gedämpft; Schenkel und Lenden zitterten, bis die Sensationen ihres Höhepunkts immer mehr nachließen, bis sie nur noch kaum mehr als ein fernes Echo waren.

Penny wollte nicht warten, bis sie in Alistairs Büro bestellt wurde, damit er ihr sagen konnte, dass es Zeit für sie war zu gehen. Im Gleichschritt mit Gregory ging sie über den Flur, blieb vor seiner Tür stehen, klopfte und stürzte hinein.

Alistair wurde gerade wieder in seine Gummihose gepresst. Penny hätte nicht sagen können, wer überraschter aussah – der Bruder oder die Schwester.

Dies war gewiss der richtige Augenblick für eine Konfrontation, dachte sich Penny. Sogar Nadine war sprachlos; ihr Mund stand offen.

Ohne auf eine Einladung zu warten, machte es sich Penny

in einem der Ledersessel gemütlich. Sie überkreuzte die Beine mit den schwarzen Strümpfen. Sie ließ sich Zeit dabei und gab sich sehr provozierend, und für einen kurzen Moment war sogar ihre nackte Pussy entblößt.

Dabei hatte sie eine ganz andere Absicht; sie empfand die Entschlossenheit einer erfahrenen Geschäftsfrau. Sie hatte sich deshalb auch so gekleidet, schließlich ging es um eine wichtige Rolle, von der ihr Glück und ihre Zukunft abhingen.

Ihr Kostüm war schwarz mit weißen Versatzstücken an den Schultern und einer weißen Linie, die ihre Taille betonte. Das Kostüm hätte jeder Bankmanagerin gut zu Gesicht gestanden. Ihre Schuhe waren aus schwarzem Wildleder, die Absätze ziemlich hoch. Sie hatte ihre Haare am Hinterkopf zu einem Dutt zusammengefasst.

Gregory stand beschützend hinter ihrem Sessel. Sein Blick verriet Trotz, aber man konnte auch so etwas wie Triumph in seinen Augen sehen.

Die Hände locker im Schoß, begann Penny eine Rede zu halten, die sie lange geübt hatte.

»Wenn ich das richtig verstanden habe, laufen Verträge in Beaumont Place sehr bald aus, wenn ein gewisses Kriterium erfüllt ist«, begann sie. »Ich bin hier, um mitzuteilen, dass ich Beaumont Place nicht verlassen werde. Es gefällt mir hier, und für meinen Sport ist es von entscheidender Bedeutung, dass ich Stabilität erreiche und über ein Umfeld verfüge, das mir einiges zu bieten hat.«

»Wovon redest du?«, platzte es aus Alistair heraus, während er sich in eine schwarze Chino-Hose zwängte.

Penny konnte nicht begreifen, wie verletzlich Alistair aussah, wenn er nicht seine teuren Anzüge und die Maßhemden trug.

»Verstehe mich nicht falsch«, sagte sie. »Ich habe nicht die

Absicht, dein strenges Regime ändern zu wollen. Im Gegenteil, es gefällt mir sehr.« Sie wies mit dem Kopf auf die Gummihose, die jetzt unter den Chinos verschwand.

Jetzt errötete Alistair. Er sah immer noch ein bisschen fassungslos aus, aber Penny gewann den Eindruck, dass er nicht völlig entsetzt darüber war, wenn sein Spiel mit ihr nicht so abrupt zu Ende ging wie mit den anderen Frauen vor ihr.

Es war Nadine, deren Stimme vor Ärger anschwoll.

»Welches Recht hast du, darüber zu entscheiden, wie lange du bleibst? Wie kannst du überhaupt wagen, dieses Ansinnen zu stellen? Du wirst gut bezahlt, genau wie deine Freundin, und damit ist alles vorbei.«

»Ja«, gab Penny mit einem kurzen Nicken zurück. »Wie meine Freundin. Aber wie sie habe ich das nicht gewusst. Ich wollte irgendwo leben, wo ich frei sein und mein eigenes Leben führen konnte, wo ich weiter an meiner Karriere arbeiten und wo ich mich sicher fühlen würde. Neue Sensationen wurden in mir geweckt. Ich habe neue Erfahrungen kennengelernt, die ich nicht gern zurücklassen möchte. Also, ich bin hier, und ich habe die Absicht zu bleiben.«

Alistair schaute kurz zu seiner Schwester, bevor er die Augenbrauen hob. Noch lächelte er nicht.

Nadine sah immer noch wie nach einem Donnerschlag aus, obwohl ihr hartes Gesicht langsam bröckelte.

»Das kannst du nicht bestimmen«, rief Nadine. Ihre kleinen Brüste bebten, während sie sprach.

Lächelnd schüttelte Penny den Kopf. »Ich bleibe.«

»Das geht nicht!«, rief Nadine.

Alistair faltete seine Arme über den bloßen Brustkorb und schaute von seiner Schwester zu Penny.

Penny ging drei Schritte auf ihn zu, und er ging drei Schritte auf sie zu. Nachdenklich und ohne den Ansatz eines

Lächelns stieß er die Hände in seine Hosentaschen. Die Muskeln seines Brustkorbs schienen für sie anzuschwellen.

»Nun?«, fragte Alistair. »Wie lautet das Ultimatum?«

Es war nicht schwer, ihn davon zu überzeugen, dass eine Verbreitung des Videos, das Gregory von den Einwegspiegeln aus gedreht hatte, seine internationalen Geschäftskontakte schwer beschädigen würde.

Zuerst sah er sie beide ungläubig an, dann lachte er.

Nadine starrte ihn mit großen Augen und offenen Mundes an. Diesmal rauchte sie kein Zigarillo, obwohl sie bestimmt eins zur Beruhigung gebraucht hätte. Penny hingegen war sehr gefasst, und sie glaubte, dass Alistair von der ganzen Situation eher beeindruckt und amüsiert war.

»Aber was ist mit ...?«, begann Nadine.

»Lass das«, unterbrach Alistair sie und klopfte sich auf die verborgene Gummihose, die seinen Sextrieb kanalisierte.

Er lächelte jetzt, trat noch einen Schritt vor und legte seine Hände auf Pennys Schultern. Sie erwiderte sein Lächeln. Er brauchte nichts zu sagen, denn sie wusste, was jetzt kam – sie wusste, was er erreicht hatte.

»Ich glaube, Penny wird damit fertig, und ganz ehrlich, ich glaube, dass mir Penny reichen wird, um meine Lust zu stillen. Ich wusste, dass sie eine besondere Frau war, als sie das erste Mal mit mir über eine belebte Straße ging«, sagte er, immer noch lächelnd. »Und als ich sie das erste Mal über den Trog im Stall gebeugt gesehen habe.«

Er wandte sich an Nadine. »Ich habe ihr damals nicht widerstehen können, und ich kann es heute nicht, meine liebe Schwester. Aber ich muss mich wohl bessern. Wenn du mal die kleine Schachtel auf meinem Schreibtisch an dich nimmst, wirst du einen Schlüssel darin finden, ein Duplikat des Schlüssels, den du hinter deinem Ohrring trägst. Nimm ihn heraus und gib ihn Penny. Danach bin ich ihr, wann immer sie will.«

Penny hörte mit heißen Ohren und leuchtenden Augen zu, dann öffnete sie die Hand und nahm den Schlüssel an, den Nadine ihr reichte.

»Wann hast du dir eine Kopie machen lassen?«, fragte sie ihren Bruder.

»Ach, das sage ich lieber nicht«, gab er zurück. »Aber ich glaube, dass du zustimmst, wenn ich sage, Penny passt gut zu uns, ebenso wie Gregory.«

Ihre starren Gesichtszüge schmolzen, als ihr bewusst wurde, dass ihr Bruder sie nicht ausschließen wollte. »Ja!«, rief sie, ihr Ego wieder gestärkt, »ich glaube, du könntest recht haben!«

Mit katzenhafter Geschmeidigkeit streckte sich Nadine, dann ging sie auf Penny zu und schlang ihre Hand um Pennys Hals. Sie lächelte, und ihre mandelförmigen Augen lächelten mit.

»Du hast wirklich recht, mein lieber Bruder«, schnurrte Nadine mit tiefer Stimme. »Warum sollten wir uns etwas anderes als meine schöne Pussy wünschen?«

An diesem Abend ging Nadine zu den Stalljungen, um einen Ersatz für Auberon zu suchen. Penny hoffte, dass sie einen finden würde.

Ende

Lassen Sie sich von Alicia durch London verführen. Sie zeigt alles!

Carrie Williams
IN LONDON
MIT ALICIA
Erotischer Roman
272 Seiten
ISBN 978-3-404-15997-0

Cocktails, Zimmerservice, Wellness in Luxushotels – Alicia ist ein Mädchen, das den kleinen Belohnungen ihres Berufes als Führerin durch London nicht widerstehen kann. Ob es der Produzent aus Hollywood ist, mit dem sie in der Hotelsuite landet oder der australische Pilot, dessen exhibitionistische Phantasien auf dem neuen Riesenrad an der Themse einen neuen Höhepunkt finden.

Bastei Lübbe Taschenbuch